청룡

* 이 도서의 국립중앙도서관 출판시도서목록(CIP)은 e-CIP홈페이지(http://www.nl.go.kr/ecip)와
국가자료공동목록시스템(http://www.nl.go.kr/kolisnet)에서 이용하실 수 있습니다.
(CIP제어번호: CIP2018031056)

창꿈

김혜나 소설

은행나무

| 차례 |

로레나

로레나. 그녀는 나에게, 로레나, 라고 말했다. 나는 입술을 동그랗게 오므리고 혓바닥을 잔뜩 말아 "로울레나"라고 발음해보고는 객쩍어 웃었다. 로레나 옆자리에 앉아 있던 용희 삼촌은 그런 나를 보며 푸 핫, 소리를 내며 웃었다. 내 옆자리에 앉은 은정은 "웬 혀를 그렇게 부 담스럽게 굴려, 언니" 하며 표정을 찡그렸다. 우리말을 전혀 알아듣지 못하는 로레나는 그저 가만히 웃었다.

용희 삼촌은 오른쪽 팔을 탁자에 올려두고 왼손으로만 소주병을 집어 종이컵에 따르며 "비밀 하나 알려줄까?"라고 말했다.

"한국 사람들, 발음 때문에 자꾸만 고민하는데 말이야, '알[r]'이랑 '엘[l]', 사실 아주 간단히 구별할 수 있어. '엘[l]'일 때는 앞에 '을'만 갖 다 붙이면 되거든. 예를 들어 '러브love'를 읽을 때는 '을러브' 이렇게 발음해야 원어민에 가까운 소리가 나."

외국 좀 살다 왔다고 잘난 체를 하는 말투긴 했지만 나름대로 쓸 만한 정보였다. 나는 입꼬리를 넓게 벌려 "을러브" 소리를 내보았다. 제법 그럴싸한 발음이 혀끝에서 울려퍼졌다. 삼촌은 의기양양한 몸짓을 해 보이며 말을 이었다.

"그러니까 '로울레나'가 아니라 '을로레나'라고 발음하는 거야. 을로레나Lorena."

로레나는 은정에게 무언가를 이야기했고, 나는 계속 "롤레나, 로울레나, 로레애나" 하며 시답잖은 발음을 되풀이해보았다. 그러는 사이 용희 삼촌은 거푸 술잔을 기울였다. 마주 앉은 어머니는 그런 삼촌을 마뜩찮은 눈길로 쏘아보다가 이내 시선을 거두며 입을 열었다.

"그만 밥이나 먹자."

어머니는 그렇게 말하며 자리에서 일어났다. 나 또한 자리에서 일어났다. 그러자 은정이 내 뒤를 따라왔다. 그 사이에 앉은 로레나는 눈을 동그랗게 뜨고 용희 삼촌과 어머니를 번갈아 쳐다봤다. 삼촌이 다시금 종이컵에 소주를 채우며 말했다.

"야, 가서 뭐 안줏거리나 좀 퍼와라."

한국어로 내뱉는 것을 보아 은정에게 하는 소리일 테지만, 시선은 딱히 그 애를 향해 있지도 않았다. 은정이 손을 뻗어 눈꺼풀만 껌벅거리고 있던 로레나의 몸을 잡아끌었다. 어머니가 한숨을 훅 내쉬며 한마디 덧붙였다.

"이런 데까지 와서 꼭 그렇게 술을 마셔야겠니?"

오늘은 사촌 언니 아이의 돌잔치 날이었다. 외갓집 식구들뿐만 아니라 사돈들까지 모여 있는 자리니 사람들의 시선이 어지간히도 신경 쓰이는 모양이었다. 이 자리에 용희 삼촌은 검은 피부의 필리핀 여자를 데리고 왔다. 그리고 자리에 앉자마자 소주병부터 기울이고 있으니 그를 바라보는 가족들의 표정은 굳어질 수밖에 없었다.

어머니의 독기 어린 질문은 나와 은정에게까지 또렷이 들렸다. 짜증과 경멸이 묻어난 표정 또한 로레나의 동그란 눈동자 속에 고스란히 쏟아졌다. 이런 자리에 와서 술을 마시는 삼촌이 보기 좋을 것은 없지만, 은정과 로레나 앞에서 짜증을 부리는 어머니의 모습도 좋아 보이지는 않았다. 그래서인지 뷔페식당의 수많은 음식들 앞에 선 은정의 고개는 푹 수그러들어 있었다. 그러지 않아도 필리핀 새엄마에 대한 사람들의 시선 때문에 늘 고개를 빳빳이 들지 못하는 아이였다.

올해로 마흔네 살인 용희 삼촌은 나보다 꼭 열여덟 살이 많았다. 그는 어머니의 여섯 남매 중 막내로 커다란 체구에 날카로운 눈매를 가지고 있었다. 거기다 뜨거운 필리핀 햇빛에 익은 구릿빛 피부 탓인지 얼핏 보면 이국 남자처럼 보이는 사람이었다.

어릴 적 기억 속의 용희 삼촌은 언제나 군복을 입고 있었다. 군복을 입은 삼촌이 우리 집에 들어서면 어머니는 그에게 밥상을 차려주었다. 내가 아직 유치원에 들어가기도 전이었을 것이다. 나는 젊고 잘생긴 삼촌이 있다는 것이 좋아서 "삼촌, 삼촌" 하고 부르며 그에게 안기곤 했다.

조금 더 커서 부모님과 함께 삼촌을 만나러 간 적이 있었다. 아버지 차를 타고 봉천동 골목길을 헤매고 헤맨 끝에 찾아간 반지하 단칸방에는 낯선 여자가 앉아 있었다. 그녀는 고개를 잔뜩 움츠린 채 임신 7개월이라고 말했다. 그러나 가진 게 없던 삼촌은 결혼식을 올릴 엄두조차 못 내고 있었다.

어머니의 여섯 남매 중에 용희 삼촌을 도와줄 만큼 형편이 넉넉한 가정은 하나도 없었다. 아무런 희망도 대책도 없이 그저 살아가고 있던 용희 삼촌 부부가 결혼식이라도 올릴 수 있게 물질적으로 지원해준 사람은 아버지였다. 삼촌은 그런 매형이 눈물 나게 고맙고 또 존경스러웠던 모양인지 자기네 집안 돌림자를 과감히 버리고 우리 아버지 이름인 '동진(東珍)'을 본떠 '동준(東俊)'이라고 아들 이름을 지었다. 5년 뒤에 태어난 딸아이 이름이 '은정(恩晶)'이었던 것도 비슷한 맥락이었을 것이다. 내 이름인 '혜정(惠晶)'의 뒤를 잇는 것처럼 은정의 이름을 지었으니 말이다.

삼촌은 은정을 낳은 뒤 얼마 지나지 않아 가족들을 데리고 한국을 떠났다. 필리핀에서 한동안 유유자적하게 지내다 돌아올 거라면서 말이다. 한데 삼촌이 한국을 떠난 뒤로는 도무지 연락이 되질 않았다. 그렇게 10년 동안이나 연락 없던 용희 삼촌이 1년 전 조용히 한국으로 돌아와 있었다. 10년 세월은 그에게도 나름 혹독했던 모양인지, 삼촌은 부인도 없이 두 아이와 로레나를 데리고 한국으로 돌아왔다. 새카맣게 타들어간 얼굴과 풀이 잔뜩 죽은 두 아이 모습이 지나간 세월을 모두 말해주는 것만 같았다.

새하얀 플라스틱 접시 세 개를 집어 은정과 로레나에게 하나씩 건네주었다. 어머니는 이미 접시를 들고 회초밥과 LA갈비를 내어주는 선반 앞에 가서 줄을 서 있었다. 로레나는 양상추와 샐러리, 옥수수 알갱이 따위가 즐비해 있는 야채 선반 쪽에 가 있었고, 은정은 내 옆에 바짝 붙어 무엇을 먹을지 고민하는 모습이었다. 나는 쟁반 위로 김밥과 유부초밥부터 채우기 시작했다. 은정은 갖가지 색깔의 날치알을 얹은 캘리포니아롤을 올려다보며 "언니, 이거 맛있어?"라고 물었다. 나는 무심히 먹어보라고 대답하고는 족발, 홍어회 무침, 육회 같은 것들이 자리한 선반으로 갔다. 그러자 은정은 내 뒤를 쪼르르 쫓아왔다. 나는 육회와 족발을 접시에 담고 냉동참치와 훈제연어를 이어 담았다. 은정은 내 뒤를 계속 따라다니며 "언니, 이건 뭐야? 맛있는 거야?"라고 물었다. 나는 내 음식과 겹치지 않도록 은정이의 접시에 과자와 과일, 떡, 케이크 같은 것들을 올려주고 자리로 돌아갔다.

로레나는 용희 삼촌 옆에 앉아 있었다. 용희 삼촌은 마뜩잖은 눈길로 로레나의 접시를 쏘아보다가 은정이가 자리에 앉자 접시에 담아 온 음식부터 내려다보았다.

"에휴, 어떻게 된 게 한 년은 풀떼기만 담아오고 한 년은 과자 나부랭이만 담아오냐. 누구 술안주 될 거 가져온 사람 없어?"

삼촌의 시선이 자연 나에게로 쏠렸다. 김밥과 유부초밥을 제외하면 내 접시는 거의 안주 일색이었다.

"역시 혜정이 쟤가 뭘 좀 안다니까. 야, 한잔할래?"

삼촌이 나에게 소주병을 들이밀며 말했다. 나는 고개를 가로저었다. 어느새 내 옆에 앉은 어머니의 눈총이 따갑게 달라붙었다. 그사이 은정의 고개는 더 깊이 수그러들었다. 나는 내 음식 접시를 용희 삼촌 앞으로 밀어두고 로레나가 가져온 샐러드 접시를 끌어당겼다.

"다 같이 먹자."

그제야 은정은 겨우 포크를 들어 양상추 샐러드부터 먹기 시작했다. 풀 죽은 야채의 늘적거림이 그 애 입에서 흘러나오는 듯했다. 로레나는 동그란 눈을 끔벅이며 샐러리와 오이를 차례로 입 안에 집어넣었다. 그리고 나는 은정의 접시에 담긴 캘리포니아롤을 집었다. 은정은 고개를 들고 나를 올려다보았다. 나는 롤을 입 안 가득 넣고 오물오물 씹었다. 보기보다는 맛이 별로였다. 날치알은 비릿하고 마요네즈 소스는 느끼했다.

"이거 별로 맛없다."

내가 말했는데도 은정은 포크로 롤을 집어 입에 넣었다. 나는 은정의 표정을 살피며 말했다.

"하나만 먹고, 다시 가서 다른 거 가지고 오자."

은정은 입에 넣은 롤을 빠르게 우물우물 씹었다. 로레나도 은정이를 따라 롤을 입 안에 집어넣었다. 은정과 내가 자리에서 일어서자 로레나는 입을 우물거리며 우리를 올려다보았다. 아마도 자리에서 일어나 우리를 따라오려는 모양이었다. 그러나 나는 말이 잘 통하지 않는 로레나와 함께 있는 것이 불편해 그 시선을 외면한 채 은정의 손을 붙잡고 서둘러 자리를 떠났다.

탕수육과 닭날개 구이, 새우튀김 따위를 접시에 담아 자리로 돌아왔을 때 삼촌은 소주 두 병을 다 비워가고 있었다. 불덩이라도 집어삼킨 듯 얼굴이 불콰해졌고, 눈에는 붉은 실핏줄이 그물처럼 일어나 있었다. 삼촌이 술잔을 채우고 또 비우며 나에게도 "한잔할래?"라고 다시 물었다. 나는 대답하지 않고 로레나를 바라보았다. 그녀는 묵묵히 삼촌을 올려다보고 있었다. 걱정과 근심이 잔뜩 서린 얼굴. 그녀 입가에 돋아난 새하얀 버짐들이 파삭파삭 흩날리는 것만 같았다. 소주 두 병을 다 비운 용희 삼촌은 말릴 사이도 없이 세 병째 소주를 땄다. 로레나의 눈자위가 점점 더 깊이 파여가는 것이 또렷이 보였다.

"삼촌, 그만 마셔."

내가 목소리를 높이며 삼촌의 손에서 소주병을 떼어놓으려 하자 그는 고개를 바깥쪽으로 돌리며 "아이 씨……" 하고 짜증을 뱉었다. 그러고는 다시금 소주잔을 기울이는 것이었다.

"그만 가라."

어느새 어머니가 우리 옆에 와 명령하듯 말했다. 나는 고개를 들어 어머니를 올려다보았다. 어머니는 장롱 밑에서 기어 나온 바퀴벌레라도 보듯 삼촌을 쏘아보았다. 나는 그만 자리에서 일어났다. 그러자 은정이도 나를 따라 일어났다. 삼촌은 가득 채워놓은 술잔을 단숨에 들이켠 뒤 안주도 먹지 않고 일어섰다. 삼촌만 물끄러미 바라보고 있던 로레나도 그만 자리에서 일어났다.

가족들은 식당 출입구에 서서 인사를 나누기 시작했다. 사촌 언니 부부는 사람들에게 일일이 답례품을 나누어주었다. 용희 삼촌은 탁자 위에 오른 답례품 수건을 여러 개 챙겨 옆구리에 끼워 넣으며 로레나에게 손짓했다. 그러자 로레나는 청바지 주머니 속에서 반으로 접힌 흰 봉투를 꺼내어 허리를 잔뜩 수그리며 사촌 언니에게 내밀었다. 그러고는 어색한 한국어 발음으로 이렇게 말했다.

"고맙, 습니다."

사촌 언니는 짐짓 놀라는 눈치였다. 하기야, 제 한 입 먹고살기도 버거운 용희 삼촌이 부조금을 낼 줄은 나 역시 꿈에도 몰랐다. 사촌 언니는 봉투를 준비한 삼촌에게 미안함을 느꼈던지 쑥스러운 얼굴로 "아니 뭐 이런 걸 다……"라고 말했다. 사촌 언니가 조심스럽게 봉투를 받자 로레나는 우리 모두에게 일일이 고개 숙여 인사했다. 그리고 나에게는 검고 가느다란 손가락을 사라락 흔들어 보였다. 나는 "바이, 씨 유"라고 말했다. 그러자 그녀는 나에게로 가까이 다가오더니 내 왼쪽 뺨에 쪽, 소리가 나게 키스를 했다.

*

나는 종종 로레나가 나에게 해주었던 키스에 대해 생각했다. 친구들끼리 인사로 키스를 나누는 것은 외국 영화나 드라마에서 종종 보았던 일이지만, 인사로서의 키스를 실제로 받아본 것은 그때가 처음이었다.

그날, 로레나의 입술이 내 피부에 닿았는지 닿지 않았는지는 정확히 기억나지 않았다. 그러나 그 입술 사이에서 흘러나오던 "쪽" 소리만큼은 분명하게 뇌리에 박혀 있었다. 이상하고, 모호하고, 낯설던 소리. 그것은 자꾸만 내 안의 어느 한구석으로 흘러들어 빠져나오질 않았다. 갯벌에 서 있을 때, 내 의지와 상관없이 흙 속으로 스멀스멀 빠져들던 양발과 같았다. 검고, 더럽고, 들어가고 싶지 않은 갯벌. 그러나 발목이 모두 빠져들었을 때 느껴지는 물컹한 질감은 나를 부드럽게 안아주는 것만 같았다.

설날이 되어 아침 일찍 일어나 큰삼촌 댁으로 갔다. 현관에는 셀수 없이 많은 신발들이 출입구를 가득 메우고 있었다. 삼촌과 숙모들, 그리고 그들 사이에서 태어난 아이들과 또 그들의 아이들까지, 대가족이 32평 아파트 안에서 복작대고 있으니 그곳이 마치 개미들의 소굴처럼 느껴졌다. 나는 신발을 아무렇게나 벗어 내팽개친 뒤 안으로 들어갔다. 와, 혜정 언니다, 고모 오셨어요, 혜정이 왔니, 하는 소리들이 한데 뒤엉켜 들려왔다. 머리를 숙여 대충 인사한 뒤 고개를 들어 올리자 마루 한구석에 서서 나를 바라보고 있는 로레나의 새카만 얼굴이 보였다. 그녀의 입가에는 여전히 새하얀 버짐들이 피어 있었다. 나는 그녀를 멍하니 바라보다가 서둘러 고개를 돌렸다.

　다 함께 점심을 먹은 뒤 거실 소파에 앉아 삼촌들과 함께 텔레비전을 보았다. 평소보다 일찍 일어난 데다가 점심까지 배부르게 먹은 탓인지 떠들썩한 설 특집 방송을 보는데도 내리 졸음이 쏟아졌다. 나는 몸을 일으켜 작은방으로 갔다. 안에는 다리를 곱게 접고 앉은 로레나와 그녀의 허벅지에 머리를 베고 누운 용희 삼촌이 있었다. 삼촌은 눈을 감고 있었고, 로레나는 검고 가느다란 손가락으로 삼촌의 이마와 머리카락을 쓸어내렸다. 내가 안으로 들어서자 로레나는 용희 삼촌의 어깨를 툭툭 치며 머리를 들어 올렸다. 삼촌은 자리에서 일어나 앉고 로레나는 황급히 밖으로 나갔다. 나는 한쪽 벽에 등을 기댄 채 바닥에 앉았다. 마주 앉은 삼촌은 거푸 하품을 해댔고, 나도 덩달아 하아, 하품을 했다.

　한쪽 벽에 등을 대고 누워 눈 붙일 자리를 잡으려는데 로레나가 조그만 주머니를 들고 다시 방 안으로 들어왔다. 그러고는 아무 말 없이 나에게 다가와 앉더니 내 다리를 끌어당겼다. 그녀의 갑작스러운 행동에 나는 다소 놀랐다.

　"페디큐어 해주려는 거야."

　용희 삼촌이 말했다.

"페디?"

내가 되묻는 사이 로레나는 내 발에서 양말을 벗겨냈다. 나는 다리를 오므리며 "아아아, 싫어"라고 말했다. 용희 삼촌은 내 발을 끌어당기는 로레나에게 "쉬 더즌 라이크 잇"이라고 말했다. 로레나의 새까만 얼굴 가득 서운한 기색이 서렸다.

"투명한 색으로라도 하던가. 그럼 이렇게 돼."

용희 삼촌이 손바닥을 펼쳐 손등을 내밀어 보였다. 손톱 주변이 굳은살 하나 없이 깨끗하게 다듬어진 데다가 손톱 역시 둥글고 예쁘게 깎여 있었다. 그 위로 투명한 네일래커가 덧발려 맑게 빛나는 것이었다.

"우와, 예쁘다."

나도 모르게 소리가 새어나왔다.

"그래. 손톱에라도 해."

나는 알았다고 대답하고 로레나에게 손을 내밀었다. 그녀는 활짝 웃으며 다리 사이에 끼워둔 주머니를 열어젖혔다. 안에서는 손톱을 다듬는 줄과 푸셔, 쪽가위 그리고 여러 개의 네일래커가 쏟아져나왔다. 그녀는 먼저 큐티클 오일을 집어 손수건에 조금 따른 뒤 그것으로 내 손톱 안쪽을 닦아나갔다. 그러고는 조심스레 내 손을 끌어당겨 두 손으로 꾹 움켜잡았다. 그렇게 손가락 관절을 부드럽게 꺾으며 마사지하기 시작했다. 그 손길에 따라 손가락 마디마디가 점점 물렁해지고 따뜻해졌다. 손끝에서부터 피어오르는 따뜻한 기운이 내 몸을 다 녹이는 것만 같았다.

고개를 숙이고 앉아 내 손을 만지는 로레나의 얼굴을 들여다보았다. 정말이지 참 못생겼다, 라는 생각만 들게 하는 얼굴이었다. 이제까지 보아온 사람들 중 가장 까맣고, 가장 마르고, 가장 못생긴 여자인 것만 같았다. 그녀가 내 손을 자신의 무릎에 올려놓은 뒤 더 깊게 등을 수그렸다. 그녀의 옷 앞섶이 벌어지며 콩알만 한 가슴이 드러나 보였다. 어쩌면 가슴도 저렇게 작을까. 삼촌은 도대체 이 여자의 무엇에 반한 걸까. '용희는 어릴 때부터 좀 특이한 애였어'라던 어머니의 말이 떠올랐다. 용희가 아무래도 자신의 핏줄이 아닌 것만 같다는 이야기였다.

외할머니는 어머니가 열 살 되던 무렵에 노름에 빠진 외할아버지와 이혼을 했다. 다른 형제들은 외할아버지를 따라가고 넷째인 엄마와 둘째 삼촌만이 외할머니와 살게 되었다. 그렇게 세 식구가 전라도 군산에 가서 살았고, 외할머니가 그곳에서 요릿집을 열었다. 할머니 음식은 모두 다 기가 막히게 맛있었는데, 그중에서도 게장 맛이 단연 으뜸이었다.

"서너 달에 한 번씩, 산 게를 직접 대주는 뱃사람이 왔다. 그 사람이 왔다 가면 늬 할머니 몸에서 바닷물 냄새가 어찌나 진동을 하던지……. 그렇게 한 7년을 살았다."

그러니까 7년 동안, 서너 달에 한 번은 뱃사람이 찾아왔다는 거였다.

"늬 할머니가 얼마나 돈을 많이 벌었는지, 온갖 호사는 그때 다 누려봤다."

쌓이는 재산만큼 주변 사람도 늘어나는 법이라 외할머니는 늘 분주했다. 뱃사람의 발길이 뜸해지기 시작하고, 외할아버지가 데리고 나갔던 자식들을 이끌고 외할머니 집으로 들어왔다. 어째서였을까. 할머니는 여전히 노름판에서 손을 떼지 못한 외할아버지를 밀어내지 않았다. 그러고는 곧바로 요릿집을 정리한 뒤 다 같이 서울에 가 살기 시작했다.

"늬 할머니가 아버지랑 살림을 합친 뒤, 얼마 지나지 않아서 막내를 낳았다."

진실이란 할머니 혼자만이 품고 있을 테지만, 어머니는 아무래도 용희가 그 뱃사람 아이가 아닐까 싶다고 했다. 생김새가 다른 형제들과 다소 달라 보이기도 하고, 성격이나 성향은 정말 완전히 다르더라는 것이었다.

나는 로레나가 다듬고 있는 나의 손끝을 바라보았다. 손톱의 뿌리 가죽이 적당히 불어나자 로레나는 손톱가위로 그것들을 잘라냈다. 큐티클 오일을 발라 부드러워진 살이 술렁술렁 잘려나가는 소리를 들으며 나는 눈을 감았다. 로레나의 손길이 내 안 깊은 곳으로 스며들었다. 딱딱하게 굳은 손톱의 뿌리 가죽이 잘리고, 손톱 끝 각진 부분들이 다듬어지는 게 느껴졌다. 그럴 때마다 손톱가위에서는 딱, 딱 소리가 났다. 곧이어 부드러운 감촉의 붓이 손톱 위를 스르륵 훑고 지나갔다. 괜찮아. 아무것도 하지 말고 가만히 있으면 돼. 마음 깊은 곳에서 로레나의 목소리가 들려왔다. 손이 공중에 붕 떠 있는 것만 같았다. 나는 살며시 눈을 떠 보았다. 로레나는 고개를 푹 수그린 채로 내 손끝을 매만지고 있었다. 아래로 뜬 그녀의 눈가에 까아만 주름이 번져든 것이 또렷이 보였다.

나는 로레나의 시선을 좇아 내 손끝을 내려다보았다. 하얗게 일어나 있던 손톱 사이의 굳은 각질들이 말끔히 사라져 있었다. 손톱 끝의 각진 모서리도 둥글게 다듬어졌다. 그 위에 바른 투명한 네일래커는 먼 우주의 별처럼 아스라이 빛났다. 고개를 들어 로레나를 바라보자, 그녀는 잔잔한 들꽃처럼 수줍게 미소 지었다. 나는 손톱 위에 바른 네일래커가 잘 마르도록 손가락을 쭉 펼친 채로 벽에 기대어 앉았다. 그러고는 맞은편 벽에 붙어 앉아 졸린 듯 하품을 하는 용희 삼촌에게 물었다.

"삼촌, 로레나는 이걸 언제 다 배운 거야?"

"뭐?"

"이런 거 하려면 네일 아티스트 과정 다녀야 되잖아."

삼촌은 픽 웃으며 고개를 돌렸다. 그 표정에서 '배부른 소리 하고 자빠졌네'라는 말들이 묻어나오는 듯했다.

"필리핀 여자들한테는 이게 취미가 아니라 일이다, 일. 모녀나 자매들끼리 서로서로 이거 해주는 게 그 사람들 생활이야. 부인이 남편한테도 수시로 해주고……. 그래서 그 나라에 가보면 사람들 손이 다 깨끗하고 반질반질해."

시집 간 사촌 언니들이 현관문을 열고 들어오는 소리가 들렸다. 남편, 아이와 함께 등장한 그들을 맞이하는 가족들 소리가 방 안쪽까지 들려왔다. 이내 작은방의 문이 열리고, 언니들이 들어와 인사를 했다. 로레나도 고개를 들어 언니들을 올려다보며 "하이. 하우 아 유?"라고 인사했다. 언니들은 문턱에 서서 나를 빠끔히 바라보며 "뭐 해? 매니큐어 하는 거야?"라고 물었다. 나는 "응, 언니도 해"라고 대답했으나 언니는 됐다고 말하며 가족들이 몰려 있는 거실로 나갔다. 중학생인

사촌 동생 민아만이 어느새 방으로 들어와 자기도 해달라며 내 옆으로 달려들 뿐이었다. 로레나는 민아와 마주 앉아 조금 전 나에게 해준 것과 같이 그 애 손을 닦아주고 주물러주고 또 다듬었다.

이제 갓 돌을 지난 아이들을 보고 즐거워하는 삼촌들의 목소리가 들려왔다. 아이들은 새치름한 표정으로 온갖 짜증을 다 부리지만 이제 막 할아버지가 된 삼촌들은 그마저도 달가운 모양이었다. 까르르 웃어젖히는 웃음소리와 텔레비전 소리가 뒤엉켜 집 안은 소란스럽기 그지없었다. 그럼에도 로레나는 전혀 동요하지 않고 민아에게 네일래커를 발라주고 있었다. 그녀의 머리카락과 어깨가 드넓은 바다의 표면처럼 잔잔히 움직였다. 그 모습을 바라보고 있자니 내 몸이 바다 위에 두둥실 떠 있기라도 한 것 같은 느낌이 들었다. 그 사이 사촌 언니들이 맨발로 방 안에 들어왔다.

"언니들도 할 거야?"

언니들은 설레는 듯 고개를 끄덕여 보였다.

"가만 보니까 이게 장난으로 하는 게 아닌 것 같아서."

큰 언니가 대답하자 둘째 언니도 연이어 말했다.

"응. 이건 정말 전문가 수준이잖아. 언제 이런 걸 다 배웠대?"

그러자 삼촌은 또다시 귀찮다는 듯 입을 열었다.

"야, 필리핀 여자들은 이걸 원래 다 할 줄 안다니까."

삼촌 목소리에 짜증이 묻어나왔다. 나는 서둘러 말했다.

"거기선 이게 그냥 집안일 같은 거래. 어릴 때부터 서로서로 해주고 그러면서 배운 거라 그러네."

"그렇구나. 어쩐지 미국에서도 네일숍은 필리핀 애들이 꼭 잡고 있더라."

나는 큰언니에게 자리를 내주기 위해 몸을 일으켰다. 언니는 내가 있던 자리에 등을 대고 앉았다. 그러고는 로레나가 끌어당기기도 전에 그녀 허벅지 위에 발을 턱 하니 얹어놓았다.

"발톱 하려고?"

큰언니는 만사 귀찮다는 듯 고개를 무성의하게 끄덕였다.

"난 숍에서도 원래 페디밖에 안 해. 손톱은 잘 마르지도 않고 신경 쓰여서 못하겠더라. 케어 받은 지도 오래됐는데 잘됐다, 오늘."

로레나의 허벅지 위에 발바닥을 올려놓는 큰언니 모습은 무척 자연스러워 정말로 돈을 지불하고 숍에 앉아 있는 고객 같아 보였다. 그러자 로레나가 큰언니의 발톱 주변을 다듬기 시작했다. 거실에서 한참 시끄럽게 울리던 텔레비전 소리가 조금 잦아들더니 이모와 이모부, 사촌 오빠가 연이어 방 안으로 들어왔다. 이모부는 눈을 동그랗게 뜨고 로레나와 사촌 언니들의 모습을 바라보며 물었다.

"이게 다 뭐 하는 거야?"

"매니큐어 발라요."

사촌 언니는 고개도 들지 않고 대답했다. 이모부가 로레나를 바라보며 "나도 이거 해주는 거지?"라고 물었다. 큰언니가 다들 대기하고 있으니 조금 기다리라고 말했다. 네 명이나 대기자가 생기자 가족들은 갑자기 너도나도 기다리겠노라며 양말을 벗고 방 안으로 꾸역꾸역 밀려들었다. 나는 새하얀 각질과 시커먼 때가 잔뜩 낀 사람들의 발을 물끄러미 바라보다가 자리에서 일어나 사촌 오빠 방 침대에 가 누웠다. 그러고는 네일래커가 잘 마르도록 손등을 펼쳐 얼굴 가까이에 대고 입김을 후후 불었다. 네일래커 특유의 알싸한 냄새가 코끝을 찡하게 만들었다. 손톱 위에 바른 투명한 에나멜이 누군가 떨어뜨린 눈물처럼 둥글어 보였다.

잠들었다 깨어 다시 작은방으로 건너갔을 때, 방 안은 로레나와 삼촌들, 숙모들까지 뒤섞여 여전히 복작거렸다. 로레나는 큰숙모 발톱을 손질하는 중이었다. 허벅지 위에 큰숙모의 발을 올려둔 채 작업을 하느라 어깨를 잔뜩 움츠리고 고개를 푹 수그린 구부정한 자세였다. 그 앞에서 가족들은 각자의 발을 내놓은 채 으하하 웃고 떠들었다. 용희 삼촌은 어디로 갔는지 아예 보이지도 않았다.

"아이고, 작작들 좀 하지. 저러다 애 병나겠다."

어느새 어머니가 내 옆에 다가와 중얼거렸다. 큰숙모는 순간 기분이 상했는지 양 미간을 크게 찡그리며 어머니를 노려봤다.

"얘, 이거 내가 해달라고 한 거 아니야. 얘가 좋아서 해준다고 한 거지."

옆에 앉은 언니들과 삼촌들도 쌍수를 들며 한마디씩 거들었다.

"그래, 자기가 좋아서 해준다고 하는 건데 왜 네가 난리야?"

"그러는 고모도 아까 다 하셨잖아요."

로레나는 한 사람의 손톱이나 발톱을 다듬어주고 나면 옆에 앉은 사람에게도 해주겠다고 말했다. 그러면 너도 나도 하겠다고 나섰고, 로레나는 모두에게 "예스"라고 대답했다. 그러나 지금껏 똑같은 자세로 앉아 손톱, 발톱을 다듬어준 지가 어림잡아도 세 시간은 된 듯했다. 잔뜩 구부린 어깨가 파르르 떨리는 것이 눈에 또렷이 보였다. 나는 밖으로 나가 용희 삼촌을 찾았다. 삼촌은 안방에서 다른 남자 형제들과 함께 화투를 치고 있었다.

"용희 삼촌, 좀 나와봐."

"아, 왜. 그냥 말해."

삼촌은 화투 패에서 시선을 떼지 않고 말했다.

"삼촌. 로레나, 저러다 병나겠어. 벌써 세 시간도 넘게 매니큐어만 해주고 있는데 아직도 하겠다는 사람이 더 있단 말이야. 가서 그만 좀 하라고 말려, 응?"

나는 씩씩대며 말했다. 삼촌의 왼쪽 눈썹이 조금 씰룩였지만 자리에서 일어나지는 않았다.

"알았어. 이것만 치고 갈 테니까 조금만 기다려."

용희 삼촌은 여전히 화투 패에만 두 눈을 박아둔 채였다.

"지금, 지금 가서 말해야 돼, 삼촌, 응?"

용희 삼촌 팔뚝을 붙잡고 흔들며 부추겼지만 그는 여전히 화투 패에서 시선을 떼지 않았다. 그러다 패가 잘 풀리지 않은 모양인지 버럭 화를 내며 성질을 부렸다.

"야! 알았으니까 나가라고!"

용희 삼촌의 고함에 놀라 나는 그만 내빼듯이 안방에서 빠져나왔다. 그리고 작은방으로 가보니 큰숙모 손톱 손질이 거의 다 끝나가는 참이었다. 나는 얼른 그 사이를 비집고 들어가 로레나의 매니큐어와 손톱가위 등을 주머니 속으로 집어넣었다.

"이제 그만해. 그만하란 말이야."

"얘, 여기 큰삼촌까지는 해야 해. 여적 기다렸단 말이야."

"안 돼, 그만해. 그만해야 돼. 이게 몇 시간째야. 이게 뭐야 정말. 이게 대체 뭐냐고."

나는 계속 안 된다고 말하며 로레나의 물건을 챙겼지만 그런 내 손길을 말린 것은 다름 아닌 로레나였다.

"재도 뭔가 해주고 싶은 게 있어서 저러는 거겠지."

숙모가 그것 보란 듯이 말했다. 그 말에 큰숙모가 맞장구를 쳤다.

"오죽 할 게 없으면 저거라도 한다고 지랄을 떨까……. 쯧쯧."

큰숙모는 그렇게 말하며 기어이 큰삼촌을 자리에 앉혔다. 나는 큰삼촌을 향해 말했다.

"큰삼촌, 삼촌이 직접 로레나한테 안 한다고 말해. 빨리."

그러자 큰삼촌은 떡하니 로레나 앞에 앉아 발을 내밀었다.

"아 왜, 용희 한 거 보니까 예쁘더만 나는 왜 하면 안 되냐?"

"지금 너무 많은 사람들 해줬잖아. 그러니까 그만하라는 거지 누가 큰삼촌이라서 그래?"

"싫어, 할 거야. 용희 한 거 보니까 예쁘더만, 왜."

큰삼촌은 계속해서 똑같은 소리만 해댔다. 이내 로레나는 큰삼촌의 한쪽 발을 자기 허벅지에 올려두고 그 사이에 낀 때부터 닦아내기 시작했다. 나는 뒤돌아 다시 안방으로 달려갔다. 마음이 너무 다급해서둘러 안방 문을 열고 "삼촌!" 하고 소리치자 용희 삼촌은 "에이 씨발 진짜!"라고 소리치며 화투패를 바닥에 내던졌다. 둘째 삼촌이 그를 보며, "이 새끼가 어디서 패를 던지고 지랄이여 지랄이!" 하며 소리를 질렀다. 그러나 용희 삼촌은 굴하지 않고 화투판을 아예 다 뒤집어엎더니 자리에서 일어나 화투패와 담요를 발로 퍽퍽 깔아뭉갰다. 그러고는 다시 담요를 집어 들어 "왜! 뭐, 어쩌라고 씨발!" 하며 벽에다 집어

던졌다. 그 바람에 담요 안에 들어 있던 화투패들이 빠져나와 사방으로 흩어졌다. 검붉은 핏물이 온 방 안을 적시기라도 하는 것처럼 패가 떨어져 내렸다.

"이 씨발 이게 다 네놈들이 패를 거지같이 줘서 그런 거잖아! 이 좆 같은, 이, 이!"

삼촌은 괴물 같은 소리를 내지르며 나를 휙 쳐다보더니 "너는 또 뭐야 이 씨발, 저리 안 꺼져?"라며 잡아먹을 듯한 기세로 달려들었다. 너무 당황해 대답도 제대로 못 하고 있자 삼촌은 나에게 "나가라고 이 씨발년아" 라고 소리치며 나를 강하게 밀어냈다. 몸이 거의 날아오르는 수준으로 나자빠지고, 그사이 용희 삼촌은 밖으로 나가 작은방 쪽으로 쿵쿵 소리를 내며 걸어갔다. 나는 재빨리 몸을 일으켜 용희 삼촌을 쫓아 나갔다. 용희 삼촌은 손톱 손질을 받고 있던 큰외삼촌 등을 휙 떠밀고는 로레나의 옆구리를 발로 퍽 찼다.

"이 씨발, 그만하라면 좀 그만해야 될 거 아니야 이 좆 같은 년아!"

그러면서 바닥에 부려놓았던 매니큐어 도구를 발로 짓이겼다가 다시 집어 들어 베란다 창으로 내던졌다. 투명색 네일래커가 베란다 창에 부딪쳐 쏟아져내린 뒤 바닥에 떨어졌다. 로레나는 그대로 등을 구부려 바닥에 엎드린 채 혹시나 또 맞을까 하는 몸짓으로 등을 둥글게 말았다. 갑자기 날벼락을 맞은 큰삼촌이 "이이이, 이노무 새끼가……" 하는 말을 내뱉기는 했으나 아주 얕은 목소리일 뿐이었다. 사촌 언니들만이 "아우, 이놈의 집구석 진짜"라고 신경질을 내며 방 밖으로 나갔고, 큰외삼촌과 외숙모들도 그제야 "아 그러게 그만 좀 하라니까 왜……." 하며 꼬리를 내렸다. 성질이 잔뜩 난 용희 삼촌을 말릴 수 있는 사람은 아무도 없었다.

"헤이, 피니쉬 업!"

씩씩거리던 용희 삼촌은 엎드려 있는 로레나에게 명령하듯 소리쳤
다. 그러자 로레나는 수그리고 있던 고개를 들어올려 용희 삼촌을 바
라보았다. 그녀의 얼굴은 마치 죄라도 지은 사람 마냥 쪼그라들어 있
었다. 그녀는 용희 삼촌에게 면목이 없다는 듯 고개를 수그렸다. 그러
자 용희 삼촌은 "아유, 씨발 진짜" 하고 소리치더니 뒤돌아 문을 쾅 차
고는 밖으로 나가버렸다.

나도 모르는 사이 숨이 차올라 있었다. 헉, 헉, 하는 거친 숨을 내뱉
고 나서야 나는 그만 방바닥에 주저앉았다. 로레나 또한 겨우 고개를
들어 어질러진 방 안을 휘휘 둘러보았다. 큐티클 용액과 네일래커가
사방으로 흩어지고 쏟아져버린 방 안은 그야말로 난장판이었다. 어머
니와 숙모들도 다들 넋을 빼고 있을 뿐 누구 하나 손을 대지 못했다.

로레나에게 다가가 무슨 말이라도 하고 싶었지만, 그녀는 바닥에
무릎을 대고 앉아 흩어진 네일래커 도구들을 주워 모으고, 리무버
액을 수건에 적셔 여기저기 쏟아진 네일래커의 흔적들을 지우며 재바
르게 방을 치워나가기만 했다. 다들 자리에서 선 채로 그 모습을 바라
보다가 하나둘 방 밖으로 나가버렸다. 로레나를 도와주고 싶은 마음
이 없는 것은 아니었지만 말도 제대로 안 통하는 상황이다 보니 뭐라
말 한마디조차 건네지 못한 채 그만 방 밖으로 나와버리고 말았다. 그
러고는 현관으로 나가 신발을 꿰어 신고 용희 삼촌의 뒤를 쫓아갔다.
승강기가 같은 층수에 머물러 있었다. 삼촌은 승강기 버튼을 눌러만
놓고 기다리기도 싫어 계단으로 내려간 모양이었다. 나는 서둘러 승

강기를 잡아타고 아파트 현관에서부터 주차장 곳곳을 돌아다니며 용희 삼촌을 찾았다. 삼촌은 놀이터 모래판 한쪽에 쭈그리고 앉아 담배를 태우고 있었다. 나는 그런 삼촌 곁에 다가가 담배를 달라고 말했다. 삼촌은 바지 주머니에 넣어둔 담뱃갑을 꺼내어 나에게 내밀었다. 내가 그 안에서 담배 한 개비를 꺼내 입에 물자 삼촌이 라이터로 불을 붙여주었다.

"징글징글하다."

삼촌이 라이터와 담배를 챙겨 다시 바지 주머니에 넣으며 말했다.

"미안해, 삼촌."

"네가 왜?"

"나 하는 거 보고 민아가 한다고 나서고, 그거 보고 또 큰언니랑 둘째 언니도 한다고 나서고……. 그러다가 삼촌들, 오빠들까지 하게 된 거잖아."

"야. 됐어. 여자들이야 처음부터 로레나가 해주고 싶다고 했던 건데 뭘. 다만 큰형이랑 매형까지 한다고 나서는데 내가 진짜 학을 뗐다, 뗐어."

"다음부터는 케어 도구 가지고 오지 말라고 해. 없어야 안 하지 이건 뭐……."

"이미 다 아작 났잖아."

"미안해서 어떡하지……."

"됐어. 그거 다 필리핀에서 사온 거라 비싸지도 않아. 거긴 워낙 싸고 많아서 뭐."

"그래도 미안해."

"됐다니깐."

우리는 마주 앉아 담배를 한 개비씩 더 태우기로 했다. 나풀나풀 피어오르는 담배 연기에 코끝이 쩡하게 달아올랐다. 나는 헛기침을 두어 번 내뱉은 뒤 용희 삼촌을 불렀다.

"삼촌."

"응?"

무슨 말을 해야 할지는, 나도 잘 알지 못했다. 나는 그 알 수 없는 것들이 궁금했다.

"괜찮을까?"

내가 묻자, 삼촌은 아무런 대답이 없었다. 그리고 잠시 후 희미하게 대답했다.

"괜찮겠지."

나는 도대체, 무엇을 물어보고 싶었을까.

"잘, 살고 있을까?"

삼촌은 아무런 말없이 담배만 깊이 빨아들이고 또 내뱉었다. 그렇게 담배를 알뜰히 태우고 나서야 겨우 입을 열었다.

"잘 살겠지."

나는 도대체 무엇이 괜찮은 것이고, 어떻게 사는 게 정말로 잘 사는 것이냐고 묻고 싶었다. 그러나 나는 여전히 아무것도 묻지 못하고 삼촌을 따라 담배 연기만 허공으로 내뿜었다. 그것 외에는, 할 수 있는 게 아무것도 없었다.

"야, 가라. 나는 여기 편의점에서 소주나 좀 마시고 들어가던가 해야겠다."

용희 삼촌의 말에 따라 나는 담배를 그만 입에서 떼었다. 삼촌은 이미 불씨를 다 빼둔 채였다. 삼촌의 담배꽁초 안에서 툭 떨어져나온 불씨가 모래 위에서 홀로 연기를 피워올렸다. 그 안에 붉은 빛이 여전히 꺼지지 않고 살아 있었다.

*

로레나가 보이질 않아 작은방 문을 열어보았다. 불이 꺼진 방 안에는 로레나 혼자만이 몸을 쪼그리고 누워 있었다. 어느새 저물 무렵이 되었는지 은은한 노을빛이 새어들어와 방 안을 물들여놓았다. 방 안은 말끔히 다 정리되어 있었다. 그러나 방 안 곳곳으로 튀어나간 오일과 네일래커의 흔적들이 여기저기 남아 밤하늘의 별처럼 드문드문 흩뿌려져 있는 듯 보였다.

로레나는 팔과 다리를 잔뜩 구부린 채 오른쪽으로 몸을 돌려 누워 있었다. 그녀의 몸은 마치 작고 여린 태아의 모습 같기도 했다. 석양이 가장 붉게 빛날 때, 그녀의 눈에서 한 가닥 눈물이 비어져나왔다. 그 눈물이 바닥에 떨어져내렸고, 저물어가는 석양과 어울려 보석처럼 빛났다. 나는 그 옆에 그녀와 같은 자세로 누워 로레나, 을로레나, 라고 말해보았다.

이야기의 이야기

이야기요? 나에게 왜 이야기를 해달라는 거죠? 나는 이야기를 잘 못하는 사람인데요. '이야기'라는 것은 전문가만이 할 수 있는 일 아닌가요? 이를테면 '꾼'이라고 불리는 사람들 말이에요. 그들이야말로 진정한 이야기꾼이죠. 당신이 찾아가야 할 대상이기도 하고요. 어쩌면 다들 진정으로 원하는 사람일지도 모르겠어요. 나와는 다르죠. 사람들은 나를 찾지 않아요. 내 이야기를 궁금해하지도 않고요.

선천적으로 타고난 재능 그리고 실력이 있는 사람만이 이야기를 잘 만들어내요. 아니면 아주 어렸을 적부터 이야기하는 방법을 공부해온 사람들이 이야기를 아주 잘하는 것 같아요. 나는 전혀 그렇지 않아요. 이야기를 하는 데 타고난 재능도, 대단한 실력도, 특별한 비법도 가지고 있지 않아요. 그래요, 나는 아무것도 할 줄 모르는 사람이에요. 그렇다면 어째서 이렇게 이야기하고 있는 것이냐고요? 글쎄요.

사실은 저도 그것을 알고 싶어요. 알고 싶어서 자꾸만 이야기하게 돼요. 무엇을 이야기해야 할지, 무엇을 이야기하고 싶은지 알지 못해서 이렇게 계속 이야기를 하는 거예요. 무슨 이야기를 하고 있는지, 왜 이런 이야기를 하는지 전혀 알지 못해서, 그래서 이야기를 한다고요. 끊임없이 이야기하는 순간 속에서 그것을 알게 될 때가 있거든요. 내가 무엇을 이야기하고 싶은지, 무엇을 이야기해야 하는지에 대해 알게 되는 거예요. 그것들은 항상 제 안쪽 어느 한구석에 깊숙이 숨어 있다가 제가 이야기하는 순간 저도 모르게 툭 튀어나와요.

나는 그렇게 튀어나오는 이야기가 궁금해서 자꾸만 이야기하게 돼요. 내가 무엇을 말하고 싶은지, 내 안에 무엇이 있는지 알기 위해 이야기하는 것이죠. 혹은 내가 대체 어떻게 생겨먹은 인간인지, 과거의 나에게는 어떠한 일들이 있었는지도 그저 이야기하다 보면 다 알 수가 있어요. 그래서 이야기를 하고 나면 이런 생각이 들어요. '아, 나는 이 이야기를 하고 싶었던 거구나. 내 안에는 이런 이야기들이 있었구나. 나는 이런 인간이었구나'라는 생각이요. 하지만 이것들은 그리 흥미롭거나 긴장감 넘치는 이야기들이 아니죠.

그래도 좀 이야기해주면 안 되겠느냐고요? 특별하고 흥미진진한 이야기가 아니어도 괜찮다고요? 그냥 무슨 이야기든 지어내면 되지 않느냐고요? 미안하지만 나는 그럴 수가 없어요. 나는 이야기를 지어내는 사람이 아니기 때문에 그래요. 나는 이야기 만드는 방법을 알지 못할뿐더러, 그것을 배우지도 못했어요. 그래서 나는 아무런 이야기도 지어내지 못하는 사람이라니까요. 이야기를 짓는다는 것은 실재하지 않는 어떤 가상의 세계를 만들어내는 일이잖아요. 나에게는 그런 능력이나 기술이 없어요. 더군다나 나는 거짓을 이야기하지 않아요. 거짓말을 통해 하나의 세계를 만들어내는 방식으로는 그 어떠한 이야기도 할 수가 없어요.

나는 오로지 진실을 이야기해요. 단 한 번도 거짓을 이야기하거나 없는 사실을 만들어낸 적이 없어요. 이제까지 내가 이야기한 모든 것들이 다 진짜였어요. 진짜 '나'의 이야기였다고요. 그 안에는 한 치의 거짓도 꾸밈도 없었어요.

그럼 그냥 내 이야기를 해달라고요? 그러나 이것은 아까도 말했듯 그리 흥미롭거나 긴장감 넘치는 이야기가 아니에요. 그래도 괜찮다면 이야기해드릴 수야 있죠. 아주 재미있지는 않지만 그런대로 들을 만하기는 할 거예요.

아주 먼 옛날이야기부터 해드려볼까요? 아주 먼 옛날 나는 아버지의 몸속에 살고 있었어요. 아버지는 아주 젊고 잘생긴 이십대 청년이었죠. 어느 날 그는 잠을 자다가 조금 특이한 꿈을 꾸었어요. 그는 푸르른 초원 위를 걷고 있었죠. 어디로 가는지, 왜 가는지 전혀 알지 못했어요. 자신이 왜 거기에 있는지조차 알 수 없었고요. 그는 그저 그곳에 있었고, 마냥 걷고 있었던 거예요.

길을 걸어가던 그가 어느 연못가에서 걸음을 멈추었어요. 그러자 연못 안에서 무지갯빛 물고기 한 마리가 펄쩍 튀어올랐어요. 아버지는 그렇게 튀어 오르는 물고기를 와락 움켜잡은 뒤 품에 꼭 끌어안았어요. 그러고 나는 곧 아버지의 몸에서 어머니의 몸으로 자리를 옮겨갔고요. 그로부터 열 달 뒤 어머니의 몸에서도 곧 빠져나오게 됐어요.

그 당시 아버지의 나이는 스물일곱 살 꽃다운 청년이었어요. 그의 꿈은 목회자가 되는 거였죠. 아버지는 일곱 살에 부모님을 모두 잃고 홀로 친척집을 돌아다니며 숙식을 해결하다가 고등학생이 되어서야 서울로 올라와 돈을 벌며 살아갈 수 있었거든요. 낮에는 공장에서 일을 하고 저녁에는 야간학교에서 공부하며 생활해오던 그에게 목숨보다 더 귀하고 중한 것이 바로 하나님이었던 거예요.

성인이 된 아버지는 신학교에 진학해 그곳에서 어머니를 만났고, 둘은 졸업과 동시에 결혼했어요. 그리고 이듬해에 아들, 그러니까 나의 오빠를 낳았고, 2년 뒤 스물일곱 살이 되던 해에 저를 낳았어요. 아버지는 그렇게 아들 딸 하나씩 낳고 조촐한 살림을 꾸려갔어요. 그러던 와중에 뜻밖의 운이 따라 자그마한 교회를 하나 인수하게 됐어요. 아버지가 오래도록 꿈꿔온 목회자의 꿈이 이루어지는 순간이었죠. 그런 아버지는 목회를 시작하기에 앞서 보름간 금식기도를 드리기로 했어요. 그래서 집을 떠나 산속의 기도원으로 들어갔어요. 그때 나는 아직 돌도 되지 않은 아기였죠.

아버지가 기도원에 가 기도를 드리고 있는 동안 집에 홀로 남겨진 어머니는 고생이 이만저만이 아니었어요. 보름뿐이긴 하지만 남편도 없이 아이 둘을 돌보며 이어가는 생활이 정말 만만치 않았거든요. 어머니에게는 모든 게 너무 힘들고 불안하기만 한 시절이었어요. 그런 와중에, 그러니까 아버지가 금식기도원으로 떠난 지 이틀 만에 어머니에게 문제가 좀 생겼어요. 어머니의 젖이 갑자기 너무 크게 부풀어 오르기 시작한 거예요. 첫째인 오빠를 낳았을 적에는 그렇지 않았는데 갑작스레 일어난 몸의 변화에 어머니는 당황했죠. 그것은 아무리 봐도 너무 이상하고 무서운 일이었어요. 가슴이 정말 감당할 수 없을 만큼 커져서 일상적인 생활이 불가능해질 정도로 힘들고 아팠대요.

가슴의 통증을 견디지 못한 어머니는 서둘러 저에게 먹이던 젖을 끊었어요. 그대로 뒀다가는 자신에게 정말로 큰일이 일어날 것 같은 두려움 때문에요. 하지만 그것은 너무 현실성 없는 섣부른 선택이었어요. 왜냐하면 어머니에게는 분유를 살 돈이 없었거든요.

모유와 분유 대신 나에게 무엇을 먹여야 하나 고민하던 어머니는 프라이팬에 기름을 두르고 달걀을 익히기 시작했어요. 그러고는 그것을 몽글몽글하게 만든 뒤 내 입 속에 밀어넣었죠. 나는 어머니가 내 입 속으로 넣어주는 달걀을 야금야금 받아먹고 꼬박 이틀을 내리 잤어요. 왜 그렇게 잘 수밖에 없는지 나도 모를 일이었어요. 어머니는 그런 나를 보며 이상하다, 이상하다, 라고 생각했어요. 뭔가 잘못된 것 같은 느낌이 들기는 하는데, 어머니 혼자서 할 수 있는 일이 아무것도 없었어요. 그저 하루만 더 지켜본 뒤 계속해서 아기가 깨어나지 않으면 병원에 데리고 가봐야겠다, 라고 생각하는 찰나 내가 벌떡 일어났대요. 나는 다시 방바닥 위를 아장아장 기어 다니며 멀쩡한 모습으로 아주 잘 놀았어요. 그래서 어머니는 아, 애가 이제 괜찮은가 보다, 라고 생각하며 다시 달걀을 부쳐 나에게 먹이기 시작했어요.

어머니가 부쳐주는 달걀을 먹고 반나절 정도 지난 뒤 나는 다시 잠들었어요. 다시 일어나고 싶은데 좀체 눈이 떠지질 않았어요. 내 안에…… 어딘지 모를 까마득한 구멍 속으로 한도 끝도 없이 빠져들어가기만 했죠. 나는 나를 다 잊고 그 안으로 무한히 들어가버리고만 싶었어요.

그즈음 뭔가 이상하다는 느낌을 받은 어머니는 아무리 흔들어도 깨어나지 않는 나를 안고 집을 나섰어요. 그리고 무작정 달려갔어요. 모래내에 위치한 단칸방에서 연희동에 있는 세브란스 병원까지 맨발로 뛰어갔죠. 그렇게 찾아간 병원에서 검사를 받고 나니, 의사가 나에게 뇌수막염이라고 말했어요. 어머니가 그게 무슨 병이냐고 의사에게 묻자, 그는 쉽게 말해 뇌에 물이 차서 염증이 생기는 거라고 대답했어요. 주로 태어난 지 얼마 안 되는 신생아들이 잘 걸린다고도 했고요. 경우에 따라서 특별한 치료 과정 없이 자연적으로 호전될 수도 있지만 조기에 적절하게 치료하지 않으면 사망에 이르거나 심각한 후유증을 남기는 병이라고요. 다들 헬렌 켈러를 잘 아시죠? 그녀 또한 어릴 적에 뇌수막염을 앓고 난 후유증으로 장애가 생긴 경우였어요. 나는 꽤나 늦게 병원으로 찾아왔고, 어머니에겐 치료비마저 없어 매우 위험한 상태였어요.

어머니는 의사를 붙잡고 울며불며 매달리기 시작했어요. 제발 우리 딸을 살려달라고요. 의사 선생님께서 그런 어머니를 가엾고 불쌍하게 여긴 건지 아니면 귀찮고 짜증스럽게 여긴 건지 모르지만 어머니 말로는 그가 자비를 털어 나를 치료해줬다고 해요. 그때 치료를 받은 흔적이 내 머리에 아직도 남아 있어요. 아기들의 손에서는 혈관을 찾기가 어려워 주로 머리통에 링거주사 바늘을 찔러넣거든요. 나는 머리에 오래도록 주삿바늘을 꽂고 있느라 그 자리가 곰보처럼 움푹 패어버렸어요. 다행히 성장하며 머리카락이 자라 그 부위가 가려졌지만, 앞쪽 머리칼을 조금만 들추면 바로 그 자국이 드러나 보여요. 흔히들 '땜방'이라고 부르는 자국이요.

그 병이 나에게 남긴 흔적은 머릿속의 '땜방'만이 아니었어요. 무사히 치료를 받고 난 이후 나의 눈동자 한쪽이 보기 흉하게 돌아가 있었어요. 사시 증상이었어요. 나를 안고 집으로 돌아온 어머니는 아기의 눈이 아무리 봐도 이상해서 다시금 나를 안고 병원으로 찾아갔어요. 검사 결과 사시가 확실했으나, 아기들에게는 이러한 증상이 흔하다고 의사는 말했어요. 하지만 성장함에 따라 대부분 자연교정 되기 때문에 좀 더 경과를 지켜보는 게 좋을 것 같다고 했죠. 만일 성인이 되어도 자연교정 되지 않으면 그때 가서 사시 교정 수술을 받으면 된다고요.

그 뒤로 저는 딱히 큰 사고나 별다른 문제없이 무럭무럭 자랐어요. 음, 그런데요, 제가 아무래도 이 이야기의 시작을 잘못한 것 같아요. 그러니까, 순서 말이에요. 가만히 이야기를 하다 보니 이야기를 이렇게 시작하는 건 정말 좋은 방식이 아닌 것 같아요. 나는 지금 당신을 너무 지루하게 만들고 있지 않나요? 이렇게 먼 과거의 시간부터 시작해 그 흐름에 따른 연대기적 순서로 이야기하는 것은 듣는 사람을 아주 지루하게 만든다는 이야기를 들은 적이 있어요. 예를 들어 1로 시작해 10으로 끝나는 이야기가 있다고 치면, 그것을 1-2-3-4-5-6-7-8-9-10의 순서로 이야기하는 것이 아니라, 6이나 7의 순서에 해당하는 이야기를 먼저 꺼내어놓는 것이 좋다고요. 조금 난데없다 싶을 정도로 독특한 이야기를 먼저 툭 던져놓은 뒤 왜 이러한 이야기를 꺼내는 것인지 하나하나 추적해보는 방식이 훨씬 더 효과적이라고요. 그러니까 이게, 이야기하는 나에게 좋다기보다는 이야기를 듣는 당신에게 더 좋다는 거예요. 이때 초보 이야기꾼들은 6과 7에 등장할 이야기를 제일 먼저 꺼내어놓은 다음 바로 이어서 1-2-3-4-5를 이야기하고 8-9-10으로 마무리 짓는대요. 좀 더 능숙한 이야기꾼이라면 5-6을 먼저 이야기한 다음에 3-4를 꺼내어놓기도 하고요. 그다음 7-8을 이야기하다가 다시 1-2를 이야기하고 9-10으로 마무리 지으면 최고라고 들었어요. 그러니까 이야기란 '1-2-3-4-5-6-7-8-9-10'으로 진행되는 것이 아니라 '6-7-1-2-3-4-5-8-9-10' 혹은 '5-6-3-4-7-8-1-2-9-10'과 같은 방식으로 진행되는 경우가 더 많은 거예요. 그래서 어떤 사람들은 '이야기' 자체보다는 이야기하는 '방식'이 얼마나 독특하고 매력적이냐에 관심을 가지는 경우가 더 많기도 해요. 시간의 연대기적 흐름을 흐트러뜨린 뒤 그 배열을 다시 함으로써 이야기를 특별하고 위대하게 만들어줄 수 있다면서요. 어디서 많이 들어본 것만 같은 평범하고 지루한 이야기도 이러한 방식으로 이야기하면 정말이지 새롭고 특별하게 들리는 효과가 있대요. 평면적인 이야기가 입체적으로 바뀐다고도 하고요. 나도 이러한 방식을 아주 모르는 것은 아닌데…… 그런데도 나는 매번 이런 식으로밖에 이야기하지 못하네요. 이래서 나는 이야기꾼 자질이 없는 사람이라고 했잖아요.

그럼 지금부터라도 조금 다른 이야기를 해드릴게요. 오늘 아침 나는 어학원에 다녀왔어요. 아침 10시에 그곳으로 가서 한 시간 동안 영어로 말하고 듣는 것을 연습했죠. 그곳에 나가서 영어를 공부하기 시작한 지 이제 겨우 이틀째예요. 그래서 나는 아직 영어로 이야기하는 것을 잘하지 못해요. 어제는 첫날이라 'Be동사'에 대해 공부했고, 오늘은 일반동사 'Have', 'Take', 'Get'에 대해 공부했어요.

강의실에 들어가면 우선 선생님이 나눠주는 인쇄물을 받아 빈 책상에 가서 앉아요. 인쇄물 안에는 '저 장미에는 가시가 아주 많아.' '그

집에는 매우 넓은 정원이 있어.' '나는 어제 여행에서 돌아왔어.' '저는 길을 자주 잃어버려요.' '외투 좀 벗어주시겠어요?'라는 문장들이 한글로 쓰여 있어요. 그리고 나는 이 문장을 영어로 바꿔 쓰는 연습을 하는 거예요. 10분 동안에요. 그러고 나서 선생님과 함께 답을 맞히며 영어로 말하고 듣는 것을 반복적으로 연습하는 거죠. 수업이 끝나면 선생님은 숙제를 하나씩 내줘요. 첫날은 '자기 소개하기'를 영어로 적어오라고 했어요. 오늘은 '내 취미는……'으로 시작하는 문장을 주고는 영작을 해오라더군요. 최소한 다섯 문장 이상 써야 하고, 짜임새 있게 잘 써온 사람에게는 발표의 기회가 주어지기도 해요.

수업을 마치고 어학원에서 나온 뒤 근처 서점으로 가서 기초 영단어 서적들을 뒤적여봤어요. 마음에 드는 책의 제목을 휴대전화 메모장에 옮겨 적고 집으로 돌아와 점심밥을 먹었죠. 밥을 다 먹은 뒤에는 다시 책상 의자에 앉아 컴퓨터의 전원을 켰고요. 그리고 온라인 서점 사이트에 들어가 오전에 본 영단어 책들을 구매했어요. 아, 이런 것들은 어릴 때 이미 다 배우지 않았느냐고요? 맞아요. 분명히 그랬죠. 요즘은 초등학교도 아닌 유치원에서 배우는 것들일지 모르겠어요. 그걸 왜 서른 살의 나이에 이렇게 배우고 있느냐면……. 나는 중학생 때 공부를 하나도 하지 않았거든요. 네, 공부라면 정말 조금도 하지 않았어요. 중학교 1학년 때 처음 알파벳을 배우고 나서 "Hello, nice to meet you"라는 문장을 배운 뒤 영어와는 그야말로 "안녕" 했다니까요. 그 뒤부터는 모든 것이 다 너무 갑자기 어려워지는데다가 재미도 없었어요.

꼭 영어뿐만이 아니긴 했어요. 저에게는 학교에서 하는 공부가 다 너무 어렵고 싫었어요. 당연히 학교에 가는 것이 싫었고, 그러다 보니 늘 지각, 조퇴, 결석만 반복할 뿐이었어요. 그래서 나는 학교에서고 집에서고 혼나기만 하는 아이가 돼버렸어요. 어디에서도, 어느 누구도 나를 환영하거나 좋아하지 않았죠.

나를 항상 혼내기만 하는 선생님들과 부모님이 싫었어요. 그래서 나는 자꾸만 학교에 가지 않았고, 집에도 잘 가지 않았어요. 아주 가끔씩 학교에 가거나 집에 가면 모두에게 더욱 심하게 혼나고 무시당하는 일들만 반복됐어요. 나는 자꾸만 가출을 했죠. 가출을 하면 집과 학교 모두 가지 않을 수 있어 무척 좋았어요. 그러다 보니 나는 학교에서나 동네에서나 아주 유명한 문제아로 낙인찍혀버렸고요.

이따금 학교에 가더라도 결코 공부 같은 것은 하지 않았어요. 늘 딴짓만 했어요. 공책을 펼쳐두고 수업 내용을 필기하는 체하면서 친한 친구들에게 편지를 쓰거나, 교과서가 아닌 소설책들을 펼쳐놓고 마냥 읽어댔어요. 이렇게 늘 딴생각을 하고 소설책이나 들여다보면서 겨우 중학교와 고등학교를 졸업했어요. 그러니 제가 영어를 알 리가 있겠어요. 간단한 인사와 소개, 그 외에 쉽고 간단한 몇몇 단어를 조합해 말도 안 되는 한국식 문장으로 대충 이야기할 뿐이었죠. 그래도 이 정도면 외국에 나가서도 웬만한 의사소통은 다 되더라고요. 여행지에서 영어권 외국인들과 유창하게 프리토킹을 하는 상황만 만들지 않으면 아무런 문제가 없었어요.

이런 제가 갑자기 영어를 배우기 시작한 것은, 그것은 말이죠……. 제가 꼭 이야기 나누고 싶은 사람이 있기 때문이에요. 왜 이렇게 늦게, 돈을 들여 영어를 배워가면서까지 그 사람과 이야기해야 하는지는 나도 잘 모르겠어요. 하지만 가끔은, 자기 스스로도 왜 이렇게 행동하는지 알 수 없는 일들을 하게 되는 경우가 있지 않나요? 나는 내가, 왜 그 사람과 이야기하고 싶은지 잘 알지 못해요. 하지만 나는, 알지 못하기 때문에, 모르기 때문에, 이야기를 하고 싶어요. 그 사람과 이야기하다 보면 분명히 알게 될 것만 같아요. 내가 왜 이렇게 이 사람과 이야기하고 싶은지, 무엇을 말하고 싶고, 무엇을 듣고 싶은지, 반드시 이야기해봐야만 알 수 있을 것 같아요.

이야기가 자꾸 다른 곳으로 새어가네요. 뭐, 늘 있어 온 일이어서 별로 대수롭지도 않게 느껴지기는 해요. 뛰어난 이야기꾼들에게는 절대로 있을 수 없는 일이지만 나는 결코 뛰어난 이야기꾼이 아니기에 별다른 부담감 같은 것도 없어요. 나처럼 아주 어릴 적부터 잘하는 건 하나도 없는 덜 떨어진 인간으로 살아오던 사람이라면 매사에 다 그냥 그러려니 하게 마련이거든요. 그래서 나는 가끔, 이렇게 새어나가는 이야기들을 죽 따라가보기도 해요. 그러니까 애초에 하려던 이야기에서 완전히 벗어나 어느 순간 갑자기 튀어나온 이상한 이야기들을 계속 이야기하는 거예요. 그러다 보면 아주 가끔씩, 아주 깊숙이 묻혀 있던 '진짜 이야기'를 발견하게 되는 경우가 있어요.

네, 그다지 좋은 방식은 아니라는 것을 나도 잘 알아요. 갑자기 튀어나오는 이상한 이야기를 따라갔다가 기존에 하려던 이야기들을 모두 망쳐버리는 경우가 더 많으니까요. 그래서 모두들 이 난데없는 이야기를 따라가지 않으려고 하는 거예요. 왜 아니겠어요? 이를테면 이것은 아사다 마오의 '트리플 악셀'과도 같은 이야기거든요. 트리플 악셀은 성공할 확률이 매우 적은 데다가 착지에 실패할 경우 그 이후의

점프는 물론 경기 자체를 다 망쳐버릴 확률이 크잖아요. 그래서 대부분의 여자 피겨 스케이팅 선수들은 이 기술을 잘 시도하지 않는다고 해요. 하지만 마오는 이 트리플 악셀을 끝까지 포기하지 않았어요. 열 번의 시도 속 단 한 번의 성공만이 있을 뿐이라는 사실을 알면서도, 그 한 번의 성공을 위해 트리플 악셀을 뛰고 또 뛰는 거예요.

어리석고 무모한 짓이라는 것쯤은 마오 자신도 결코 모르지 않았겠죠. 다만 김연아와 같이 엄청난 재능과 탄탄한 실력을 모두 갖춘 천재가 아닌 이상, 남들과 같은 방식으로는 도저히 자신만의 스케이팅을 완성할 수 없다는 사실을 마오는 알았던 거예요. 그래서 그렇게 자꾸만 무너지고, 넘어지고, 실패하는 일들을 감수하면서도 트리플 악셀을 뛰어야만 했던 거라고 저는 생각해요.

저야 뭐 피겨 스케이터도 아사다 마오도 아니지만, 그렇게 트리플 악셀을 뛰어야만 했던 그 심정에 대해서 오래 생각해보게 되기는 해요. 이야기를 하는 순간에만 이따금씩 드러나는 이 이야기를 찾기 위해서 나는 계속 이야기하는 것이거든요. 그렇게 해서 드러나는 이야기들은 좋은 이야기보다는 좋지 않은 이야기인 경우가 더 많지만, 아주 가끔은, 상상을 초월할 정도로 빼어난 이야기들이 저절로 쏟아져 나오기도 하니까요. 그래서 나는 이렇게 이야기하는 방식을 도저히 포기할 수가 없는 거예요. 이따금씩 드러나는 이 진짜 이야기를, 나는 진짜로 꺼내놓고 싶어요.

하지만 오늘은 그러지 않을게요. 오늘만큼은 왠지 갑자기 튀어나오는 이야기들을 따라가기보다 원래 하려던 이야기를 계속하는 게 나을 것 같아요. 내 마음이 왜 이런지는 나도 잘 몰라요. 잘 모르지만,

모르기 때문에, 계속 이야기를 하다 보면 분명히 알게 될 것 같은 예감이 들어요.

그래요, 나는 그 사람 이야기를 하고 있었죠. 내가 반드시 이야기하고 싶은 그 사람의 이름은 로레나, 성별은 여자이고 나이는 저보다 한 살이 많아요. 그녀는 필리핀에서 나고 자란 사람이에요. 그래서 그녀와는 오로지 영어로만 이야기할 수 있어요. 그런데 내가 영어를 못하니까 그녀와 조금도 이야기 나눌 수가 없는 거예요. 이렇게 영어를 배워가면서까지 그녀와 꼭 나누어야 할 이야기가 있냐고요? 계속 말했잖아요. 그건 나도 모른다고요. 모르니까 알고 싶은 거예요. 네, 나는 정말로, 그녀의 이야기를 듣고 싶어요. 그런데 서로의 언어가 달라서 도무지 이야기를 할 수가 없어요. 그러니까 나는, 이야기하기 위해서, 이야기 나누기 위해서 영어를 배우려는 거예요.

로레나는 나의 막내 외삼촌과 함께 살고 있는 여자예요. 둘이 아직 결혼식을 하지는 않아서 부인이라고 말하기는 조금 어색하네요. 호적상 이미 부부 관계인지 아닌지에 대해서도 나는 알지 못해요. 이런 걸 딱히 드러내놓고 물어보기도 좀 멋쩍고요. 설사 드러내놓고 물어본다고 한들 내가 영어를 못하니 이건 뭐 알아들을 수도 없는 거죠.

이것은 우리 어머니에게서 들은 이야기인데요, 로레나와 막내 외삼촌은 안산에 있는 단칸방에서 살고 있대요. 둘 다 그 근처의 공장에서 하루 열두 시간도 넘게 일하고 있고요. 삼촌은 그렇게 공장에서 일을 해 번 돈을 아이들에게 보낸다고 해요. 삼촌의 아이들은 지금 필리핀에서 살고 있거든요. 그 아이들은 로레나와 살기 이전에 결혼한 여자, 그러니까 삼촌이 전부인 사이에서 낳은 아이들이에요. 그리고 로레나는 필리핀에서 살고 있는 가족들에게 자신이 번 돈을 모두 보내요. 네, 모두 다 우리 어머니를 통해서 전해 들은 이야기예요. 어머니도 막내 삼촌에게 직접 들은 이야기는 아니래요. 막내 삼촌은 오직 큰삼촌에게만 자신의 이야기를 하거든요. 그러면 큰삼촌이 큰숙모에게 그 이야기를 하고, 큰숙모는 또 우리 어머니에게 그 이야기를 전하는 거죠. 그렇게 해서 나에게까지 전해져온 막내 삼촌과 로레나의 이야기를 나는 아주 오랫동안 생각해보았어요.

로레나를 만난 것은 딱 세 번뿐이었어요. 명절 때 혹은 가족모임에서 마주했던 게 전부예요. 그녀는 키가 작고 피부가 까맸어요. 살집 또한 전혀 없이 비쩍 마른 여자였고요. 움푹 팬 눈자위와 가무잡잡한 피부 때문인지 정말로 가진 게 없어 보이는 사람이었어요. 정말로 가진 게 없기 때문에 그토록 까맣게 말라버린 것은 아닐까, 라는 생각이 들 정도로요.

로레나에게 내가 영어로 할 수 있는 말이라고는 "안녕, 잘 지냈어?" "응, 나도 잘 지내." "다음에 또 봐" 정도예요. 그래서일까요. 그녀와 특별히 이야기를 나눌 수 없는 이 현실이 나로 하여금 더 많은 이야기를 나누고 싶다는 욕망을 갖게 만들어요. 그래요, 나는 이야기하고 싶어요. 그리고 그녀의 이야기를 듣고 싶어요. 어떻게 우리 삼촌을 만나 한국으로 오게 됐는지, 한국에 오기 전 함께 살던 가족들은 어떠한 사람들이었는지, 어떤 일을 했고 어떻게 살아왔는지, 우리 삼촌과 함께 살아가는 생활은 어떤지 나는 알고 싶어요.

나는 그녀 안에 무엇이 들어 있는지 정말로 궁금해요. 그녀가 살아온 세월을, 그녀가 겪어온 일들을, 그 이야기들을, 나는 정말로 알고 싶어요. 그리고 나를 이야기하고 싶어요. 내가 무엇을 좋아하는지, 무엇을 하는 사람인지, 어떻게 살고 있는지, 내 안에 무엇이 있는지, 나는 이야기하고 싶어요.

이제 겨우 시작일 뿐이지만 언젠가는 반드시 그녀와 이야기를 나눌 수 있을 거라고 믿어요. 그러기 위해서 오늘도 영어학원에 다녀온 것이니까요. 알았어요. 그녀와 내가 그렇게 자유롭게 이야기하는 날이 오기만 한다면, 반드시 그녀에 대한 이야기를 해줄게요. 나 또한 그날이 무척이나 기대되고 기다려져요. 오로지 로레나에 대한 이야기만 하게 될 날이, 그 이야기를 할 수 있는 그날이요. 그러니까 당신도 내 이야기를 한번 믿어보세요. 나는 절대로 거짓말하지 않으니까요.

아직도 더 듣고 싶은 이야기가 있나요? 그럼 어떤 이야기를 더 해드릴까요. 말씀드렸다시피 나는 실재하지 않는 새로운 이야기 같은 것을 만들어드릴 수 없어요. 그러한 이야기를 실제인 양 꾸며내는 재주가 없으니까요. 꼭 그런 특별한 이야기가 아니어도 괜찮다면…… 좋아요, 뭐든 물어봐주세요. 나에게 궁금한 이야기나 듣고 싶은 이야기를요.

어릴 때 이야기요? 아, 왜 그렇게 공부가 싫었느냐고요? 글쎄요, 정말 왜 그렇게 공부하기가 싫었을까요. 나도 늘 궁금했어요. 아예 시도조차 해보지 않았던 것은 결코 아니거든요. 그래서 부모님 또한 이것을 늘 궁금해했어요. 엄청난 돈을 늘여서 나에게 과외도 시켜보고 학원도 다니게 했는데, 그런데도 나는 늘 공부를 못했어요. 부모님도 부모님이지만 나도 정말 이해가 되지 않더라고요. 어머니와 아버지는 결코 머리가 나쁜 사람들이 아니었거든요.

아버지요? 아, 아버지는 말이죠, 목회를 한 2년 정도 하다가 때려

치우고 회사에 취직했어요. 현명한 선택이었죠. 교인이라고는 열 명도 채 되지 않는데 그나마도 어머니의 친구와 친척들뿐이었으니까요. 그래서는 생계를 유지하기가 힘들어 목회를 계속 붙들고 있을 수 없었던 거죠. 다행히 아버지가 회사에 취직한 뒤부터 가정 형편이 좀 나아져 우리 네 식구는 그럭저럭 잘 먹고 잘 살 수 있었어요.

아버지는 어린 시절 부모님 없이 무척 가난하게 살았기 때문에 교육의 혜택을 거의 받지 못했어요. 공부하기를 좋아했던 아버지에게는 그것이 평생의 한이 되었죠. 그래서 다른 건 몰라도 자식들에게만큼은 엄청난 교육의 혜택을 주고 싶어 했어요. 그런 아버지 덕분에 우리 오빠는 어릴 때부터 공부를 정말 잘했어요. 초등학생 때부터 고등학생 때까지 늘 전교 3등 안에 드는 수재였어요. 그런데 나는 늘 꼴찌만 도맡아 하고 있으니 부모님이 얼마나 속이 터졌겠어요. 그래서 나를 매일 혼내고, 다그치고, 때려가면서까지 착실히 공부하는 학생으로 만들려고 했어요.

나는 이 모든 사실에 자꾸만 화가 났어요. 나는 왜 이토록 공부를 못하는 하찮은 인간으로 태어난 건지, 그리하여 왜 이렇게 커다란 열등감에 휩싸여 살아야만 하는지 알 수 없어 화가 나고 괴로웠어요. 이 크나큰 열등감에서 벗어나려면 공부를 잘해야만 하는데 아무리 노력해도 공부를 잘할 수가 없으니 나는 정말 어떻게 해야 하지? 나는 왜 이 모양 이 꼴로 태어나 어느 누구에게도 사랑받지 못하는 거지 같은 인간으로 살아가는 거지? 나 자신과, 내가 처한 현실에 대한 참을 수 없는 분노와 원망이 나를 뒤덮었어요. 정말이지 이 세상에 '진짜' 바보는 오로지 나 하나뿐이었으니까요.

나는 그 이유를 알고 싶었어요. 왜 이렇게 나만 머리가 나쁘고, 나만 공부를 못하고, 나만 못생기고, 나만 바보인, 이런 거지 같은 세계에서 살아가야 하는지에 대한 이유를요. 그때 내가 알게 된 것이 바로 어릴 적의 병력이었어요. 그래요, 아까 말했던 그 뇌수막염 말이에요. 그러고 보니 우리 가족 중 시력이 나쁜 사람은 나 하나뿐이고, 머리가 나쁜 사람도 나 하나뿐이고, 공부를 못하는 사람도 나 하나뿐이며, 그리하여 모두에게서 병신 개쓰레기 같은 년 취급을 당하며 살아가는 것도 오직 나 하나뿐이었어요. 이 모든 게 다 목회인지 개지랄 나발인지 돈 한 푼 안 되는 귀신 씻나락 까먹는 짓거리를 해보겠다며 나를 버리고 기도원으로 가버린 정신 나간 아버지 때문이었고, 젖탱이 좀 부풀어오르는 게 뭐 그렇게 대수라고 다른 여자들은 일부러 돈 처들여가며 가슴 확대 수술까지 해대는 이 판국에 한참 젖을 먹으며 무럭무럭 자라야 할 아이는 안중에도 없이 제 멋대로 젖을 끊고 계란 프라이 따위나 처먹인 미친 개쌍년 때문이었어요.

말하지도 걷지도 못하는 어린 아이를 팽개쳐두고 다들 자기 욕심대로만 살아놓고 왜 이렇게 나를 못살게 하는지 알 수가 없었어요. 너는 왜 그렇게 제대로 하는 게 없는 거냐고, 왜 그렇게 어리석고 바보 같은 거냐고, 왜 그렇게 자신들의 말을 듣지 않고 쓰레기 같은 짓만 하고 다니는 거냐고 자꾸만 나를 혼내고 야단치고 때리기까지 했단 말이에요.

나는 정말 알 수가 없었어요. 내가 왜 이 모든 일의 피해를 고스란히 뒤집어쓴 채 개병신 쓰레기 같은 인간이 되었는지, 그러고도 왜 계속 모두에게서 욕만 얻어먹으면서 살아야 하는지 말이에요. 그러자 나를 이렇게 만들어놓은 이 미친 인간들에 대한 원망과 분노가 거세게 불타오르기 시작했어요. 내가 누구 때문에 이 세상에 태어나 이렇게 거지같이 살아가고 있는지도 모르고 계속해서 내가 바보 같고 쓰레기 같다며 욕하고 때리는 그들 때문에 나는 단 하루도 제대로 숨 쉬며 살아갈 수가 없었어요.

그들을 죽여야만…… 내 안의 모든 원망과 분노가 사라질 것 같았어요. 그렇게 되어야만 내가 좀 제대로 살 수 있을 것 같았어요. 그런데…… 아무리 그래도, 사람을 진짜로 죽일 수는 없잖아요. 말하자면 이것은 살인인데, 내가 '진짜'로 이런 일을 저지를 수는 없는 거였어요. 그런데 나는 정말이지 어느 누구라도 진짜로 죽여놓지 않으면 도저히 살아갈 수가 없는 거예요. 그래서 나는 내가 죽일 수 있는 사람에 대해서 생각해봤어요. 이 세상에서 내가 실제로 죽일 수 있는 사람, 다른 누구의 힘도 빌리지 않고 오로지 나 혼자만의 힘으로 죽일 수 있는 사람. 그것은 오직 '나'뿐이었어요. 도저히 남을 죽일 수는 없어서, 살인을 저지를 수는 없어서, 나의 이 분노와 원망과 복수의 칼날을 나에게라도 찔러넣어야만 했어요. 정말이지 누구라도 죽이지 않고는 도무지 살아갈 수가 없는 게 나의 현실이었니까요.

나의 모든 것들이 없어지는 삶을, 사라져버리는 삶을 살고 싶었어요. 내가 죽어서, 죽어버려서, 이 개쓰레기 같은 삶 또한 같이 사라지기를 간절히 바랐어요. 하루에도 수십 번, 수백 번, 수천 번씩, 그들을 향한 내 안의 분노와 원망 그리고 나 자신에 대한 지독한 절망의 불길이 타올라 나를 모두 집어삼켰어요. 제발 그들을 죽여주세요, 아니면, 저라도 죽여주세요, 라고 기도하고 또 기도했어요. 하지만 여전히 아무도 죽지 않은 채, 나만 혼자 계속 이 거대한 불길에 휩싸여 있다가 끝내 무너져내렸죠.

모든 것이…… 무너져내리던 그 순간, 바로 그곳에는, 아무런 이야기도 존재하지 않았어요. 아무런 이야기도 나오지가 않았어요. 그곳에는 아무도 존재하지 않았거든요. 어느 누구도 존재하지 않는 그곳에서 나는 더 이상 아무런 이야기도 할 수가 없더라고요. 내가 하고 싶었던 모든 이야기들, 해야 하는 모든 이야기들이 다 사라져 있었어요.

바로 그 순간, 당신이 나타났죠. 그렇게 당신을 발견한 나는 이미 이야기하고 있었어요. 무슨 이야기를 해야 하는지, 어떤 이야기를 하고 싶은지 나도 알지 못하지만, 나는 그냥 이야기했어요. 정말이지 말도 안 되고 앞뒤 맥락도 하나 없는 이 이야기를 나도 모르게 주절주절 꺼내어놓기 시작했어요. 그리고 알게 되었죠. 당신이 바로 '나'의 이야기를 들어주는 존재라는 것을. 내가 이야기하고 있는 이 모든 까닭이 바로 당신이 존재하고 있기 때문이라는 사실을. 당신이 없으면 나도 없고, 내가 없어지면 이야기도 소멸한다는 사실을요.

당신에게 나를 이야기하기 시작하면서 나는 비로소 '나'를 알게 되었어요. 내가 그토록 죽이고 싶어 했던 어머니와 아버지, 그들은 실제로 존재하는 사람들이 아니었어요. 그들은 오직 내 안에서 만들어진 어떠한 존재였고, 모두 진짜가 아니에요. 그래요, 그들은 모두 다 내가 만들어낸 허상이었어요. 모든 것이 다, 가짜였다고요. 그리하여 나는 이 가짜의 존재들 때문에 끊임없이 분노하고 절망하며 괴로워할 필요가 없다는 사실까지도 알게 된 거예요. 나는 아마도 이것을 알기 위해서, 알아차리기 위해서 그토록 이야기하고 있었던 건 아니었을까요. 이야기하고 싶었던 것인지도 모르고요.

내 눈이요? 아, 맞아요. 나는 사시였어요. 그래서 친구들은 늘 나를 병신 사팔뜨기라고 놀리며 따돌렸어요. 그래서 결국 열다섯 살에 사시 교정 수술을 받았죠. 그 이후로 내 눈동자는 물리적으로나마 제자리에 돌아오기는 했지만 시력은 여전히 좋지 않아요. 안경이나 콘택트렌즈 없이는 제대로 된 생활을 할 수가 없어요. 그래도 요새는 시력 교정 수술이라는 것이 있으니 가능하기만 하다면 이 수술을 받아보는 게 어떨까 생각 중이기도 해요.

음, 저 그런데요……, 갑자기 후회가 좀 밀려드네요. 왜냐고요? 어, 지금 이 이야기를 맨 처음에 해드릴 걸 그랬다, 라는 생각 때문에요. 그다음에 아주 어렸던 시절, 아버지의 몸속에 살고 있던 때의 이야기를 했더라면, 아까 말씀드렸던 것처럼 좀 더 새롭고 세련된 이야기가 되었을지도 모르는데요. 그럼 당신이 이야기를 듣기에 훨씬 좋았을 텐데, 미안해요 정말. 그래서 아까 말씀드렸잖아요. 나는 머리가 정말 나쁘다고요. 어쩌다 아는 것이 좀 생겨도 전혀 써먹지 못하는 진짜 바보예요. 그래서 결국엔 이렇게 원래의 '나'로 돌아와 있네요. 정말로 멍청한 방식으로 바보 같은 이야기나 주절거리고 있는 '나'로 말이에요.

그래요, 나는 정말로 배운 게 없고, 배워도 금세 다 잊기 때문에 제대로 써먹질 못해요. 사람들의 마음을 사로잡을 만한 그럴듯한 이야기 같은 것은 만들어내지 못하고, 다만 이야기를 좀 더 입체적으로 만드는 방법들을 들어보긴 했지만 결국엔 그냥 다 제멋대로 이야기할 뿐이에요.

한때 이것은 나의 자격지심이기도 했어요. 좀 더 대단한 이야기를,

좀 더 멋지게 이야기하고 싶은데, 아무리 노력해봐도 그게 잘 안 됐으니까요. 그래요, 머리가 정말 나쁘기 때문이라니까요. 하지만 나는 머리가 나쁘기 때문에, 이야기를 만드는 재주가 없기 때문에, 멋지게 이야기하는 방법을 써먹지 못하기 때문에 이렇게 '나'를 이야기할 수 있어요. 그 어느 것에도 구애받지 않는 '진짜' 나의 이야기를요.

나는 무엇을 이야기해야 하는지에 대해 언제나 알지 못하고, 흥미로운 이야기를 지어내지도 못하고, 그것을 입체적으로 꾸며내는 방법 따위도 사용하지 못하는 엄청난 약점을 가지고 있어요. 하지만 그렇기 때문에 나는 무엇이든 이야기할 수 있고, 있지도 않은 거짓 이야기를 만들어내지 않아도 되며, 뛰어난 이야기꾼들이 구태여 시도하지 않는 '나'의 이야기를 마음껏 할 수가 있어요. 그래서 당신도 나의 이야기를 듣고 있는 것 아닌가요? 뛰어난 이야기꾼들은 얼마든지 있으니까, 그들의 이야기는 정말 위대하고 완벽하니까, 그토록 빈틈없이 꽉 짜인 이야기가 아닌 어딘가 모르게 모자라고 허술한 나의 이야기를 그저 편하게 들어주고 있잖아요.

군데군데 구멍이 난 벽과 같은 이야기를 하고 싶어요. 그 구멍 사이로 흐르는 바람과도 같은 이야기를요. 이야기를 하고 있으면 나 스스로도 알지 못했던 '나'와 하나가 되고, 이야기를 나누는 순간이면 내가 잘 알지 못했던 '당신'과 하나가 되는 것을 느껴요. 내가 나와 이야기하고, 당신과 이야기하고, 가족과 이야기하고, 자연과 이야기하고, 우주와 이야기하면, 언젠가는 이 모든 것들과 내가 하나 될 수 있지 않을까요? 나는 그것이 궁금해요. 그래서 나는 이 모든 것들과 끝까지 이야기하고 싶어요.

모두가 다 나에게 말해요. 이렇게 이야기하는 것에는 분명히 한계가 따를 거라고요. 나도 그것을 잘 알아요. 하지만 내 안에 있는 것들은 결코 한 가지나 두 가지 정도로만 표현될 수 있는 것은 아닐 거예요. 내 안에는 나도 알지 못하는 무수히 많은 내가 있고, 그 '나'는 이야기를 통해서 밖으로 나옴과 동시에 내 안에서는 사라져버려요. 그렇게 사라진 자리에 또 다른 '나'가 생기고, 그러면 나는 다시 이야기를 통해 '나'를 꺼내어놓아요. 그러니 나는 아무리 많은 '나'를 이야기하고 또 이야기해도 결코 사라지거나 없어지지 않을 거예요. 내 삶이 지속되는 한, 나는 계속 이렇게 나를 이야기할 수 있어요.

　진짜 나를 이야기하기 위해 나는 아주 많은 것들을 내 안에 담아두고는 해요. 꽃 한 송이, 풀 한 포기, 물 한 모금, 똥 한 덩이, 흔들리는 나뭇잎, 당신의 손바닥에 잡히는 주름 하나까지도 유심히 들여다보고 느껴보고 내 안에 차곡차곡 담아두는 거예요. 더욱더 많은 것들을 내 안에 담아두기 위해 나는 아주 크고 넓은 사람이 되고만 싶어요. 그러기 위해서 나는 밥을 먹고, 잠을 자고, 사람들을 만나고, 이야기를 듣고, 무언가를 배우고 그것을 이야기해요. 비록 멋지고 완벽한 이야기를 만들어내지는 못하겠지만, 내 안에 담아두었던 그것들을 솔직하게 이야기하는 사람이고 싶어요.

　내가 너무 바보 같은 걸까요? 그럴지도 모르죠. 좋아요. 그럼 이제 그만 이야기할게요. 너무 많은 이야기를 한꺼번에 꺼내어놓는 것 또한 그리 좋은 일은 아니니까요. 어쨌건 이렇게 '나'를 꺼내어놓았으니, 이제 다시 담아두고 싶어요. 언젠가는 나의 이야기가 될 당신의 이야기를요. 네, 그러니까 이제, 이야기해주세요. 이야기요.

청귤

나는 미영과 함께 강남대로를 걷고 있었다. 밤 10시가 넘은 시간임에도 거리는 마치 한낮처럼 밝고 환했다. 거대한 건물들이 뿜어내는 불빛, 도로 위를 지나는 자동차들, 어디론가 계속 걸어가는 사람들. 우리는 마치 낮도 아니고 밤도 아닌 시간 속을 걷는 것만 같았다.

유리벽으로 지어 올린 거대한 건물들 사이 보도블록에는 쓰레기 하나 보이지 않았다. 그 옆으로 잘 가꾸어진 화단과 가로수들 사이를 걷고 있으면 이곳이 마치 실내의 공간처럼 느껴지기도 했다. 그리하여 이 또한 안도 아니고 바깥도 아닌 공간인 것만 같았다. 이 공간에서 한 블록만 안으로 꺾어 들어가면 수도 없이 많은 술집과 노래방, 단란주점, 안마 시술소, 룸살롱 등이 자리 잡고 있었다. 휘황찬란한 간판들과 함께 번쩍이는 불빛들. 내가 잠시 걸음을 멈추고 그 안쪽을 바라보자 미영은 서둘러 가자며 걸음을 재촉했다.

미영과 나는 테헤란로를 지나쳐 역삼역 방향으로 걸었다. 길에는 온통 회사원으로 보이는 사람들뿐이었다. 정장을 잘 차려입은 채로 야근을 마치고 걸어가는 듯한 사람들과 술에 취한 듯 비틀거리며 걸어가는 사람들의 모습이 보였다. 회사원도 아니면서 이 거리를 걷고 있는 사람은 오로지 미영과 나 둘뿐인 것 같았다. 미영은 무엇이 그리 급한지 주변에 눈길 한 번 흘리지 않고 성큼성큼 걸어나갔다.

미영과 나는 지하철역으로 들어가는 에스컬레이터 위에 발을 내디뎠다. 내가 먼저 타고, 미영이 내 뒤를 따라왔다. 그렇게 에스컬레이터에 올라탄 뒤 나는 몸을 돌려 미영을 바라보았다. 에스컬레이터가 아래쪽으로 내려가고 있어 나는 고개를 들어 그녀를 올려다보아야만 했다. 미영은 170센티미터가 훌쩍 넘는 큰 키에 잘록한 허리와 커다란 가슴을 가지고 있었다. 그렇게 키가 큰데도 늘 10센티미터 높이의 샌들을 신고 다녀서 언제 봐도 모델 같은 모습이었다. 그리고 치마든 바지든 길고 가는 다리를 드러낼 수 있는 짧은 것만 입었다. 오늘 입고 온 옷은 회색 미니드레스였다. 긴소매가 달려 있어 언뜻 보기에는 단정한 느낌이지만 가슴골 부분이 깊게 파인 데다가 그 밑으로 이어진 지퍼 때문에 오히려 더 야한 느낌을 주는 옷이었다. 심지어 미영의 커다란 가슴이 옷의 윗부분을 더욱 넓게 벌려놓았다.

지하철역 개찰구 앞에서 미영은 얼굴을 가리고 있던 색안경을 머리 위로 올려 쓰고 손에 든 가죽 가방을 열었다. 결혼 예물로 받은 것이라는 가방은 세계 최고급 명품 브랜드의 수석 디자이너가 만든 한정판 상품이었다. 나는 그 가방의 가격이 딱히 궁금하지는 않았지만 그 안에 무엇이 들어 있는지에 대해서는 퍽 궁금했다. 미영은 가방 안에서 또 다른 명품 브랜드의 가죽 지갑을 꺼내어 지하철 개찰구 리더기에 갖다댔다. 나 또한 등에 메고 있던 백팩에서 카드지갑을 꺼내 미영의 뒤를 따라 개찰구를 지났다. 미영과 나는 다시 나란히 서서 지하철 승강장 안으로 걸어 들어갔다.

미영을 처음 만났던 곳은 우리가 함께 다녔던 대학교 건물이었다. 스물세 살의 나이에 수도권의 한 대학교에 입학했던 나는 학부 3학년생 때 미영을 처음 보았다. 커다란 키에 하이힐, 밝게 염색한 머리카락 때문인지 누가 봐도 인문대 학생으로는 보이지 않았다. 연극과나 모델과 같은 곳에 있을 법해 보이는 애가 왜 이곳에 뒤섞여 있는지 알 수가 없었다. 내 시선은 자연히 그녀에게 향했고, 우리는 건물 복도를 지나쳐 계단을 함께 내려왔다. 그리고 그녀와 눈이 마주쳤을 때 서로 가볍게 고개를 숙여 인사했다.

"몇 살이세요?"

그녀가 먼저 나에게 물었다. 나는 스물다섯이라고 대답했다. 그러자 그녀가 "어머, 우리 또래네요"라고 말했다. '동갑'이 아닌 '또래'라고 말했기 때문에 나는 그녀가 나하고 비슷한 나이인가보다, 라고 짐작했다. 겨우 세 살뿐이긴 해도 고등학교를 졸업한 후 곧바로 대학에 입학한 다른 학생들과는 달리 그녀 또한 나이가 좀 있다는 사실이 나에게 묘한 안도감과 친밀감을 주었다. 나는 그녀에게 왜 국문학과에 왔느냐고 물었다. 그녀는 전공 필수과목 교재인 중세국어론 책장의 모서리를 조금 뜯어 그 위에다 씹고 있던 껌을 뱉고 난 뒤 대답했다.

"그냥 전형에 맞춰서 오다 보니 이렇게 됐어요."

그것은 마치 내 의지와는 상관없이 어쩌다 보니 술집에서 일하고 있더라는 사람들의 자조적인 목소리처럼 들렸다. 그녀는 나에게 왜 국문학을 공부하느냐는 질문 같은 것은 하지 않았다. 나는 다시 물었다.

"그러면 원래 하고 싶었던 공부가 따로 있으세요?"

"음, 원래는 신방과에 가고 싶었어요. 제가 이번에 편입한 건데, 예전에 방송연예학과를 다녔거든요."

"아, 그럼 방송 쪽으로 뭔가 해보고 싶으신 거예요?"

"뭐, 예전에는 아나운서가 되는 게 꿈이었어요. 근데 뭐 이미 다 물 건너갔고, 지금은 방송 쪽 학원이라도 다녀서 홈쇼핑 쇼호스트에 도전해보고 싶어요."

그럼 학원에 다니지 왜 대학에 왔느냐고 물어보고 싶었지만 실제로 그렇게 묻지는 않았다.

"멋지네요."

나는 다만 그렇게 말했다. 그러자 이제 그녀가 나에게 물었다.

"그쪽은요? 뭐, 선생님이나 공무원, 그런 거 준비하세요?"

"아니요. 사실, 저는 작가가 되고 싶어요. 대학도 그래서 온 거고요."

"우와, 멋있네요. 이름이 뭐예요?"

"임지영이요."

"아, 저는 이미영이에요. 그럼 이만 가볼게요. 언제 술 한잔해요, 또래끼리."

"그래요."

우리는 인문대 건물 앞에서 헤어졌다. 헤어질 때 그녀는 주머니에서 주황색 귤 하나를 꺼내어 나에게 건네주었다. 물에 씻을 필요도 칼로 자를 필요도 없이 손으로 슥슥 껍질을 벗겨 알맹이만 꺼내어 먹기 좋은 감귤은 겨울이면 누구나 즐겨 먹는 것이기에 나는 이게 웬거냐고 묻지 않았다. 나는 단지 그녀가 자신의 외투 주머니에서 귤을 꺼냈던 것과 같이 그 귤을 내 외투 주머니 속에 집어넣었다.

그 후로 그녀를 자주 보지는 못했다. 그녀는 아주 드물게 수업에 나왔고, 오더라도 강의실 맨 뒷자리에만 앉았기 때문에 나는 그녀가 출석했는지 여부조차 알 수가 없었다. 어쩌다 강의실에서 나올 적에 서로의 눈이 마주치기라도 하면 우리는 함께 교문까지 걸어가 헤어지거나 카페에 가서 시간을 보내곤 했다. 그렇게 카페에 앉아 있더라도 특별히 대화를 나누는 경우는 별로 없었다. 나는 그곳에 앉아서 책을 읽거나 공부를 했고, 미영은 휴대전화로 누군가와 끊임없이 대화를 하거나 거울을 보며 화장을 했다. 그러다가 저녁때가 되면 학교 근처 술집에 가서 함께 술을 마시고 안주를 먹었다. 우리는 카페에 있을 때보다 술집에서 더 많은 대화를 나누었다. 그러다 알게 된 것 중 하나는 미영이 내 또래가 아니라 나와 동갑이라는 사실이었다. 그래서 우리는 곧바로 말을 놓기로 했다.

"나는 네가 나보다 한두 살 정도 많거나 어린 줄 알았어."

내가 말하자 미영이 다소 놀란 목소리로 나에게 물었다.

"왜?"

"네가 처음에 우리 또래라고 말해서."

미영은 계속 의아한 눈길로 나를 바라보았다. 나는 그런 그녀에게, '또래'와 '동갑'이 서로 다른 뜻이라는 사실을 굳이 말하지는 않았다.

미영과 나는 역삼역에서 신도림역 방향으로 가는 2호선 순환열차를 탔다. 마침 빈자리가 있어 우리는 나란히 그곳에 앉았다. 그리고 말없이 각자의 휴대전화를 꺼내어 그 안을 들여다보았다. 미영과 나는 정말로 가까운 친구 사이지만 함께 있을 때에 많은 말을 주고받지는 않았다. 그것에 대해 미영이 어떻게 느끼는지 알 수 없지만 나는 미영과 굳이 말하지 않아도 통하는 감정이 있다고 믿었다. 그러다 보니 나로서는 미영에게 무언가를 굳이 이야기할 필요도 숨길 필요도 없었다. 그리고 언제부터인가 미영에게 무언가를 이야기하면 할수록 오히려 그녀를 속이고 있다는 느낌이 들기도 했다. 반면에 아무런 이야기도 하지 않고 있다 보면 나는 그냥 있는 그대로의 나를 미영에게 보여주고 있다는 느낌이 드는 것이었다.

미영의 휴대전화에서는 메시지 알림이 끊임없이 울렸다. 미영은 계속해서 그것을 확인하고 또 답장을 보냈다. 나도 내 휴대전화에 저장되어 있는 메시지들을 열어 보며 시간을 보냈다. 미영은 여전히 아무런 말을 하지 않고 있지만 무수히 많은 사람들 틈에서도 가쁘게 몰아쉬는 숨소리만큼은 귓가에 또렷이 들렸다.

"오빠랑 사는 건 어때?"

마침내 내가 물었다. 미영은 나를 쳐다보지 않고 여전히 휴대전화 속 화면을 들여다보며 대답했다.

"똑같지 뭐. 너 우리 오빠 알잖아."

미영과 결혼한 남자는 논현동에서 룸살롱을 운영하는 사장이었다. 그는 미영과 연애하는 동안 고가의 명품 옷과 가방, 화장품, 액세서리를 자주 선물했고 생일이나 성탄절 혹은 명절 때가 되면 수십만 원의 현금을 그냥 건네주기도 했다. 일찍이 학교를 그만두었던 미영이 이십대 초반에 검정고시를 치른 뒤 산업체 전형으로 대학에 진학하자 그 등록금도 지금의 남편이 다 내주었다.

서너 번 정도, 미영과 함께 그 남자를 만나 술을 마셔본 적이 있었다. 하지만 그 남자와 가까워지거나 친해질 만한 일은 전혀 없었다. 얼굴 표정이 무척이나 무뚝뚝하고 강인해 보이기만 하는 남자는 미영에게 애정 표현 따위도 거의 하지 않았다. 성격이 드세고 입이 거친 미영은 여덟 살이나 많은 그를 늘 '야' 아니면 '병신'이라고 불렀고, '뭐', '씨발', '좆 같은'이라는 말들을 입에 달고 살았지만 남자는 별로 개의치 않았다. 미영은 오히려 자기가 그렇게 욕을 해줘야만 오빠가 자기를 더 귀엽게 여기며 좋아한다고 말했다.

두 사람이 결혼하기 전 미영과 나는 그 남자를 따라 주말여행을 함께 간 적이 있었다. 그 남자의 후배 중 한 명이 검은색 아우디 승용차를 끌고 내가 살고 있는 동네로 찾아와줘서 나는 편하게 그곳까지 갈 수 있었다. 앞쪽 보조석에는 남자가 앉고 나와 미영은 뒷자리에 나란히 앉았다. 이렇게 넷이서 아침 일찍 먼저 출발하고, 오후 늦게 그 남자의 또 다른 친구들이 따라오기로 되어 있었다.

남한강 근처에 도착해 주차를 하자 남자들이 먼저 차에서 내렸다. 미영과 나는 차 안에서 수영복으로 갈아입었다. 그러고 나서 다 함께 강으로 나가 바나나 보트를 타려고 했을 때였다. 물에 들어가기 직전 그 남자가 웃통을 훅 벗어젖혔다. 나는 그가 옷 안에 전신 수영복을 입고 온 줄 알았다. 한데 가까이 다가가보니 그것은 수영복이 아니라 문신이었다. 팔뚝과 등, 가슴, 배 그리고 반바지 사이로 언뜻 드러나는 허벅지까지 빈 공간 없이 별의별 그림이 다 그려져 있었다.

"야, 나는 너희 오빠가 전신 수영복이라도 입고 온 줄 알았다."

내가 말하자 미영은 그것들이 십여 년 동안 하나씩 하나씩 새겨온 것이라고 대답했다.

"처음에는 저 정도까지는 아니었는데, 저것도 중독인가 봐. 아주 꼴 보기 싫어 죽겠어, 병신새끼."

바나나 보트 위에는 미영이 제일 앞에 타고 그 남자, 나, 그리고 남자의 후배가 차례로 탔다. 나는 보트 위에 달린 손잡이를 꽉 붙들고 남자의 등을 자세히 들여다보았다. 그 위에는 용과 호랑이, 사슴, 잉어, 태극, 연꽃, 해와 달 등 여러 가지 문양이 다소 두서없이 새겨져 있었다. 그리고 장골 부분에 히라가나로 된 문장이 하나 쓰여 있었다. 물놀이를 마치고 난 뒤 그 남자에게 이 일본어가 무슨 뜻이냐고 묻자 그는 모른다고 대답했다.

열차가 정차하고, 문이 열리고, 사람들이 나가고, 사람들이 들어오고, 문이 닫히고, 열차가 출발했다. 그리 넓지도 않은 공간에 수없이 많은 사람들이 빽빽이 들어차 몸을 부대끼고 있지만 어느 누구도 나하고는 관계가 없었다. 미영은 결혼 전부터 그 남자와 같이 살다시피 했다. 나와 함께 술을 마시다가도 자기 집보다는 남자의 집으로 가는 날이 더 많았다. 남자가 일 때문에 장기간 지방에 가 있느라 아예 그 집에서만 지내던 때도 있었다. 그러니 결혼 후에도 생활에 커다란 변화를 느끼지는 못하는 것은 사실 당연한 일이었다. 나는 마치 질문하듯 다시 말했다.

"그래도 그때는 완전히 같이 사는 건 아니었잖아. 자주 왔다 갔다 하는 거였지."

"뭐, 달라진 게 있다면 그냥, 사는 게 예전보다 더 씁쓸럽고 지루하다는 거?"

대학생 때만 해도 미영은 내레이터 모델 일을 꾸준히 했다. 미영은 열여섯 살 때부터 그 일을 쭉 해왔다. 그때부터 이미 지금처럼 키가 크고 날씬했던 미영은 나이를 속이고 일할 수 있었고, 학교는 곧 그만두었다. 그리고 하루 십만 원씩 한 달이면 이백오십만 원에서 삼백만 원 가량의 돈을 벌었다. 청소년기에는 쉽게 만져볼 수 없는 커다란 돈이었다. 대학생 때 시급 오천 원을 받으며 카페나 식당에서 아르바이트를 하던 나에게 미영은 종종 내레이터 모델을 같이 해보지 않겠느냐고 물었다. 그럴 때마다 나는 그저 웃었다. 나는 너처럼 키 크고 날씬하지 않은데 어떻게 그런 일을 하겠느냐고 말하면 미영은 꼭 키 크고 날씬해야만 이 일을 할 수 있는 건 아니라고 말했다. 자기와 같이 일하는 언니들 중에도 키 작고 통통한 사람들이 있다면서 말이다. 일반 아르바이트보다 시급이 높은 일들에 관심이 없는 것은 아니었지만 나는 그냥 지금 하는 일이 편하다고만 대답했다.

이제는 결혼을 하고 서른 살이 훌쩍 넘었음에도 불구하고 미영은 외적으로 이십대 때보다 훨씬 더 예뻐지고 어려지기만 한 것 같았다. 화장을 진하게 한 것도 아닌데 눈, 코, 입 그리고 얼굴선의 조화가 또렷하게 어우러져 오래도록 보고 있어도 질리지 않고 오히려 점점 더 바라보게 되는 얼굴이었다. 그렇다고 해서 미영의 얼굴을 혀로 애무하거나 커다란 젖가슴을 움켜쥐거나 길고 앙상한 다리 사이에 얼굴을 파묻고 싶은 충동을 느끼는 것은 아니었다. 나는 그저 미영을 바라보는 것이 좋았다. 미영과 가까이 있다고 해서 미영의 미모가 나에게 나누어지는 것은 아니라는 사실 또한 잘 알고 있지만 그럼에도 미영과 함께 있으면 나도 덩달아 그 미의 세계에 들어와 있는 것 같았고, 그럴 때마다 알 수 없는 쾌감과 승리감 같은 것이 따라왔다.

열차가 출발해 달려나가고 있을 즈음 미영이 갑자기 숨을 빠르게 몰아쉬더니 나를 빤히 쳐다보았다. 무슨 말을 꺼내려는 것일까. 궁금한 마음과 알고 싶지 않은 마음이 동시에 일었다.

"말하자면, 이 귤 같은 거야."

미영이 말했다. 그러고 보니 미영의 손 한쪽에 푸르뎅뎅한 청귤 하나가 들려 있었다. 까서 먹지도 못하는 청귤을 왜 가지고 있는 것일까? 나는 궁금했지만 거두절미하고 그저 "뭐가?"라고만 물었다.

"사람들은 여름에도 귤이 난다면서 신기해하고 그것을 먹어보려고 하지. 그런데 이걸 막상 나무에서 따서 손으로 가져와 보면 예쁘지도 않고 맛있지도 않아. 이건 그냥 쓰고, 시고, 딱딱하기만 해. 진짜로 먹을 수는 없어."

무슨 말을 하고 싶은 건지 정확히 알 수가 없어 뭐라고 대답해야 할지 막막하던 차에 내 휴대전화 벨소리가 울렸다. 화면을 보니 조만간 내 책을 출판하기로 한 출판사의 편집자였다.

"잠깐만."

나는 미영에게 말하고 전화기의 통화 단추를 누르며 "네, 편집자님"이라고 말했다. 전화기 너머의 편집자는 "네, 선생님. 잘 지내세요?"라고 나에게 물었다.

"네 잘 지내죠. 편집자님은요?"

"네, 저도 잘 지냅니다, 하하. 요즘 뭐 특별히 바쁘거나 하신 건 없으세요?"

엄밀히 말해 일이 아니면 서로 연락하거나 대화 나눌 일이 전혀 없는 공적인 관계일 뿐인데, 그렇다면 사적인 이야기보다는 공적인 이야기만 나누는 것이 더 편해야 정상인데, 어째서 공적인 관계의 사람들과 대화할 때면 본론으로 가기까지 이토록 길고 어색한 여정을 지나가야만 하는 것일까.

"네, 저 뭐 그냥 똑같아요. 최근에 단편소설 청탁이 두 개 정도 들어왔는데 마감 기한이 넉넉해서 좀 여유롭게 쓰고 있어요."

"아, 그러시군요. 축하드려요!"

출판계의 불황 속에 폐간되는 문학잡지들이 늘어나고 그나마 살아남은 잡지들 중에도 단편소설을 위한 지면 따위는 점점 줄어들고 있는 현실이었다. 그 와중에 소설 청탁이라는 것은 흔치 않은 기회를 얻은 것임이 자명했다. 하지만 그것이 다른 출판사 직원에게까지 축하받을 종류의 일인지는 분명하지 않았다. 그럼에도 불구하고 왜 축하한다고 말하는 것인지 잘 알고 있는 나로서는 그저 고맙다고 대답했다.

"그건 그렇고, 다음 주 평일 중에 언제 시간 괜찮으세요? 저희 대표님께서 식사라도 한 번 같이 하자고 하시는데 언제가 좋으실까 해서요."

결국, 이 전화의 용건은 출판사 대표와 편집자 그리고 작가 간의 만남 약속을 정하는 것이라고 할 수 있었다. 그리고 그 자리에 나가야만 편집자가 나에게 전화를 해서 대표와 함께 만나자고 한 이유의 골자를 알아낼 수 있을 것이다. 공적인 업무를 처리하기 위해서 이토록 많은 과정과 시간, 돈과 노력을 들여야만 하는 게 이 사회의 모든 관계에서 통상적으로 이루어지는 일인 건지 아니면 내가 일하고 있는 분야에서만 유독 그러한 건지 나는 정확하게 알 수가 없었다.

"제가 지금 밖에 있어서 다음 주 일정까지 다 확인해보기가 조금 어려운데요. 이따가 들어가서 확인해보고 알려드려도 될까요?"

"네, 그럼요. 그러세요 그럼!"

"네, 그럼 이따가 다시 연락드리겠습니다."

"네, 선생님. 좋은 하루 보내시고요, 이따가 연락주세요 그럼!"

"네, 선생님도요. 감사합니다."

나는 마침내 전화를 끊고 고개를 들어 미영을 바라보았다. 그녀는 여전히 나를 보지 않고 있었다.

"멋있다, 영."

"뭐가?"

"너는 진짜 귤 같아, 영."

"뭐?"

"겨울에 먹는 감귤 말이야. 겉과 속이 똑같고, 그리고 그건……, 진짜로 달고 부드러워서 얼마든지 먹을 수 있잖아."

나는 말없이 피식 웃었다. 소설가야말로 겉보기에만 멋지고 신비로워 보일 뿐 실제로는 씹을 수도 삼킬 수도 없는 청귤 같은 존재였다. 사람들은 나를 '작가님' 혹은 '선생님'이라고 부르며 치켜세우고, 하고 싶은 일만 하면서 살아가니 얼마나 좋겠느냐며 우러러본다. 그런데 나는 그런 그들의 말과 행동, 눈빛들이 역겹다. 도대체 작가라는 직업에 대해 뭘 안다고 그렇게 말하는 것이냐고, 운이 좋아 등단이라는 것을 하고 내 이름 석 자가 박힌 책을 출판할 수 있었지만 방 안 책상 앞에 앉아 자판을 두들기며 화면 속 가짜 종이들을 채워나가는 일로는 제대로 된 수입을 얻을 수 없다고, 때문에 나는 '진짜' 작가가 되고 난 이후에도 부업으로 집 근처 헬스장에 가서 안내원으로 일하고 남는 시간에 근근이 소설을 쓰면서 살아가고 있다고, 그렇게 나 자신을 피로와 환멸의 늪으로 몰아넣으면서까지 써내는 글들이 원고료로 환산되어 내 통장에 입금되는 일은 너무도 드물다고 말하고 싶었다. 하지만 한 번도 누군가에게 사실대로 말할 수 없었다. 나는 미영에게 말했다.

"영, 나는 그래도 청귤이 더 좋아. 겨울에 나는 귤은 그냥 먹어버리면 끝이지만, 청귤은 말려서 약으로 쓸 수도 있고, 썰어서 청으로 만들 수도 있잖아. 결국, 그게 더 우리한테 좋은 거 아닐까? 지금 당장은 쓰기만 하더라도 말이야."

무심히 청귤만을 바라보던 미영이 고개를 돌려 나를 바라보았다. 어느덧 내가 내려야 할 전철역에 열차가 들어서고 있었다.

"어, 나 내려야 되네."

나는 자리에서 퍼뜩 일어났다.

"얘기하면서 오니까 금방 온다."

내가 말하자 미영은 "그럼 들어가. 영"이라고 말했다. 나 또한 "그래, 영. 너도 잘 가고, 다음에 또 보자"라고 말했다. 우리는 서로를 영이라고 불렀다. 그것은 당연히 미영과 내 이름의 마지막 글자인 '영'에서 따온 것이었다. 누가 먼저 정하거나 명한 것도 아닌데 자연스럽게 그렇게 되었다. 곧이어 열차가 멈추고 출입문이 열렸다. 내가 자리에서 막 떠나려는 순간 미영이 내 손목을 잡았다.

"지영아."

미영이 그렇게 내 이름을 불렀던 적이 언제였던가. 대학생 때였던가? 처음으로 같이 카페에 가거나 술을 마시기 전, 서로 존댓말을 하던 때 외에는 미영이 나를 그렇게 부른 적이 없었다. 그때, 내 옆자리에 앉아 졸고 있던 남자가 고개를 불쑥 치켜들더니 주변을 둘러보고는 서둘러 자리에서 일어섰다. 그 바람에 나와 어깨가 부딪치고 내 손에 있던 휴대전화가 열차 바닥으로 떨어졌다. 제법 큰 소리가 났지만 남자는 뒤돌아보지 않고 이미 열려 있는 출입문을 향해 냅다 뛰었다. 미영은 잡고 있던 내 손목을 세게 움켜쥐며 자리에서 일어나 소리쳤다.

"저 씨발새끼가, 야! 너 거기 안 서!"

열차 안에 있던 모든 사람들이 미영과 나를 쳐다봤다. 나는 미영에게 괜찮다고 말하거나 그만하라고 말하지 않았다. 다만 조용히 미영의 손에서 내 손목을 빼내고 바닥에 떨어진 내 휴대전화를 주웠다. 다행히 망가지거나 액정이 깨지지는 않았다. 이미 출입문 밖으로 빠져나간 남자가 미영과 나를 돌아보았다. 그러고는 무성의한 말투로 "죄송해요"라고 말했다. 그 말에 미영은 더 화가 난 듯 막 닫히려는 출입문을 향해 뛰며 "아 나 이런 좆 같은 새끼를 다 봤나, 야 이 씨발, 부딪쳤으면 제대로 사과를 해야 할 거 아냐!"라고 소리쳤다. 문은 이미 닫혔고, 남자는 사라졌다. 열차가 출발했지만 미영은 여전히 분을 삭이지 못했다. 그녀는 이미 닫힌 출입문을 주먹으로 두드리고 샌들 굽으로 걷어차며 끊임없이 욕지거리를 내뱉고 고래고래 소리를 질렀다. 그 바람에 미영이 손에 쥐고 있던 청귤이 바닥에 떨어져 샌들 굽에 밟히고 껍질이 터졌다. 쌉싸래한 청귤 냄새가 열차 안에 금세 퍼져나갔다. 입 안에 신 침이 고였다.

이게 그렇게까지 화날 일인가, 알 수 없지만 나는 여전히 미영을 말리지도 그녀에게서 물러서지도 않았다. 미영이 한번 화를 내면 어떠한 방식으로도 그 불길을 꺼뜨릴 수 없었다. 최근에는 그나마 나이가 들어서인지 불같이 성질을 부리는 횟수가 줄어들긴 했지만 한 번씩 저런 식으로 무언가에 홱 돌아버리는 순간들은 여전히 남아 있었다. 그때, 그 여행에서도 마찬가지였다. 우리는 물놀이를 마치고 나서 그 남자가 미리 빌려놓았다는 남한강 근처의 별장으로 들어갔다. 그곳 마당에서 우리는 삼겹살과 등갈비를 구워 저녁을 먹기로 했다.

저물녘이 되자 남자의 친구들이 속속들이 도착했다. 대부분 어깨가 넓고 살집이 두툼한 남자들이었다. 그중에서도 유독 한 사람에게 시선이 갔다. 비정상적으로 커다란 체구의 남자가 비정상적으로 비쩍 마른 두 명의 여자와 함께 들어왔기 때문이었다. 미영은 그 남자에게는 반갑게 인사했지만 그와 함께 온 여자들에게는 눈길조차 주지 않았다. 그리고 내가 그들 모두에게 일일이 인사를 하자 미영은 나를 마뜩잖은 눈길로 쏘아보았다.

마당에 놓은 식탁에는 앉을 자리가 부족해 별장 안 거실에 상을 다시 차리려 할 때 미영은 나에게 저년들과 절대로 말을 섞지 말라고 했다. 나는 '왜'라고 묻지 않았다. 나도 난생처음 보는 여자들과 특별히 나누고 싶은 대화 같은 것이 없기 때문이었다.

그곳에 모인 모두가 거실 탁자에 빙 둘러앉아 술과 고기를 나눠 먹었다. 남자들은 모두 다 서로 잘 아는 사이였고, 여자라고는 미영과 나 그리고 비쩍 마른 두 사람뿐이었다. 한데 어느 누구도 그 여자들을 우리에게 소개해주지 않았다. 이름이나 나이, 하는 일 정도의 간단한 인사조차 없이 여자들은 그저 숯불에 구운 등갈비만 뜯어 먹다가 함께 온 남자가 술잔을 비우면 바로바로 술을 다시 채워주었다.

그곳에 자리한 남자들은 모두 미영과 나를 '형수님'이라고 부르며 깍듯이 예의를 차리고 공손하게 술을 따라주었다. 그리고 그것은 뒤늦게 도착한 여자들에게도 마찬가지였다. 그러자 여자들은 기분이 조금 좋아졌는지 까르르 웃고 떠들며 자기들끼리 술을 따라 마셨다.

덩치 큰 남자는 술잔만 거푸 들이켜고 밥이나 고기에는 일절 손을 대지 않았다. 내가 그에게 "밥도 좀 드세요"라는 말을 건네자 그 옆에 앉아 있던 여자들 중 한 명이 피식 웃으며 "밥은 원래 안 먹어"라고 말했다. 그 말이 떨어짐과 동시에 미영은 곧장 자리에서 일어나 여자에게 달려들더니 귀싸대기를 날렸다. 그 바람에 여자가 바닥으로 고꾸라지자 미영은 여자의 머리와 배를 발로 걷어차며 욕지거리를 쏟아내기 시작했다.

"아 나 이 씨발년이 진짜, 야, 너 어제 먹다만 좆물이 입에서 다 안 빠졌냐? 이게 보자보자 하니까 나가요 주제에 어디서 반말이야!"

미영은 손으로 여자의 머리채를 붙잡고 발로 얼굴을 걷어차기 시작했다. 여자의 입술에서 핏물이 줄줄 흘러내리고 코와 턱에서 뼈가 으스러지는 듯한 소리가 났다. 그러나 그곳에 모인 사람들 중 어느 누구도 미영을 말리지 않았다. 얻어맞고 있는 여자를 도와주는 사람도 없었다. 아무도 그들을 바라보지 않았고, 마치 아무 일도 일어나지 않은 것처럼 주거니 받거니 술잔을 나누고 갈비를 뜯었다.

그 덩치 큰 남자가 논현동 룸살롱의 사장인데 혼자 오기 심심해 가게에서 일하는 아가씨 두 명을 차에 싣고 온 거였다는 이야기는 나중에 미영에게서 들었다. 미영은 '나가요' 일을 하는 여자들이라면 아주 질색을 했다. 미영에게 있어 그들은 개나 돼지, 쓰레기보다도 못한 존재들이었다.

나는 결국 다른 사람들과 마찬가지로 미영과 여자에게서 시선을 돌린 채 내 앞에 놓인 술잔을 들어 술을 꿀꺽 삼켰다. 그리고 식탁 한가운데 놓인 등갈비를 가만히 바라보았다. 마당에 차려놓은 숯불에 석쇠를 놓고 구운 등갈비는 아주 알맞게 익어 있었다. 그 옆에 놓인 크고 둥근 접시 위에는 사람들이 뜯어 먹고 난 뼈다귀가 원추형으로 쌓여 있었다. 허옇게 이를 드러낸 뼈다귀 사이에서는 시뻘건 핏물이 지저분하게 번져나와 있었다. 고기 참 잘 구웠다, 역시 숯불에 구워서 그런가 봐, 맛이 진짜 다르네, 라는 말들이 오고가는 게 귓가에 또렷이 들렸다. 술맛도 더 좋은 것 같아. 공기 좋은 데서 먹어서 그런가.

그곳에 모인 사람들의 시선은 술과 고기에만 머물러 있었다. 양손으로 갈비를 꽉 붙들고 치아로 그 살점을 쭉쭉 뜯어내며 무작정 먹기만 하는 사람들. 그들의 숨소리가 전혀 들리지 않았다. 실내에는 오직 미영의 발길질 소리와 식탁 앞에 둘러앉은 사람들이 고기의 살점을 뜯어내는 소리만 울리고 있었다.

나는 내 앞에 놓인 술잔을 들었다. 맑고 투명한 소주가 마찬가지로 맑고 투명한 유리잔 속에 담겨 있었다. 나는 그것을 단숨에 들이켰다. 쓰고 차디찬 느낌이 입술과 혀 그리고 식도를 지나 내 안으로 빠르게 흘러들어갔다.

미영의 식식거리는 숨소리가 점차 잦아들고 여자의 신음 소리도 잦아들 즈음 사람들의 말소리도 점차 잦아들어갔다. 고개를 돌려 미영과 여자가 있는 곳을 돌아보니 미영은 그만 발길질을 멈추고 숨을 고르는 중이었다. 그러고는 몸을 돌려 다시 내 옆에 와 앉았다. 그러나 쓰러져 누운 여자는 여전히 일어나지 못하고 바닥에 누워만 있었다. 그곳에 모인 사람들 중 어느 누구도 여자를 돌아보거나 일으켜주지 않았다.

여자는 조금 더 그렇게 엎드려 누워 있다가 스스로 바닥을 짚고 일어나 다시 덩치 큰 남자의 옆자리에 앉았다. 그러고는 탁자 위에 놓인 휴지를 집어 입가에 흐르는 피를 닦았다. 이어서 휴지에 소주를 조금 따라낸 뒤 꾹 뭉쳐서 어금니 안쪽에 집어넣고 깨물었다. 붉게 물든 오른쪽 광대뼈 위에는 차가운 소주병을 갖다 대 능숙하게 문지르며 열을 식혔다.

열차가 다시 다음 전철역을 향해 달려나가기 시작했다. 미영은 이제 어쩔 수 없다는 사실을 받아들였는지 그만 분을 삭이고 우리가 앉았던 자리로 돌아갔다. 나는 미영이 난동을 부리던 자리에 떨어진 청귤을 주워 손에 쥐고 미영의 옆자리에 다시 앉았다. 나는 아마도 다음 역에서 내렸다가 지나쳤던 역으로 다시 돌아가야 할 것이다. 그리고 미영은 계속 갈 것이다.

미영이 나에게 말했다.

"지영아, 너 우리 오빠랑 한번 자보지 않을래?"

나를 바라보지 않고 그저 이야기하는 미영의 담담한 태도 때문일까. 갑작스러운 물음임에도 불구하고 크게 당황스럽거나 불쾌하게 느껴지지는 않았다.

"이 병신이 나랑 할 때는 아무래도 잘 못 싸는 것 같아서."

미영은 고개를 살짝 수그린 채로 여전히 담담하게 말했다. 부끄럽다거나 창피해하는 느낌은 없었고, 조금 답답해하는 기색이었다. 열차의 문이 열렸다. 나는 그만 내리고 싶었다.

"그럼 사정을 아예 못하니?"

내가 묻자 미영은 그런 건 아니라는 듯이 대답했다.

"아니야, 싸긴 싸. 근데 내가 전혀 싸질 않으니까 오빠도 자꾸만 안 싸게 되더라고. 그래서 오빠도 이제는 만족을 못하는 거 같아. 그러니까 점점 더 제대로 못하고……. 짜증나 미치겠어 진짜. 그러니까 네가 한번 같이 자보면 안 돼? 다른 사람하고 하면, 오빠도 뭔가 새로운 자극을 받을 수 있을 것 같은데, 그게 너라면 좋겠어, 영."

열차의 문이 다시 닫히려 하고 있었다.

"나는, 오빠가 업소 년들하고 자는 게 너무 싫어. 그러니까 네가 한번만, 아니 정기적으로 우리 오빠랑 좀 해주면 안 되니?"

출입문이 완전히 닫히고, 열차는 다시 다음 전철역을 향해 나아가기 시작했다.

"영."

내가 불렀다. 미영은 대답하지 않았다. 열차가 곧 다음 역에 도착한다는 안내 방송이 다시 흘러 나왔다. 미영이 나지막이 말했다.

"얼른 가, 영."

그 말에 나는 그만 자리에서 일어났다. 그리고 출입문을 향해 걸어가는 내내 미영은 나를 뚫어져라 바라보았다. 나는 출입문 앞에 다다라서야 미영을 돌아보았다. 미영은 여전히 나를 보고 있었다. 이내 열차의 출입문이 열렸다. 나는 그 문 사이로 빠져나갔다.

승강장으로 나와 이미 닫힌 열차의 출입문 유리창 너머로 미영을 바라보았다. 그때까지도 미영은 나를 바라보고 있었다. 그리고 나와 눈이 마주치자 어서 가라는 듯이 손을 내저었다. 나는 그런 미영을 바라보며 주춤주춤 뒤로 물러났다. 나에게 손을 흔드는 미영의 모습을 보고 나서야 나는 그녀가 나보다 한 정거장 앞서 내렸어야 했다는 사실을 깨달았다. 미영이 집으로 돌아가려면 열차를 갈아타야 했기 때문이었다.

돌아서서 발걸음을 떼려는 순간 전철역의 스크린 도어가 모두 닫혔다. 그러고 나서야 전동차는 출발해 역사를 빠져나갔다. 스크린 도어 칸마다 줄줄이 붙어 있는 시들이 눈에 들어왔다. 특별한 미학적 수사나 문학적인 구조 없이 그저 구색 맞추기 용도로 붙어 있는 듯한 시들이었다.

대학생 때 교양 과목을 가르치던 교수님 한 분이 나를 미술 전시회에 초대해준 일이 있었다. 교수님과 가까운 지인의 전시회라고 해서 간 것이었는데 그냥 한 개인의 작품을 모아놓은 것일 뿐 특정한 질서나 주제 같은 것은 없어 보였다. 그때 나는 그곳에 미영과 함께 갔다. 비교적 빠르게 그림들을 둘러보던 나와는 달리 미영은 그림들을 하나하나 주의 깊게 들여다보며 느릿하게 전시회장을 누비고 다녔다. 그날 전시회장에서 우리는 그 교수님과 화가를 만났고, 근처 술집에 가서 술을 마셨다. 술집 또한 달리 대단할 것도 특별할 것도 없었다. 인사동 화랑 근처에 숱하게 자리한 민속 주점 중 한 곳에서 파전과 막걸리를 시켜 나누어 먹었을 뿐이다. 그때 교수님의 지인이라는 화가가 미영이 정말로 마음에 든다며 노골적으로 들이대기 시작했다. 어림잡아도 미영과 나의 아버지 세대로 보이는 화가가 미영을 애인으로 삼고 싶다며 추태를 부리자 미영은 화가 머리끝까지 난 것 같았지만 웬일인지 그 화를 꾹 눌러 참았다. 미영은 최대한 웃는 얼굴로 '왜 이러세요 선생님'이라고 말하며 유연한 분위기를 유지해주었다. 그리고 어느 정도 시간이 지나자 사실 다른 약속이 있어 그만 가봐야 한다고 말하고는 나를 끌고 나오더니 둘이서 다른 술집으로 가자고 말했다.

그 자리에서 미영은 술을 엄청나게 빨리 마셨다. 그리고 나에게 그 교수님과 화가가 몇 살이냐고 물었다. 나는 그 화가의 나이는 정확히 모르겠지만 교수님은 우리보다 스무 살 정도 많은 것 같다고 대답했다. 그리고 교수님이 그분에게 선배님이라고 말하는 것으로 보아 최소한 서너 살은 더 많지 않겠느냐는 식으로 말했다.

"와, 우리 아빠보다도 더 처먹은 새끼가……. 아, 씨발 좆나 엿 같네, 진짜……."

미영은 그렇게 말하며 빠르게 술잔을 비웠다.

"야, 너희 아버지 그렇게 젊어?"

아버지와 거의 서른 살 가까이 나이 차가 나는 나로서는 미영의 말에 다소 놀랐다. 미영은 대답 대신 나를 불렀다.

"영."

나는 미영을 바라보았다.

"우리 엄마랑 아빠, 나랑 열여덟 살밖에 차이 안 나."

나는 더 이상 아무 말 하지 않았다.

"아니 사실은, 우리 아빠는 그보다 더 어렸다고 들었어."

나는 그렇게 말하는 미영을 바라보았다. 그리고 미영이 소주병을 들어 자신의 잔을 채우려고 할 때 나는 그 병을 빼앗아 미영의 잔에 술을 따라주었다. 한참 동안이나 술을 거푸 들이켜던 미영이 주저리 주저리 이야기를 늘어놓기 시작했다.

"영, 나 있잖아……. 네가 오늘 나한테 전시회 가자고 해서 정말로 기뻤어. 너 그거 알아? 내 친구들 중에는 아무도 나한테 이런 데 같이 가자고 하는 사람이 없어. 네가 나한테 오늘 미술 전시회에 가자고 해서 내가 얼마나 행복했는지, 그게 나한테 얼마나 의미 있는 일이었는지 알아? 영, 나는 네가 나에게 같이 가자고 하는 곳, 다 갈 수 있어. 네가 나에게 같이 만나자고 하는 사람들, 나는 다 만날 수 있어. 그런데……, 그런데 어떻게 나한테 이래, 우리 아빠보다도 나이가 많다는 인간들이, 교수라는 인간들이, 예술 한다는 인간들이, 네가 아는 인간들이 왜 나한테……."

그날, 미영은 내 방에 와서 잤다. 만취한 미영은 몸에 달라붙은 옷들이 갑갑한지 하나씩 벗어 던지고 팬티와 브래지어만 한 채 벽과 면한 침대 자리에 누웠다. 나도 겉옷을 모두 벗고 잠옷으로 갈아입은 뒤 미영의 옆에 가 누웠다. 1인용 침대이지만 미영이 워낙 날씬해서인지 딱히 좁거나 불편하지는 않았다. 미영은 나에게서 등진 채로 등을 둥 그렇게 말고 누워 있었다. 영, 우리 같이 살까? 미영이 중얼거렸다. 그러더니 나를 향해 돌아눕고 내 입술을 빨며 부드럽게 혓바닥을 밀어넣은 뒤 입 안 구석구석을 핥았다. 그리고 내 잠옷 상의를 벗겨 혀로 내 목과 가슴골까지 꼼꼼하게 빨아 당기며 양팔을 뒤로 돌리고 자신의 브래지어를 풀었다. 나는 입고 있던 바지와 팬티를 모두 벗고 미영의 팬티도 벗겼다. 미영은 내 젖가슴부터 아랫배, 배꼽, 거웃과 음핵을 부드럽게 빨았다. 미영은 여성의 어떤 부위를 어떻게 빨아주어야 여자가 좋아하는지 잘 알고 있었다. 결코 강하지 않게, 부드러우면서도 리드미컬하게 내 질 사이를 훑어내리는 미영의 혀와 입술 그리고 그 사이를 채우는 미영의 타액과 내 봇물이 쏟아지는 지점에서 나는 황홀경을 보았다. 오래도록 그렇게 나를 애무하던 영이 내 안으로 자신의 손가락을 하나씩 집어넣었다. 두 개였을까, 세 개였을까. 정확하게 느낄 수는 없지만 이미 내 안으로 밀려들어온 손가락들과 내 안으로 들어오지 못하는 손목을 미영은 허벅지로 밀어 자극을 주었다. 나는 그녀의 크고 둥근 젖가슴을 붙들고 그 끝에 열매처럼 매달린 유두를 잘근잘근 씹으며 앞으로 내가 어떠한 사람과 섹스를 하더라도 이보다 더 나를 부드럽고 따뜻하게 안아줄 수 있는 사람은 없다는 사실을 알아버렸다.

수많은 인파에 뒤섞여 전철역 내 계단을 올라갔다. 이렇게 지하철 계단을 걸어 나갈 적이면 내가 스스로 이 계단 위를 걷고 있는 것인지 아니면 단지 사람들에게 등 떠밀려 내 의지와 상관없이 나아가고 있는 것인지 헷갈릴 때가 있다. 나는 계단을 모두 올라선 뒤 개찰구에 교통카드를 읽히고 그곳에서 빠져나왔다. 그리고 집으로 향하는 출구로 나가려다 말고 역사 내 화장실 앞 의자에 가 앉았다. 다음 열차가 벌써 이 역에 정차해 사람들을 쏟아내고 떠나간 모양인지 엄청나게 많은 사람들이 동시다발적으로 또 밀려나오기 시작했다. 그 모습을 바라보며 그 사람들 어딘가에 미영이 섞여 있지 않을까 상상했다. 나보다 늦게 열차에서 내린 미영이 반대쪽 열차로 갈아타 길을 되짚어 돌아가는 중에 내가 내린 전철역에서 내린 것이다. 영은 계단을 올라 개찰구에서 빠져나온 뒤 나를 향해 걸어온다. 영은 아무렇지도 않게 내 옆에 와 앉고 지그시 앞을 바라본다. 나는 영의 허벅지 위에 올라와 있는 그 손을 가만히 붙잡고 말한다. 좋은 귤도, 나쁜 귤도 없어, 영. 청귤도 감귤도, 다 똑같은 귤인 거야. 나는 그렇게 생각해. 그러나 이것은 다 나의 환상이고 거짓말이다. 미영은 나를 따라오지 않았다. 손 안에는 껍질이 터져 과육이 비어져나온 청귤만이 남아 끈적하게 들러붙어 있었다.

오샤와

토론토

철제 계단 위에 선 남편이 난간에 기대어 도로를 내려다보고 있다. 누군가를 기다리고 있는 남편의 뒷모습은 꼭 겨울나무의 겉껍질 같아 보였다. 어디로도 나아갈 수 없는 상황, 영원히 오지 않을 미래, 한자리에 붙박여 하루하루 죽어가는 것 외에는 아무것도 할 수 없는 존재가 그곳에 서 있었다.

남편은 '존'이라는 이름의 캐나다 남자를 기다리고 있었다. 존과 마찬가지로 캐나다인인 남편을 나는 한국에서 만났다. 그리고 남편과 함께 캐나다에 와서 그의 중학교 친구라는 존을 기다리는 것이다. 저녁 7시 반까지 남편과 내가 머물고 있는 게스트하우스로 오겠다던 존은 벌써 30분째 나타나질 않고 있었다. 싸구려 숙소가 몰려 있는 토론토 시내 차이나타운에서도 이 게스트하우스는 매우 오래된 건물에 속했다. 1층이 마치 2층인 것처럼 높게 자리해 있고 출입문으로 오르내릴 수 있는 철제 계단이 설치되어 있는 구조였다. 나는 남편과 함께 철제 계단의 난간 위에 서서 아직 오지 않은 존의 차를 기다렸다.

"이거, 이상해." 남편이 말했다. "어제, 내 아빠, 30분 기다렸어. 오늘, 존, 30분 기다려."

남편은 평소 자신이 하고 싶은 말을 주로 한국어로 구사했다. 하지만 그 말들은 대개 조사와 접속사 없이 짧게 짧게 끊어져나왔다. 영어와 한국어를 모두 사용하는 남편이 영어는 꼭 트럼펫 소리 같고 한국어는 캐스터네츠 소리 같다고 말한 적이 있었다. 영어에서의 한 어절 한 음절은 끊어짐 없이 이어지지만 한국어는 한 어절 한 음절 또박또박 소리 내는 것이 마치 타악기와도 같이 느껴지는 모양이었다. 그래서인지 남편이 한국어로 말을 할 때면 글자를 꾹꾹 찍어 누르는 듯한 느낌이 났다. 그것은 마치 언어를 처음 배우는 어린 아이가 "엄마 저 이 거 먹 어 도 돼 요?"라고 또박또박 묻는 듯한 느낌을 주었다.

"우리는 계속 기다려. 항상 기다리기만 해."

내가 말했다. 남편은 내 말에 대꾸하지 않고 도로 위로 지나가는 차들을 가만히 들여다보았다. 때마침 은빛 재규어 세단이 게스트하우스 옆 골목으로 꺾어 들어왔다. "저 차야?" 하고 내가 물었으나 남편은 아무런 대답 없이 고개를 쑥 내민 채 철제 계단을 내려갔다. 이내 재규어가 비상등을 켜고 멈추어 섰다. 차문이 열리고, 남자가 내렸다. "저 사람이야?"라고 나는 다시 물었다. 그와 동시에 차에서 내린 남자가 엄청나게 빠른 속도로 엄청나게 많은 말들을 쏟아내기 시작했다. 남편 또한 걸음을 빨리해 그에게 다가갔다. 둘은 손을 맞부딪치며 인

사하면서도 끊임없이 말을 내뱉었다. 관을 타고 흐르는 소리들이 쭉
쭉 뽑아져나오는 듯했다.

오샤와

오샤와의 첫인상은 나쁘지 않았다. 심지어 두 시간여 동안 기차를
타고 오느라 온몸이 뻣뻣하게 굳어 있고 정신이 몽롱한 중인데도 그
랬다. 아니, 어쩌면 그래서였는지도 모르겠다. 기차에서 빠져나왔을
때 눈에 보이는 풍경이라고는 철조망을 두른 주차장과 그 너머로 웃
자란 들풀이 성글게 흔들리는 모습뿐인데도 어딘가 모르게 이곳의
인상이 좋다고 느꼈던 까닭은 말이다.

토론토 유니언 역에서 차표를 사서 기차를 타고 오는 동안 남편은
내내 조금만 더 가면 된다고 말했다. 하지만 토론토와 오샤와는 그리
가깝지 않았다. 남편이 그동안 토론토 근교의 도시에서 나고 자랐다
고 해서 나는 그곳이 서울 주변의 일산 혹은 분당과 같은 도시일 거
라고 생각했다. 그러나 기차를 탄 지 두 시간이 넘도록 남편은 "아직
아니야" "여기 아니야"라는 말만 내뱉었다. 좁은 기차칸 안에 저마다
의 짐 가방과 배낭을 하나씩 끼고 자리에 앉아 오는 길은 여간 답답
하지 않을 수 없었다. 그러니 자리에서 일어나 비좁은 기차칸을 빠져
나온 뒤 바라보는 풍경은 뭐가 되었든 간에 그리 나쁘지 않게 다가오
는 것이었다.

"꼭 그것 때문만은 아니야."

나는 혼자 읊조리듯 말했다. 남편은 내 말을 듣지 못했다. 설령 그가 들었다 하더라도 그 의미까지 알아듣지는 못했을 것이다.

캐나다는 매우 편평한 곳이었다. 특히나 이곳 오샤와는 드넓은 땅 위에 건물이라고는 거의 없이 잡초만 웃자라 있는 공터가 대부분이었다. 건물이 듬성듬성 자리 잡고 있기는 하지만 그 또한 대부분 단층 건물이라 매우 편평한 느낌으로만 다가왔다. 오샤와에 도착한 남편의 표정은 그리 밝지 않았다. 그렇다고 해서 아주 어두운 것도 아니었다. 다만 토론토에 머물러 있던 내내 굉장히 들떠 있던 모습과는 다소 딴판이었다. 지금 남편의 얼굴에는 아무런 표정이 없었다. 아무런 표정이 없는 얼굴 한가운데 미간이 약간 찌푸려져 있는 모습이 꼭 물속에 검은 물감 한 방울이 떨어져 있는 모양새 같았다.

토론토

존의 차 안에는 여자가 한 명 앉아 있었다. 그녀는 "케이티"라고 했다. 나도 내 이름을 말하고 인사를 나누는 사이 차가 출발했다. 어둠이 내려앉은 토론토 거리에서 낯선 느낌은 찾아볼 수 없었다. 벽돌로 지어진 고만고만한 주택가와 한국에서도 흔히 볼 수 있는 가로수길 사이를 이리저리 지나쳐 갈 뿐이었다. 남편에게 지금 어디로 가는 것이냐고 한국어로 물어볼까 했지만 그는 여전히 존과 대화 중이었다.

"지금 위드(Weed) 사러 갈 거야."

내가 차창 너머에서 시선을 떼고 있지 않자 남편이 내 옆구리를 툭

치며 말을 건넸다. 그 말에 나는 고개를 돌려 남편을 바라봤다.

"어디로?"

내가 묻자 남편은 자기도 모른다고, 하지만 존이 알고 있다고 대답했다.

"진희도 할 거예요?"

대부분의 외국인들이 내 이름 '진희'를 '지니'라고 발음했다. 그러나 한국어를 할 줄 아는 남편은 정확한 한국어 발음을 구사하는 것에 자부심이라도 가지는지 아주 또박또박하게 '진, 히'라고만 불렀다. 나는 그 과도하게 정확한 발음이 오히려 더 내 이름 같지 않게 느껴졌지만 남편에게 굳이 그 사실을 말하지 않았다. 나는 다만 위드를 원하지 않는다고 대답했다.

존의 차는 주택가가 늘어서 있는 도로 위에서 멈췄다. 존이 갓길에 차를 세우고 시동을 끄자 다들 차문을 열고 밖으로 나갔다. 그러고는 바로 앞에 있는 건물로 들어갔다. 간판도 안내문도 없지만 그렇다고 해서 뭔가를 감추고 있는 듯한 느낌도 없는 평범한 상점이었다. 출입문 안에는 흑인 남자 두 명과 백인 남자 한 명이 있었다. 존은 이미 그들과 알고 지내는 모양인지 가볍게 눈인사를 하고는 그들 사이를 유유히 지나 커튼이 드리워진 공간 안으로 들어갔다.

커튼 너머 공간은 직사각형 형태의 기다란 방이었다. 쇼케이스가 하나 놓여 있고 그 앞에 여섯 명이나 되는 남자들이 줄지어 서 있었다. 쇼케이스 안에는 위드가 담긴 유리병들이 있었다. 남자들은 손님이 원하는 상품을 10그램 혹은 20그램씩 포장해주는 일을 했다. 우리 일행 앞으로 이미 서너 명의 남자들이 위드를 살펴보고 담아가는 중이었다. 존과 남편은 직원들과 인사를 나누며 무엇을 살지에 대해 의논했다.

남편은 두 종류의 위드를 골라 각각 10그램씩 주문했다. 하나는 예전부터 주로 피워오던 것이고 또 다른 하나는 처음 사보는 것이라고 말했다. 가게에서 나온 뒤 우리는 다시 존의 차를 타고 가까운 곳에 자리한 펍으로 갔다. 그곳에서는 저마다 마음에 드는 생맥주를 하나씩 골라 주문해 마셨다. 남편은 이곳이 주로 위드를 하는 애들이 이용하는 펍이라고 말했다. 나는 뭔가 굉장히 시끄럽고 정신없는 분위기의 술집을 상상했지만 실제로는 매우 조용하고 안정된 분위기가 감도는 곳이었다. 평일이라 손님도 거의 없어 대화를 나누기에도 좋았다. 존과 케이티도 이제야 조금 느릿한 말투로 나에게 말을 걸어오기 시작했다. '한국은 요즘 어때?'라는 질문은 북한의 지도자 김정은에 대해서 묻는 것이었고, '그곳은 항상 여름이니?'라는 말은 동북아시아와 동남아시아의 차이를 모르고 묻는 질문이었다. 나는 서툰 영어 발음으로 그들의 질문에 하나씩 대답했다. 그러자 그들은 곧 흥미를 잃었는지 다시금 정신없이 빠른 어조로 다른 대화를 이어갔다. 트럼펫과 클라리넷, 바순 등의 악기에서 저마다의 소리가 뿜어져나오는 듯했다. 맥주를 더 주문하고, 화장실에 다녀오고, 그들은 또 밖으로 나가 위드를 태우고 들어오기를 반복했다.

오샤와

저녁 7시 반밖에 안 됐는데 사위가 온통 어둑했다. 단층 건물 안에 자리한 상점들에 불이 들어와 있기는 하지만 전반적으로 어둑한 분위기가 훨씬 더 짙었다. 시골이라기엔 제법 번화한 도시 같고, 도시라기엔 다소 후미진 풍경이 시선을 잡아 끄는 오샤와 시내에서 두어 블록쯤 떨어진 사거리 횡단보도 앞에 우리는 멈춰 섰다. 우리가 서 있는 맞은편 길에 자그마한 극장과 아이스크림 가게, 달러라마* 상점이 자리해 있었다. 핼러윈데이는 아직 한 달도 넘게 남았는데 상점 안에는 벌써부터 핼러윈 의상과 소품, 사탕 따위가 잔뜩 진열되어 있었다. 그리고 그 건물 앞으로 검은색 가죽잠바를 입은 커다란 남자가 천천히 걸어오고 있는 게 보였다.

남편과 나는 횡단보도를 사이에 두고 그 남자와 마주섰다. 남자는 남편을 알아본 것 같았지만 그렇다고 해서 토론토에서 만났던 존처럼 남편에게 호들갑스럽게 인사를 하거나 소리를 지르지는 않았다. 이내 신호등에 초록불이 켜지고 남자가 먼저 우리 쪽으로 걸어왔다. 남편도 천천히 걸음을 옮겨 그에게로 다가갔다. 그가 더 빠르게 우리 쪽으로 다가왔기 때문에 우리는 걸음을 많이 옮기지 않아도 됐다. 그가 횡단보도를 거의 다 건너왔을 때 남편과 인사를 나누고 나에게도 손을 내밀어 한 음절의 말을 내뱉었는데 나는 제대로 알아듣지 못했다. 그러자 남편이 대신 "새앰"이라고 말해주었다. 내가 "샘? 새뮤얼?" 하며

---

* 달러라마(Dollarama): 한국이나 일본의 '다이소'와 같이 1달러짜리 물건을 주로 판매하는 상점.

되묻자 그 남자는 피식 웃었다.

남편과 나 그리고 샘은 나란히 서서 조금 전 걸어온 방향으로 다시 걸어갔다. 그렇게 걷는 도중 남편이 난데없이 샘에게 "진히는 도스토옙스키를 좋아해"라고 말했다. 나는 남편이 갑자기 왜 그런 말을 꺼내는 것인지 알 수가 없었다. 남편의 말에 대한 샘의 대꾸도 이해가 안 되기는 마찬가지였다.

— 내가 요즘 읽고 있는 책은 윌리엄 포크너의 소설이야.《소리와 분노》.

도스토옙스키와 윌리엄 포크너 사이에 어떤 연관이 있다고 저런 말을 하는 것일까? '문학' 혹은 '소설'이라는 것 외에 둘 사이의 어떤 연관성도 찾을 수 없었지만 나는 일단 샘의 말에 대꾸하기로 했다.

— 윌리엄 포크너의 소설이라면 나도 읽어본 적이 있어.

나는 일부러 좀 흥분한 듯이 말했다.

— 내가 읽은 그의 소설은 〈에밀리에게 장미를〉이었어. 나는 그것이 정말 미국적인 소설이라고 생각해.

그러자 샘이 "그건 소설이 아니야"라고 말해 나는 깜짝 놀랐다. 그게 소설이 아니라면, 무엇이 소설이란 말인가? 어안이 벙벙해 뭐라고 말해야 할지를 잊어버릴 정도였는데 샘은 아무렇지도 않은 표정으로 다시 말했다.

— 그건 스토리잖아.

우리는 계속 걸어서 다시 숙소로 갔다. 안내데스크가 있는 로비 홀과 좁다란 복도를 지나 엘리베이터를 타고 우리가 묵고 있는 3층으로 올라갔다. 카드키를 꺼내 객실 문을 열고 들어가자 샘은 자연스럽게 화장대 앞 의자에 앉고 남편은 침대 매트리스에 걸터앉았다. 나는 냉장고 문을 열었다. 그리고 미리 사두었던 맥주 캔 하나를 꺼내 꼭지를 따서 일회용 컵에 나누어 따랐다. 샘과 남편에게 각각 한 잔씩 건네고 나도 한 잔 들이켰다. 샘은 나에게 묻지도 않고 책상 위에 있는 내 랩톱 전원을 켜서 온라인에 접속한 뒤 음악을 틀었다. 의자에 앉아 있는 그의 몸은 목 아래에서부터 살들이 물결과 같이 움직여 마치 그가 앉아 있는 것이 아니라 살들이 앉아 있는 듯한 느낌을 주었다. 또한 그의 얼굴 피부는 갓 태어난 아기의 살결처럼 솜털 하나 없이 뽀얗고 하얬다.

언젠가 남편이 나에게 했던 말이 떠올랐다. 자신의 고향 친구 중에 스릴러 작가가 있다고, 아직 책을 내지는 못했지만 계속 소설을 써서 출판사에 보내고 있다고, 그의 우상은 스티븐 킹이지만 자신은 그 작가에게 관심이 없다는 식의 두서없는 이야기였다. 나는 그 작가 친구가 바로 저 남자, 샘이라는 사실을 깨달았다.

토론토

그 길은 정말로 멀었다. 도로에는 다른 차가 하나도 없었다. 나는 존의 차 뒷좌석에 앉아 있었다. 운전을 하는 것은 존이었을까? 아니면 그의 친구였을까? 모르겠다. 둘 중 한 명은 운전석에, 또 다른 한 명은 보조석에 앉아 있었다.

위드를 산 뒤에 들어갔던 펍에서 술을 마시고 있을 때, 그러니까 아마도 자정 무렵 남편의 또 다른 친구들이 몰려와 함께 술을 마셨던 기억이 났다. 운동복 차림에 머리에는 두건을 쓴 남자. 그와 나눈 이야 기라고는 북한에 대한 것뿐이었다. 그는 이미 취한 나에게 계속해서 북한에 대해 물었다. 나는 북한이 아닌 남한에서 왔다고 말하자 그는 이 세상에 그런 나라도 있느냐고 되물었다. 그 남자가 지금 운전석에 앉아 있나? 아니면 조수석에 앉아 있나? 나는 분간할 수 없었다. 다 만 케이티는 어디론가 사라져 보이지 않았고 내 옆에는 남편만 앉아 있었다.

먼 길을 달려 도착한 곳은 주차장이었다. 토론토를 벗어나니 모든 땅들이 다 도로와 주차장으로만 보였다. 넓어도 너무 넓은 주차장에 차를 세워두고 우리는 존의 아파트로 들어갔다. 안으로 들어가 보니 원룸 형식의 방이 기역자 모양으로 휘어져 있었다. 존은 그중 한쪽 공 간은 부엌으로, 다른 쪽 공간은 침실로 쓰고 있었다. 존이 나에게 자 신의 침대에 누워 잠을 좀 자라고 해서 나는 그렇게 했다. 나는 곧장 잠들었다. 가끔씩 깨어 눈을 떠 보면 방 안을 가득 채운 연기가 보였 다. 상쾌한 위드 향기와 매캐한 담배 냄새가 동시에 맡아졌다.

잠에서 완전히 깨어났을 때 나는 다시 존의 차 뒷좌석에 앉아 있 었다. 남편은 내가 두 시간 정도 잠들어 있었다고 말했다. 그래? 정말 로 그것밖에 안 돼? 나는 마치 수일 동안 자고 일어난 것만 같은데. 두건을 쓴 친구가 운전을 하고 있었고 보조석은 텅 비어 있었다. 존 은 어디로 갔느냐고 남편에게 물으니 그는 술에 취해 집에 있다는 대 답이 돌아왔다. 두건을 쓴 친구가 우리를 토론토 차이나타운의 그 허 접스러운 숙소에 바래다준 뒤 존의 집으로 다시 돌아갈 거라고 말했

다. 그 도로는 텅 비어 있었는데도 토론토까지 가는 데 한 시간이 넘
게 걸렸다.

게스트하우스로 돌아가 다시 잠들었던가? 아마도 그랬던 것 같다.
정오 무렵 우리는 급히 짐을 싸서 게스트하우스에서 빠져나왔고, 토
론토 유니언 역까지 택시를 타고 가 오샤와행 기차표를 샀으니 말이
다. 오샤와로 가는 기차 안에서도 나는 내내 자다 깨기를 반복했다.

오샤와

주드의 차는 주차장 건물 꼭대기에 세워져 있었다. 꼭대기라고 해
봤자 3층일 뿐이지만 건물에 승강기가 없어 우리는 미친 듯이 뛰어
올라가야만 했다. "시간 없어, 서둘러." 누가 말했는지는 모르겠지만 누
군가 분명 그렇게 말했다.

나는 티내지 않으려 노력했으나 속으로는 왠지 좀 흥분이 됐다. 톰
과 조, 허클베리의 모험에 풍덩 뛰어든 것만 같았기 때문이다. 모험이
라기에는 조금 시시한 일이긴 하지만 따지고 보면 그들의 모험이라는
게 원래 다 시시한 것들뿐인데 뭐, 하는 마음이었다.

우리는 맥주를 구하러 가는 길이었다. 단지 맥주를 사러 가는 것일
뿐인데도 이토록이나 긴장감이 느껴지는 건 온타리오주에서는 주류
를 일반 마켓이나 편의점에서 살 수 없기 때문이었다. 주류를 파는 상
점은 동네마다 하나씩 다 있지만 대부분 저녁 9시면 문을 닫았다. 특

히 이 지역에서 가장 큰 체인망을 가진 'LCBO*'라는 주류 상점은 밤 9시에 칼같이 문을 닫았다. 한데 주드가 찾아본 가게 중 한 곳이 좀 더 늦은 시간까지 영업을 한다고 해서 그의 차를 타고 서둘러 가보려는 것이었다.

술을 마시지 않고 있었다면 그까짓 맥주가 뭐라고 이렇게까지 필사적으로 사러 가는 것일까 싶었을 거다. 하지만 술을 마시는 도중에 술이 떨어지고 심지어 더 이상 살 수도 없다는 사실은 왠지 받아들일 수가 없었다. 한국에서는 언제든 어디서든 술을 살 수 있기에 늦은 밤 술을 사지 못하거나 마실 수 없는 현실에 대해서는 한 번도 상상해보지 못했다.

주드의 차는 자주색 소형 세단이었다. 뒷문을 열고 안을 들여다보니 일할 때 쓰는 것으로 보이는 공구 상자 같은 것들이 시트와 바닥에 각각 하나씩 놓여 있었다. 나는 자리에 앉을 수 있게 그 상자들을 바닥 한구석으로 밀어놓고 안으로 들어갔다.

주드의 차가 멈춰선 곳은 역시나 주차장이었다. "가자!" 주드가 먼저 말하며 차문을 열고 나갔다. 그를 따라 모두들 차에서 내리고 주차장을 가로질러 상점을 향해 뛰었다. 대형 마트를 떠올리게 할 만큼 커다란 주류 상점에는 '비어 스토어'라는 간판이 붙어 있고 상점 안에는 맥주 캔을 쌓아둔 선반과 냉장고들이 있었다. 남편이 나에게 자신을 따라오라고 손짓하더니 유리로 된 자동문 너머로 들어갔다. 그 안쪽도 냉장고였다. 바깥쪽 공간보다 훨씬 더 넓은 공간에 맥주를 박

---

* LCBO: Liquor Control Board of Ontario

스째 쌓아두고 냉장고의 온도를 유지하며 판매하는 거였다.

우리는 저마다 맥주 캔을 여덟 개씩은 샀다. 그러니 모두 합치면 서른두 캔을 산 것이다. 샘과 주드는 각자 자기 것만 계산했고, 다시 숙소로 돌아와 맥주를 마실 때에도 자신의 봉지에 담겨 있는 것만 꺼내어 마셨다. 다들 말을 너무나 빠르게 하는 데다가 친한 친구 사이라 그런지 온갖 은어와 속어가 다 섞여 있어 나는 그들의 대화를 점점 더 알아들을 수 없게 되었다. 나는 홀로 침대 가장자리에 앉아 맥주를 홀짝이며 휴대전화로 온라인에 접속해 페이스북에 사진을 올리고 친구들의 반응을 살폈다. 그러면 이따금씩 주드가 내 옆자리에 다가와 앉아 아주 느리고 또렷한 발음으로 나에게 말을 걸었다. 너는 취미가 뭐야? 어떤 음식을 좋아해? 나도 한국에 가보고 싶어……. 대개의 사람들이 처음 만났을 때 형식적으로 묻고 답하는 대화가 주를 이뤘고 남편은 계속해서 샘하고만 이야기했다. 그러자 주드는 남편과 내가 어떻게 만났는지에 대해서 물었고, 남편을 어떻게 생각하는지에 대해서도 물어왔다. 그리고 자기는 지금 애인이 없지만 정말로 사랑했던 여자가 있었다며 휴대폰을 꺼내어 그 사진을 보여주었다.

내가 새로운 맥주 캔의 꼭지를 땄을 때 주드가 갑자기 밖으로 나가자고 말했다. 남편과 함께 중학교를 다녔던 친구들이 와 있으니 그들과 함께 펍으로 가자는 것이었다. 나는 맥주를 한 모금 들이마신 뒤 남편과 그의 친구들을 따라 숙소 바깥으로 나갔다. 낮이나 밤이나 사람이라고는 거의 없는 거리, 특히 젊은 사람들이라고는 더더욱 찾아보기 어려운 거리에 블루제이스 야구팀의 티셔츠를 입은 젊은 남자 서너 명이 큰 소리로 떠들고 있었다.

다 같이 펍으로 가서 맥주를 마시는 동안 누군가는 당구를 치고 누군가는 다트를 하고 누군가는 카드를 하고 그랬다. 나는 게임에는 흥미가 없어 맥주만 내내 들이켜다가 혼자서 먼저 숙소로 돌아왔다. 그리고 얼마 지나지 않아 남편과 샘, 주드가 다시 방으로 돌아왔다. 저마다의 봉지에 남아 있던 맥주 캔들은 이제 별다른 구분도 없이 다들 아무렇게나 꺼내어 마셨다. 나는 술에 취한다기보다는 너무 졸려서 정신을 차릴 수가 없었다.

왜 화가 난 것일까? 나는 이유를 알 수 없었다. 그들이 나누는 대화를 제대로 알아듣지 못하고 있기도 했거니와 너무 졸린 나머지 맥주를 마시다 말고 깜박깜박 졸고 있기도 했다. 남편과 나는 침대 머리맡에 기대어 반 정도 누워 있고, 샘은 여전히 화장대 앞 의자에 앉아 있었다. 주드는 화장대 선반에 궁둥이를 걸치고 서 있었다. 남편이 주드에게 그만 나가라고 말했다. 크게 소리를 지르지는 않았지만 더 이상은 참을 수가 없다는 표정이었다. "왜 여기서 담배 피워? 나는 담배 싫어, 싫다고 했잖아. 나가서 피우라고 말했잖아, 왜 내 말을 무시하는 거야?" 여태껏 정신없을 만큼 빠르게만 말하던 남편이 지금은 매우 느리고 정확하게 소리 내어 말했다. 놀라우리만치 바르고 또박또박한 데다가 어절마다 힘을 주어서인지 영어로 말하고 있음에도 불구하고 마치 한국어로 말하는 것처럼 들렸다. "너는 항상 그랬어, 항상 내 말을 무시했어. 나가, 여기서 나가."

그들은 그렇게 싸웠다. 하지만 한국에서 보았던 대개의 남자들처럼 서로 멱살을 움켜잡거나 술병을 집어던지거나 하며 소란스럽게 싸우지는 않았다. 그래 뭐, 이게 진짜 현실적인 거겠지, 이게 더 자연스럽지, 라고 생각하면서도 나는 이 상황이 어딘가 모르게 비현실적이고 부자연스럽게 느껴졌다.

나는 살면서 남편이 화내는 모습을 딱 한 번 본 적이 있다. 그때 그는 괴물같이 울부짖으며 정신없이 빠르게 말을 내뱉었다. 평소에는 주로 한국말만 하던 남편이 그 순간만큼은 영어로만 말했다. 정신없을 만큼 빠르게 쏟아져나오는 말인데도 그 의미가 또렷이 전달되게끔 아주 정확한 발음으로 말이다. '네가 뭘 알아 이 쌍년아. 네가 내 고통을 알아? 왜 우리 가족이 매일 마리화나를 하는데, 나는 심지어 그의 시체도 보지 못했어. 어떻게 그럴 수가 있어? 스스로 죽는다는 게 뭔지 네가 알아? 그것이 남은 사람들에게 어떤 고통을 주는 건지 네가 알아? 나는 정말로 그에게 화가 나. 나는 그를 용서할 수가 없어. 10년이 지난 지금까지도 나는……' 울부짖으며 말을 뱉어내는 남편에게 나 또한 소리쳤다. '하지만 너는 아직도 노아에 대해서 알지 못하고 있잖아. 너는 너와 네 가족들이 받은 상처만 생각하잖아. 노아가 왜 그랬는지, 얼마나 고통스러웠는지, 너는 아직까지도 전혀 모르고 있잖아.' 외국인과 싸울 때면 말문이 트인다더니 나 또한 그때만큼 빠르고 정확하게 영어로만 말했던 적이 없는 것 같다.

주드와 샘은 결국 방 밖으로 나갔다. 샘은 별다른 말이나 인사 없이 자연스럽게 밖으로 나갔지만 주드는 그렇지 않았다. 그는 밖으로 나가기 직전까지 화장대 모서리에 붙어 선 채 남편을 쏘아보았다. 그 눈의 흰자위가 마치 불이라도 붙은 것처럼 시뻘겋다. 화는커녕 그 어떤 말 한마디도 없이 오직 사람을 쏘아보기만 하는 그 눈빛이 어찌나 강렬한지 나는 꼭 내 몸이 불길에 휩싸이기라도 한 것만 같았다. 그대로 둬도 괜찮겠냐고, 지금이라도 붙잡아야 하는 것 아니냐고 남편에게 물었지만 신경 쓰지 말라는 대답만 돌아왔다.

"왜, 싸웠어?"

내가 물었다.

"진히, 봤잖아. 주드 담배 피웠어, 여기서."

"그게 문제야?"

"나는 담배 안 피워."

"위드는 하잖아."

"그건 담배가 아니야. 그리고 나는 계속 바깥에 나가서 했어. 주드 항상 저런 식이야, 항상. 멍청이 새끼."

"왜 주드 싫어해?"

"그거 알아? 주드 만나는 여자들 다 창녀야."

"그게 너랑 무슨 상관이야?"

"그리고 주드, 월급 받으면 2일, 아니 3일 만에 다 써버리는 멍청이야. 심지어 친구들 불러서 술 마시고 노는 데 다 써."

"야, 쟤는 그냥 외로운 거야. 너도 알잖아. 이 시골에서, 아무것도 없는 이곳에서, 도대체 뭘 할 수 있어? 너는 한국으로 도망이라도 쳤지, 대학을 나왔으니까. 하지만 여기서 이렇게라도 살지 않으면, 자살이라도 하라는 거야 뭐야?"

"왓더, 그 단어 말하지 마. 나는 그 단어 듣고 싶지 않아. 나는 그냥 주드 용서할 수 없어. 오늘도, 봐, 주드 계속 너 꼬시려고 했어. 주드 늘 그런 식이야. 노아 애인한테도 그랬어."

"나 지금 너무 졸려."

"그래, 자. 제발."

나는 옆으로 몸을 틀어 누우며 무릎을 끌어당기고 이불을 머리끝까지 덮어 씌웠다. 너희는 다 예수의 제자들이잖아, 나 같은 신들의 아이가 아닌, 진짜 신의 아이들이잖아……*, 라는 생각을 하며 눈을 꾹 감아버렸다.

다시, 오샤와

앤드류와 나는 오샤와 쇼핑센터 1층 중앙 계단 앞에 섰다. 계단과 마주 보고 있는 주차장 쪽 출입문이 열리자마자 두 팔을 양옆으로 벌리고 소리 지르듯 웃으며 다가오는 헬렌이 보였다. 마찬가지로 미친 듯이 뛰면서 기뻐할 줄만 알았던 앤드류는 의외로 차분하고 담담하게 헬렌에게 다가가 인사했다. 헬렌은 앤드류를 보자마자 온몸을 쓰다듬으며 애정을 표현했다. 그 때문에 나에게는 인사할 겨를조차 없었지만 헬렌은 그래도 나를 보고 있다는 듯이 한 손으로는 내 팔을 붙잡고 있었다. 그러면서도 앤드류에게서 시선을 떼지 못하고 시종 웃어댔다. 앤드류는 그런 헬렌을 민망하거나 어색하게 여기지 않았다. 다만 계속 차분하고 점잖은 체하는 태도에서 나는 그가 지금 어른이 된 것처럼 보이고 싶어 한다는 사실을 알아차렸다.

우리는 곧바로 주차장으로 나가 헬렌의 차에 탔다. 오샤와에서 네

---

* 엔도 슈사쿠의 소설 《백색인·황색인》의 한국어판 제목을 인용.

시간 정도 가야 하는 시골마을 킬랄로에 살고 있는 헬렌은 오랜만에 오샤와에 왔으니 자신의 여동생을 보고 가야겠다고 했다. 앤드류는 일단 숙소에 맡겨둔 여행 가방부터 찾아야 한다고 말했다. 그래서 헬렌은 어젯밤 우리가 묵었던 숙소로 방향을 틀었다. 이내 호텔에 도착해 앤드류와 함께 안으로 들어가 짐 가방을 끌고 나왔을 때, 그가 갑자기 생각났다는 듯 "오" 소리를 내더니 나에게 앞쪽 보조석으로 가 앉으라고 말했다. 나는 보조석에 앉고 싶지 않아 왜 그러느냐고 물었다. 앤드류는 자신의 짐 가방 안에 샘에게 주어야 할 영화 포스터가 들어 있다고 말했다. 그래서 자기는 뒷자리에 앉아 가방 안에 들어 있는 포스터들을 꺼내야 한다는 것이었다. 나는 별 수 없이 내 짐 가방만 차 트렁크에 싣고 문을 닫은 뒤 앞자리로 가 앉았다. 앤드류는 뒷좌석 쪽으로 자신의 짐 가방을 밀어넣고 그 옆으로 들어가 앉았다. 그리고 헬렌에게는 샘의 집으로 가달라고 말한 뒤 가방의 지퍼를 열어 한쪽 구석에 잔뜩 넣어가지고 온 영화 포스터들을 꺼냈다. 그것은 한국 극장가에서 흔히 볼 수 있는 영화 홍보용 전단지였다. 캐나다 극장에는 그런 것들이 비치되어 있지 않은 데다가 광고 시안 자체가 북미지역과는 다른 경우가 많아 그들에게는 매우 값진 선물이 된다고 했다.

— 그래, 너하고 샘은 어릴 때부터 영화를 무척 좋아했지.

헬렌이 말하자 앤드류가 덧붙이듯 이어 말했다.

— 맞아, 우리는 정말 영화광이야. 특히 샘은 집에서 종일 글 쓰고 책 읽고 영화만 봐.

보조석에 앉으니 그 앞에 붙은 사진과 룸미러 사이에 걸린 목걸이가 보였다. 비닐로 코팅된 사진 속에 삼형제의 어린 시절 모습이 들어 있었다. 맨 왼쪽에 앤드류의 큰형 세스, 가운데엔 10년 전에 죽은 노아, 오른쪽에 막내인 앤드류가 서 있는 사진이었다. 중학생 정도의 나이로 보이는 앤드류는 넓게 벌린 두 팔로 노아의 등짝을 꽉 끌어안고 있어 꼭 그의 등에 업혀 있는 것처럼 보였다. 맨 왼쪽에 있는 세스는 자연스럽게 미소 짓고 있고 앤드류는 신이 나서 웃고 있는데 가운데 서 있는 노아는 아무런 표정이 없었다. 그는 즐거워 보이지도 슬퍼 보이지도 않았다. 그저 카메라 렌즈만을 묵묵히 바라보고 있는 시선이 왠지 모르게 영화 〈허공에의 질주〉에 출연했던 리버 피닉스의 모습을 떠올리게 만들었다.

보먼빌

현관문이 열리고 또 닫히는 소리를 들으며 잠에서 깨어났다. 나를 바짝 끌어안은 채 누워 있는 앤드류는 아직 깨어난 것 같지 않았다. 나는 조용히 그의 품에서 빠져나와 방문을 열고 거실로 나갔다. 거실 소파에 기대어 앉자 깊은 숨이 흘러나왔다. 잠시 뒤 앤드류도 방문을 열고 거실로 나왔다. 그는 거실에 선 채로 신 팔과 다리를 쭉 늘이며 하품을 했다. 그리고 나에게 물었다.

"내 엄마 어디 갔어?"

"몰라. 나가는 소리만 들었어."

"휴우. 내 엄마, 항상 그래."

나는 자리에서 일어나 부엌에 있는 냉장고 문을 열어보았다. 목이 말랐다. 그러나 이곳은 앤드류의 할머니가 요양원으로 떠난 뒤 오래 도록 비어 있던 집이라 그런지 물이나 음식이 전혀 없었다. 그나마 그 안에 진저에일 캔이 서너 개 정도 남아 있었다. 별 수 없이 진저에일 캔을 하나 집어 마개를 딴 뒤 유리컵 두 개에 나누어 따랐다. 다시 소 파로 가 앉아 한 잔은 앤드류에게 건네고 한 잔은 내가 마셨다.

　"내 엄마, 아직도 내 형제 반지 가지고 있어."

　"형제? 노아?"

　"맞아. 진히, 봤지? 내 엄마 차 안에 아직도 있어."

　룸미러 사이로 걸어놓은 목걸이에 금색 반지가 걸려 있던 모습이 기억났다.

　"응, 봤어. 그게 노아 꺼야?"

　"응……."

　앤드류는 오른쪽 손으로만 두 눈을 모두 가린 채 조금씩 흐느껴 울기 시작했다. 나는 진저에일 잔을 소파 앞 탁자에 놓고 한 손으로 앤드류의 허벅지를 쓰다듬었다. 앤드류는 울먹이느라 말을 잘 잇지 못했다.

　"노아……, 왜 그랬어?"

　마침내 내가 묻자 앤드류는 자기도 잘 모르겠다고 대답했다.

　"모르겠어……. 그냥 내 추측에, 노아, 아주 예민한 사람이야. 나도, 아주 예민한 사람이야. 하지만 나는 어릴 때부터 영화, 음악, 미술, 문학 다 좋아했어. 내 친구들, 나 게이 같다고 얼마나 많이 놀렸는데. 그래서 사람들, 나 예민해도 이상해 생각 안 해. 그런데, 노아 달랐어. 노아는 돈, 여자, 자동차 좋아하는 남자, 그리고 자기감정 말 안 해. 그래서 아무도 노아 성격 예민해, 진짜 몰랐어. 새벽에, 그 새벽에, 세스 화장실에서 노아 발견했어."

"어떻게?"

"목 매달아. 나는 도망쳤어, 바로. 그래서 나는 노아 못 봤어. 끝까지 안 봤어……."

이제는 엉엉 소리 내어 우는 앤드류를 나는 두 팔로 끌어안은 뒤 그 등을 쓰다듬었다.

"그 전날, 나, 노아 전화 받았어, 학교에서. 노아 마약 너무 심했어. 그런데 존 전화번호 알려달라고 계속 소리 질렀어."

"왜?"

"존, 마약 많이 있어서. 존 항상 약 구해줘. 그래서 노아, 존한테 전화하고 싶다고 했어. 나는 안 돼, 알려주고 싶지 않아 말했어. 그런데 결국 가르쳐 줘……."

"그래서, 존이랑 만났어?"

"아니, 존 그 전화 못 받았어. 장례식에서 존, 계속 사과했어. 그때 노아 전화 받았으면, 그랬으면, 노아 안 죽었다고."

"야, 말도 안 돼."

"맞아. 그래서 나도 아니라고 했어. 존 때문 아니라고……."

불현듯 그날 밤 보았던 존의 모습이 떠올랐다. 내가 잠에서 덜 깬 채로 존의 집에서 나와 그의 차에 탔을 때 존은 이미 술과 약에 잔뜩 취해 있었다. 그래서 그는 차에 타지 않고 집 앞에서만 나에게 인사하며 빠르게 말을 쏟아냈다.

— 지니, 제발 이것만 기억해줘. 앤디는 나의 소중한 친구야. 우리가 얼마나 특별한 사이인지 네가 꼭 알아주면 좋겠어. 내가 아무리 술을 많이 마시고 아무리 크게 취하더라도 이것만은 확실하게 이야기할 수 있어. 앤디는 나에게 정말 중요한 사람이야, 우리는 정말 특별한 친구야.

술에 취한 존의 혀는 잔뜩 구부러져 있었고 약에 취한 눈동자는 무엇을 보고 있는지 알 수 없었다. 내 쪽을 보면서 말하고는 있지만 나를 보고 있지는 않은 것 같았다. 그래서 더욱 투명해진 듯한 눈으로 존은 내가 차에 타서 문을 닫고 난 뒤까지도 계속 똑같은 말만 반복했다. 앤디는 나의 소중한 친구야, 네가 이것을 알아주면 좋겠어, 알아주면……. 그때 나는 이 새끼가 술 처먹고 왜 이 지랄일까, 라고 여기며 그가 말한 내용에 대해서는 별로 신경 쓰지 않았다. 한데 그 눈빛과 목소리만큼은 나의 어느 한구석에 계속 남아 있었다.

"그래, 그건 진짜 아니야."

나는 앤드류를 끌어안았던 팔을 그의 몸에서 떼어내며 다시 말했다. 그러자 앤드류는 읊조리듯 이야기를 이어갔다.

"그때, 주드 끝까지 안 왔어."

"주드?"

"맞아, 주드……. 내 친구들, 세스 친구들, 노아 친구들, 다 장례식 왔어. 그런데 주드 안 왔어. 내 다른 친구 말했어, 노아 여자친구랑 주드 같이 있어."

"그래서 그렇게 화가 난 거야?"

"내가? 주드한테?"

앤드류는 어이없다는 눈빛으로 나를 바라보며 어깨를 들썩여 보였다. 그딴 새끼한테는 화낼 가치조차 없다는 듯이 말이다. 나는 그런 앤드류의 표정과 몸짓을 가만히 보고 있다가 그만 자리에서 일어났다. 그리고 화장실에 가려다 말고 뒤돌아 다시 물었다.

"그럼 너는, 누구한테 그렇게 화가 난 거야?"

온타리오

두 시간여 가까이 차를 타고 오는 동안 차창 밖으로 보이는 풍경은 오로지 밀밭뿐이었다. 끝도 없이 펼쳐진 푸른 밀밭 속에는 아름다움도 평화로움도 없었다. 도대체 언제 끝이 날까? 얼마나 넓은 걸까? 왜 계속 가야만 하나? 라는 의문이 떠올랐다 사라지고 떠올랐다 사라졌다.

앤드류의 할머니 집이 있던 보먼빌에서 벗어나며 헬렌은 오샤와에 다시 들렀다 가자고 말했었다. 그곳에서 여동생을 만나 뭔가 받아올 것이 있다면서 말이다. 그리고 그곳에서 아침도 먹자고 말했다. 보먼빌은 너무 시골이라 괜찮은 레스토랑이 없으니 조금이라도 큰 도시인 오샤와가 낫겠다는 이유에서였다.

아침 일찍 오샤와에 도착했지만 헬렌은 여동생의 집에 너무 이른 시간에 가는 건 결례일 것 같다며 아침 식사가 되는 식당부터 찾아다니기 시작했다. 그 덕에 나는 헬렌의 차를 탄 채로 오샤와 시내를 거의 다 돌아볼 수 있었다. 공원인지 공터인지 알 수 없는 공간들, 자그마한 교회와 극장 같은 것들이 눈에 띄었다. 몇몇 건물 안에 자리한 상점들은 대부분 문을 열지 않고 있었다. 아직 이른 시간이기에 문을 열지 않은 것인지 아니면 아예 문을 닫아버린 것인지 알 수 없었다. 망해서 문을 닫은 것 같아 보이는 상점들뿐만 아니라 통째로 다 버려진 듯한 건물도 자주 눈에 띄었다.

거리에는 사람이 거의 없었다. 이 또한 이른 아침이라 그런 것인지 아니면 항상 이런 것인지 분간이 되질 않았다. 공원인지 공터인지도 알 수 없는 공간에 이따금 나이든 사람이 홀로 앉아 쉬고 있는 모습만 드물게 눈에 띄었다.

헬렌은 패스트푸드가 싫다며 가정식이 가능한 식당을 찾았지만 오샤와 시내를 아무리 돌고 돌아도 문을 연 식당이 보이지 않았다. 식당 자체가 별로 없기도 했거니와 어쩌다 발견해도 오전 10시 이후에나 문을 연다고 쓰여 있었다. 우리는 결국 오샤와 쇼핑센터로 갔다. 주차장에 차를 세우고 안으로 들어가 보니 문을 연 곳이라고는 팀 홀튼*과 맥도날드뿐이었다. 푸드 코트도 찾아가봤지만 그곳 또한 오전 10시부터 문을 연다고 했다. 우리는 별 수 없이 팀 홀튼 매장 앞으로 가 줄을 섰다. 거리에선 보이지 않던 사람들이 모두 팀 홀튼 매장에 와서 줄을 서 있는 것만 같았다. 마침내 우리 차례가 되어 저마다 따뜻한 홍차와 커피, 그리고 베이글과 머핀을 주문했다. 이내 포장되어 나온 음료와 음식을 가지고 헬렌의 차로 돌아갔다. 그리고 차 안쪽 자리에 앉아 각자 포장해온 것들을 먹기 시작했다. 캐나다 사람들

---

* 팀 홀튼(Tim Hortons): 캐나다 아이스하키 선수였던 팀 홀튼이 1964년 창업한 식음료 전문점으로 커피와 도넛 등을 판매한다.

은 팀 홀튼을 정말 사랑하는 것 같다고 내가 말하자 헬렌은 팀이 이미 미국 회사로 넘어갔다고 말했다.

요기를 마치고 나서 헬렌은 다시 차를 운전해 온타리오 호수로 갔다. 헬렌과 앤드류가 차 안에서 위드를 태우는 동안 나는 차 밖으로 나가 호숫가를 돌아보았다. 크고 토실토실한 갈매기들이 모래사장에 앉아 있는 모습, 어마어마한 크기의 여객선들이 항구에 정박해 있는 모습이 보였다. 넓고 얕은 파도가 밀려드는 온타리오 호숫가에는 새하얀 모래사장이 펼쳐져 있었다. 이름만 호수지 사실 웬만한 바다보다 더 커 보이기만 했다. 다 크구나, 이곳은. 정말 다 크기만 하구나, 라는 생각이 호수의 파도와 함께 내 안으로 밀려들었다.

어느새 앤드류가 다가와 내 어깨에 팔을 올렸다. 헬렌 혼자 그녀의 여동생 집에 갔다 오겠다고 해서 그동안 앤드류는 나와 함께 호수 주변을 산책하기로 했다. 우리는 호숫가의 모래사장으로 내려가지는 않고 그 위쪽 잔디밭만 거닐었다.

"어린 시절에, 여기 정말 자주 왔어. 여름에 항상 여기서 수영했어."

우리와 반대쪽에서 걸어오던 젊은 남자 한 명이 나를 뚫어져라 쳐다보면서 지나갔다. 그가 지나간 자리에는 위드 향기가 남아 있었다.

"여기 이민자 거의 없어서, 그래서 진히 쳐다본 거야."

우리나라 또한 시골에서 금발에 푸른 눈을 가진 외국인이 지나다니면 다들 쳐다보겠지, 라고 생각하며 나는 개의치 않기로 했다.

"어린 시절에, 여기서 진히 봤으면 '어, 저 예쁜 소녀는 누구지?' 했을 거야."

사랑하는 사람끼리 나눌 법한 로맨틱한 말이지만 딱히 기분이 좋지는 않았다. 키 작고 통통한 몸에 자그마한 눈, 검은색 눈동자와 머리카락을 가지고 있는 동양인 소녀가 정말로 예쁘게 보이는 것인지 아니면 단지 생경하게 보이는 것인지 앤드류가 정확하게 분간하고 있을지 알 수가 없기 때문이었다.

호수의 주변 한쪽 면을 다 걷고 난 뒤 다시 주차장으로 가 헬렌이 오기를 기다렸다. 이내 도착한 헬렌의 차를 타고 드디어 그녀의 집을 향해 떠났다. 오샤와를 빠져나가며 몇몇 건물을 지나치는 동안 나는 앨리스 먼로의 단편소설 〈메이블리를 떠나며〉를 떠올렸다. 꼭 이런 모습이 않을까, 메이블리는…….. 그 사이 헬렌의 차는 오샤와를 벗어나 수풀이 우거진 도로를 지나쳐갔다. 얼마 지나지 않아 옥수수밭 사이의 도로를 지나고, 곧이어 밀밭 지대 사이의 도로를 달려나갔다. 두 시간이 넘도록 이어지는 밀밭지대는 언제쯤 끝이 나는 것일까? 끝이 있기는 한 걸까? 영원히 이곳에, 이렇게 살아야만 하는 것은 아닐까? 영영 떠나지 못할 세계, 그곳으로 나는…….

까무룩 잠들었다가 깨어나 눈을 떠 보니 어느덧 태양이 저물어가고 있었다. 한눈에 다 들어올 정도로 자그마한 크기의 호수가 보였다. 그 위로 노을이 내려앉아 있었다. 희한하게도 이곳의 태양은 붉지도 노랗지도 않았다. 태양과 하늘은 호수의 물결과 어우러져 어두운 황금빛으로 물들어 있었다. 그리고 호숫가에는 단조로운 외벽에 크기만 조금 큰 흰색 리조트가 한 채 서 있었다. 가늘게 뜬 눈으로 그 건물을 내려다보며 나는 이곳이 진짜 아문센*이 아닐까, 홀로 상상했지만

---

* 아문센(Amundsen): 온타리오주에 있는 시골 마을이자, 앨리스 먼로의 단편소설 제목. 눈 덮인 호숫가에 길고 하얀 목조건물이 서 있는 요양원을 배경으로 하고 있다.

나는 분명 소설 속에 있지는 않았다. 보조석에 앉은 앤드류가 나에게 거의 다 왔다고 말하는 소리를 들으며 나는 잠에서 완전히 깨어났다.

황금빛 호수를 지나 10여 분 정도 더 가다가 삼거리에서 길을 꺾으니 자그마한 마을이 나왔다. 도서관과 교회, 우체국이 먼저 보이고 그다음으로 주류 상점 'LCBO'가 보였다. 이 작은 마을에도 'LCBO'는 꼭 있다는 사실이 이제는 별로 놀랍지도 않았다. 이내 공원을 하나 지나치는데 이상한 차림새의 남자가 공원을 가로질러 걸어오고 있었다. 나는 차창을 내리고 그 남자를 바라보았다. 아래쪽에는 아기공룡 둘리를 연상시킬 법한 초록색 바지를 입고, 위에는 맥도날드 캐릭터와 같이 노란색과 빨간색이 뒤섞인 티셔츠를 걸친 남자였다. 그리고 바짓가랑이 사이 앞쪽은 커다란 성기 모형이 붙어 있고, 뒤쪽으로는 정말로 공룡 꼬리 같은 모형이 붙어 있어 땅바닥에 질질 끌려다니고 있었다. 뭐 하는 사람인가 싶어 고개를 길게 빼고 자세히 들여다보니 그가 손에 들고 있는 플래카드 속 문구가 보였다. 그 안에는 영어 대문자로 '핼러윈이 다가온다!'라고 쓰여 있었다. 나는 앤드류를 돌아보며 "저거 뭐야?"라고 물었다. 앤드류는 대수롭지 않게 여기며 "핼러윈데이잖아"라고 대답했다. "야, 아직 10월도 안 됐어. 근데 벌써 왜 이래?" 내가 말하자 그는 "뭐, 내 나라 원래 이래"라고 다시 말했다.

그 이상한 남자가 돌아다니던 공원을 지나자 주택들이 줄줄이 늘어선 골목이 나왔다. 헬렌은 그 골목의 세 번째 집 차고로 들어가 차를 세웠다. 나는 앤드류와 함께 차에서 내려 짐 가방을 끌고 집 안으로 들어갔다. 차 안을 정리하다가 뒤늦게 들어온 헬렌은 우리에게 2층으로 올라가 가방을 풀어놓으라고 말했다. 그 말에 앤드류와 나는 가방을 들고 2층으로 향하는 계단을 올라갔다. 계단참 벽면 그리고 2층 벽면 곳곳에 액자가 걸려 있었고, 그곳에는 어김없이 삼형제의 사진이 있었다. 대부분 청소년기 모습이고, 한 장은 헬렌의 차에 걸려 있던 사진과 똑같은 것이기도 했다.

2층에는 방이 세 개나 있었다. 앤드류가 그중 한군데 방으로 들어갔다. 뒤따라 들어가 보니 커다란 침대가 먼저 보였다. 앤드류가 한국으로 떠나고 난 뒤 헬렌이 이 집으로 이사했기에 그는 사실 이 방에서 살아본 적이 없다고 했다. 그래서 방은 생활공간이라기보다는 창고 같은 모양새였다. 책상 없이 한쪽 벽면 가득 책장이 늘어서 있고 다른 쪽 면에는 침대만 덩그맣게 놓여 있었다. 그리고 또 다른 벽면에는 역시나 한국에서 가져왔던 영화 전단지가 줄줄이 붙어 있었다. 가로와 세로로 줄을 맞춰 빽빽이 붙여놓은 영화 전단지를 마주하자 마지막으로 보았던 샘의 모습이 떠올랐다.

앤드류가 샘에게 영화 포스터를 전해줘야 한다며 그의 집으로 찾아갔을 때, 갑자기 부슬비가 내리기 시작했다. 앤드류는 우산과 포스터를 챙겨 들고 차 밖으로 나갔다. 그는 왼손으로 우산을 펼쳐든 채 포스터를 품 안에 꼭 감싸고 있었다.

앤드류가 샘의 집에 가 있는 동안 헬렌과 나는 아무런 말없이 앉아 있었다. 그리고 얼마 지나지 않아 앤드류가 다시 돌아와 내 자리의 차창을 두드렸다. 앤드류는 나에게 잠시 샘의 집에 다녀오자고 말했다. 샘이 나에게 꼭 보여주고 싶은 것이 있다고 해서 같이 가봐야 한다는 얘기였다. 차창 밖, 앤드류의 등 너머로 샘이 보였다. 샘은 어서 오라는 듯 손짓했다. 그래서 나는 차에서 내려 앤드류와 함께 우산을 쓰고 샘에게로 갔다. 샘은 비 때문에 자기가 이것을 들고 나갈 수 없었다고 말하며 홀로 자기 방 안으로 들어갔다. 열린 문틈으로 언뜻 보니 집이라기보다는 한 칸짜리 방과 같은 곳이었다. 마주 보이는 벽면에는 앤드류가 예전에 선물한 것으로 보이는 영화 전단지가 빼곡히 붙어 있었다. 저게 대체 뭐라고 저렇게 좋아하는 걸까? 궁금해하며 들여다보는 사이 샘이 무언가를 품에 안고 밖으로 나왔다. 그는 마치 중세시대의 보물을 다루기라도 하는 것처럼 그것을 조심스럽게 자기 품에서 꺼내어 내밀었다.

그것은 톨스토이의 소설 《전쟁과 평화》였다. 샘은 푸른색 하드커버로 둘러싸인 그 책을 열어 서지 사항부터 보여주었다. 1869년에 미국에서 출간된 초판본이었다. 한 장 한 장, 책장을 넘기는 그 손길이 어찌나 조심스럽고 부드럽던지 마치 고대의 유물이라도 발견한 고고학자와 같은 모습이었다. 심지어 그는 내가 그 책을 만져보지도 못하게 한 채 그저 눈으로만 보라고 말하기도 했다. 책장은 오래되어 누렇게 변색이 되긴 했지만 흠집이나 낙서 하나 없이 깨끗하게 보존되어 있었다. 샘은 나에게 이 책을 꼭 보여주고 싶었다고 말하며 새하얀 얼굴을 수그렸다.

오사와

나는 짐 가방을 침대와 붙박이장 사이 공간으로 밀어넣고 방 밖으로 나갔다. 계단참에 서 있던 헬렌은 동물보호소에 맡겨둔 애완견을 찾으러 다녀오겠다고 말하고 곧장 계단을 내려갔다. 앤드류와 나도 헬렌을 따라 내려갔다. 그리고 그녀를 배웅하기도 전에 앤드류의 큰형인 세스와 마주쳤다. 앤드류와 세스는 크게 호들갑 떨지 않고 당연히 만나야 할 사람을 만난 것처럼 굴었다. 세스는 나에게도 담담하게 인사했다. 낮고 단조로운 음색이 그의 입에서 흘러나왔다.

세스는 저녁을 먹으려는 모양인지 부엌으로 들어가 냄비에 물을 받고 가스레인지 위로 올렸다. 이내 물이 끓자 냉동실에서 무언가를 꺼내어 포장을 벗긴 뒤 냄비 안으로 집어넣었다. 그게 무엇이냐고 묻자 세스는 '뇨끼'라고 대답했다. 얼마 뒤 그는 다 익은 뇨끼를 냄비에서 건져 그릇에 담은 뒤 소스에 버무렸다. 그러고는 식탁 앞에 앉아 아이패드를 들여다보며 그것을 먹기 시작했다. 앤드류 역시 출출한 모양인지 세스에게 무엇을 먹느냐고 물었지만 그 음식을 나누어 먹지는 않았다. 앤드류는 다만 찬장을 뒤져 감자칩 봉지를 찾아내고 냉장고 안에서 맥주병을 꺼내며 세스에게도 한 잔 마시겠느냐고 물었다. 세스는 좋다고 대답하며 한 잔만 달라고 했다.

맥주와 함께 감자칩을 먹는 동안 세스는 아이패드로 데이비드 보위의 노래를 틀었다. 세스에게 데이비드 보위의 노래를 좋아하느냐고 묻자 그는 뭐 그런 대답할 필요도 없는 것을 묻느냐는 듯 씩 웃어 보이기만 하고 진짜로 대답을 하지는 않았다. 대화는 대부분 앤드류와 세스 둘이서만 했다. 나는 아이패드 화면을 통해 데이비드 보위의 젊은 시절 모습을 바라보았다. 어딘가 모르게 노아가 살아 있을 때의 사진 속 모습과 비슷해 보였다.

앤드류가 화장실에 다녀오겠다며 자리를 비웠다. 어느덧 사위가 어둑해져 있었다. 세스가 자리에서 일어나더니 수납장을 뒤져 양초를 꺼내고 싱크대와 식탁에 놓인 촛대에 각각 올린 뒤 불을 붙였다. 내가 왜 전깃불을 켜지 않느냐고 묻자 세스가 여기는 시골이라서 전기세가 너무 비싸기 때문에 주로 촛불을 사용한다고 대답했다.

촛불을 켜고 난 세스는 다시 식탁에 앉아 아이패드 화면을 바라보며 데이비드 보위의 또 다른 음악을 찾아 재생하기를 반복했다. 그러다 곧 식사를 마치고 싱크대로 가 빈그릇을 씻었다. 설거지를 하느라 나에게서 등을 진 채로 세스가 나에게 물었다.

— 너는 여기까지 오는 동안 어떤 사람들을 만났어?

— 앤디의 친구들에 대해서 묻는 거야?

— 맞아.

나는 여기까지 오는 동안 만났던 사람들에 대해서 떠올렸다. 그리고 그들의 이름을 하나씩 말했다. 세스는 웃음인지 대답인지 모를 소리를 내며 어깨를 들썩였다. 나 또한 세스에게 물었다.

— 너도 그 애들을 다 알고 있어?

— 당연하지, 우리는 모두 같은 동네에 자랐는걸.

— 오샤와?

— 맞아.

이내 앤드류가 화장실에서 돌아와 내 옆에 앉았다. 우리는 다시 차가운 맥주를 마시고 감자칩을 씹어 먹었다. 설거지를 마친 세스는 마른 행주로 그릇의 물기를 닦은 뒤 착착 포개어 싱크대 안쪽 선반에 넣었다. 세스는 손의 물기까지 꼼꼼하게 닦은 뒤 긴 막대 걸레로 바닥의 물기를 훑었다. 그리고 다시 식탁 앞에 와 앉았다.

어둠이 내려앉은 집 안 가운데 촛불이 흔들리며 타올랐다. 초의 둘레로 흘러내린 촛농은 새하얀 눈에 뒤덮인 나무둥치와 같은 형태를 만들어냈다. 나는 맥주를 조금 더 들이마셨다. 옆에 앉은 앤드류가 식탁 밑으로 손을 넣어 내 허벅지를 만졌다. 나는 고개를 돌려 앤드류를 바라보며 그가 지금 기다리고 있는 사람에 대해서 생각했다.

차문디 언덕을 오르며

해 질 무렵, 메이는 차문디 언덕을 내려가기 시작했다. 차문디 언덕 정상에 자리한 차문데쉬와리 사원*을 찾는 이들이 새벽녘 태양빛을 받으며 하염없이 오르는 천일(千一) 계단을 메이는 매번 늦은 오후 시간에 찾아가 꼭대기에서부터 아래로 내려가는 것이었다. 해 뜨는 풍광이 아름답기로 유명한 마이소르 관광지를 구태여 저물녘에 찾아가는 데는 그녀 나름의 이유가 없지 않았다. 우선 아직 해가 뜨기 전의 어두컴컴한 거리를 돌아다니는 일이 위험천만하게만 느껴졌다. 특히나 외국인 여자라면 유난히도 뚫어질 듯 쳐다보는 인도 남자들의 끈덕진 눈빛을 메이는 피하고만 싶었다. 훤한 대낮에도 조심스레 다녀야만 하는 거리를 한밤중이나 다름없는 새벽녘에 돌아다니는 것은 그

---

* 차문데쉬와리 사원(Sri Chamundeshwari Temple): 복을 빌어주는 것으로 인기가 있는 차문디 여신을 모신 힌두 사원.

녀에게 불가능한 일이었다. 그러한 위험을 무릅쓰고라도 반드시 경배 드리고 싶은 힌두의 신이 있는 것도 아니었다. 메이는 그 신들의 존재를 알고 있고 좋아했지만 그들을 믿거나 사랑하지는 않았다.

차문디 언덕 위에서 볼 수 있다는 그 장엄한 일출에 마음이 동하지도 않았다. 딱 한 번 그 모습을 보기 위해 이른 새벽에 미리 예약해둔 릭샤*를 타고 차문디 언덕 정상에 올라가봤지만 아무리 기다려도 해가 떠오르는 모습은 보이지 않았다. 한 시간여쯤 지났을까? 언덕 저 너머로 황금빛 태양이 떠올랐으나 하늘은 이미 동이 다 튼 대낮과 같은 상태였다. 이미 날이 밝은 상태에서 언덕 너머에 가려져 있던 태양이 뒤늦게 드러나 보이는 것뿐이라는 사실을 메이는 그때 알게 되었다.

인도 남부, 카르나타카주에 있는 마이소르 지방에 도착하기 전부터 메이는 차문디 언덕에 대한 풍문을 익히 들어왔다. 마이소르에 도착해 시내를 돌아볼 적부터 종종 대화를 나누게 되었던 인도 사람들 또한 차문디 언덕의 일출만큼은 꼭 보러 가라고 귀띔해주곤 했다. 산기슭의 천일 계단을 따라 걸으며 마주하는 태양은 우리의 심장을 뜨거운 감동에 젖게 만든다면서 말이다. 특히 마이소르 궁전 앞에서 만난 한 노인의 모습이 메이의 뇌리에 깊게 박혀 있었다. 작달막한 키에 커다란 은테 안경을 쓰고 지팡이를 손에 쥔 채 궁전 앞 벤치에 앉아 있던 노인이었다. 그는 메이에게 차문디 언덕에서 바라보았던 일출을 이야기해주며 그 순간의 감격에 담뿍 젖어들었다. 그가 자신의 가슴에 손바닥을 얹고 울먹이는 듯한 목소리로 저 먼 차문디 언덕을 올

---

* 릭샤(Rickshaw): 소형 엔진을 장착한 삼륜차로 인도의 보편적인 교통수단.

려다보며 말을 이어 가던 순간에는 메이에게도 그 풍경이 눈앞에 펼쳐지는 것처럼 생생하게 다가왔다. 떠오르는 태양빛을 말로 전해주는 그의 모습을 보고 있자니 어쩌면 이 노인이 《차문디 언덕을 오르며》* 라는 책 속에 등장하는 바로 그 현자가 아닐까, 의심이 들기도 했다. 아니, 어쩌면 메이 또한 그 책에 등장하는 주인공처럼 차문디 언덕을 오르며 인도의 성자나 현자를 한 번쯤 만나보고 싶다는 기대와 환상을 그 노인에게 덧씌운 것일지도 모르겠다.

오전 요가 강습을 마치고 나왔을 때, 부고를 받았어. 다행히 내가 아는 사람의 부고는 아니었지. 나와 함께 요가 수련을 하는 동료 강사의 아버지였고, 장례식장은 대전이었어. 아주 가까운 관계의 요가 강사는 아니지만 왠지 모르게 가봐야겠다는 생각이 들었어. 수요일이었고, 목요일인 내일은 오전 수업이 없는 날이니깐 고속버스를 타고 대전에 잠시 다녀와도 될 것 같았어.

버스터미널로 가는 지하철을 타기 위해 전철역 방향으로 걸었지. 그런데 내 발걸음이 평소와는 달랐어. 내 안에 얕은 떨림과 흥분이 자라났어. 왜일까? 나는 지금 부고를 듣고 장례식장에 가는 것뿐인데, 어딘가 먼 휴가지로 떠나는 게 아니라 서울에서 겨우 한 시간 반 거리의 대전에 가는 것일 뿐인데. 그런데도 나에게는 어디론가 미지의 세계로 떠나는 듯한 느낌이 배어들었어. 그래, 떠남, 떠남이었지. 끊임없이 이어지는 일상 중에 전혀 예기치 못했던 갑작스러운 떠남, 그

---

* 《차문디 언덕을 오르며》, 에리얼 글룩리크, 임희근 옮김, 김영사, 2004.

것이 바로 '여행'이라는 것의 정체구나, 라는 생각을 했어. 그래서 오빠가 그토록 많은 여행을 떠나는 거겠지, 라는 생각까지도.

터미널에 도착해 대전으로 가는 차표를 사서 버스승강장으로 나아갈 적에는 마음이 설레기까지 했어. 승강장으로 나가기 전 카페에 들러 뜨거운 커피도 한 잔 주문했지. 이내 커피가 담겨 나온 종이컵을 손에 들고 승강장으로 나가는 유리문을 밀어젖혔어. 버스에 올라 차표에 적힌 좌석 번호를 확인한 뒤 자리에 가 앉았고.

어느새 버스가 출발해 도로 위를 달려나가고 있었어. 차창 밖 풍경들이 마치 물 흐르듯이 지나쳐갔어. 문득 오빠가 떠올랐어. 오빠와의 기억이라거나 오빠의 모습이 아닌, 오빠라는 사람의 존재 그 자체가 떠오르는 거였어. 그러고는 마치 만트라*를 외우기라도 하는 것처럼 혼자서 낮게 웅얼거렸어. 이제 다시는 편지하지 않을 거야, 선언이라기보다는 좌절에 가까운 울음과도 같은 소리였어. 이제 다시는 편지하지 않을 거야. 이것이 마지막 편지일 거야. 그러나 그것은 확언이라기보다는 바람에 더 가까웠지. 언젠가 또다시 오빠에게 편지하게 되더라도, 지금 이 순간만큼은 이것이 마지막 편지이기를 바라는 간절한 마음.

가만히 기억을 되짚어보니 나는 '대전'이라는 도시에 한 번도 가본 적이 없었어. 서울과 아주 가까운 곳이고, 지방에 갈 때 서울에서 주로 지나쳐가는 도시이기에 나는 왠지 그곳에 자주 가본 것만 같지만 실제로 그곳에 내려 두 발을 딛고 걸어본 적은 없었던 거야.

---

* 만트라(Mantra): 가르침이나 지혜를 나타내는 주문으로 진실한 말[眞言] 혹은 성스러운 문장이라는 의미를 가지고 있다.

그랬구나, 나는 대전에 처음 가는 거구나. 그 사실을 깨닫고 나자 지금의 이 설렘이 얼마간 이해가 되었어. 처음 가보는 곳이니 당연히 미지의 세계로 나아가는 양 두려움을 동반한 기대와 설렘이 찾아오는 거겠지. 생전 처음 마주하는 도시의 모습, 그 순간의 내 상태 같은 것이 자꾸만 되새겨졌어. 그곳은 어떤 곳일까, 나는 상상했어. 버스는 점점 어둠 속으로 깊이 나아갔어. 나도 따라 그곳으로, 더 깊이, 더 나아갔어. 그래, 그랬어……

그는 남자도 여자도 아닌 것 같았다. 어른도 아이도 아니고, 서양인도 동양인도 아닌 것 같았다. 아니, 어쩌면 그 모든 것일지도 모르겠다고 메이는 생각했다. 남자이면서 여자인, 노인이면서 아이인, 서양인이면서 동양인인 사람. 그에게서 요가를 배우기 시작하면서 메이는 평안함을 느꼈다. 오래전, 어머니의 배 속에 있을 때가 바로 이런 느낌이 아니었을까? 자연스럽게 그 순간이 떠오르는 것만 같았다. 강렬한 신체 단련으로만 다가오던 아쉬탕가 요가* 수련이 마치 하나의 요람처럼 느껴졌다. 포근한 담요로 감싸인 요람이 가만히 흔들린다. 흐름을 타는 아이, 희고 보드라운 살결, 작고 말랑한 뼈……. 그 움직임의 물결을 느끼며 메이는 요가를 해나갈 수 있었다.

인도, 마이소르에 온 지 어느덧 석 달째였다. 마이소르에 도착해 숙소를 구하고 짐을 풀던 즈음에는 더디게만 흐르는 듯했던 하루 또 하루가 어느 순간부터 정처 없이 빠르게 흘러갔다. 요가 선생님은 오늘

---

* 아쉬탕가 요가(Ashtanga Yoga): 파탄잘리의 《요가수트라》에서 제시된 요가의 여덟 가지 측면을 나뭇가지에 비유한 용어.

도 아무런 말이 없었다. 원래 말이 없는 건지 아니면 메이와 소통하기를 원치 않는 것인지도 알 수가 없었다. 메이의 생각으로는 둘 다인 것 같았다. 그러나 요가 수련을 하는 데 있어 딱히 말이나 대화가 필요하지는 않았기에 메이 또한 그에게 말을 붙이거나 다가가지 않았다. 메이는 그저 자신에게 주어진 아쉬탕가 요가의 동작들만 연습할 뿐이었다. 선생님은 이따금씩 메이에게 다가가 그녀의 자세를 교정해주는 게 다였다. 설사 메이가 잘못된 요가 동작을 하더라도 결코 그녀에게 '틀렸다'고 말하지 않았다. 그는 그저 잘못된 부분을 바로잡아주고 조용히 떠나갈 뿐이었다. 그게 다였다. 그럼에도 메이는 종종 그가 무엇을 말하는지 들을 수 있었다. 그의 손길에 따라 자신의 무엇이 틀렸고 무엇이 옳은지 느낄 수 있었다. 그는 어쩌면 메이의 마음속까지 꿰뚫어 보고 있지는 않을까? 그녀의 몸이 어떠한 상태인지 아는 것처럼 그녀의 마음이 어떠한 상태인지까지 알고 있지 않을까, 메이는 궁금했다. 그러나 묻지 않았다. 그가 메이에게 아무것도 묻지 않듯 메이 또한 그에게 아무것도 물을 수 없었다.

요가를 하는 중에도 끊임없이 케이에 대한 생각이 났다. 그리고 그녀는 머릿속으로 또다시 그에게 편지를 쓰고 있었다. 아무리 생각하지 않으려 해도 끊임없이 떠오르는 문장들을 그녀는 쓰고 또 썼다.

오늘도 선생님이 계속 똑같은 자세만 도와줘. 아쉬탕가 요가에는
연속된 순서가 있고, 선생님이 늘 도와주는 것은 '마리챠아사나*'

라는 거야. 마리챠아사나에는 A, B, C, D까지 총 네 개의 순서가 있는데, 그중에 내가 잘하지 못하는 것은 당연히 마리챠아사나 D였어. 그게 가장 어렵고 불편한 자세야. 그래서 나는 마리챠아사나 D를 하고 있을 때 선생님이 나를 도와주길 원해. 그런데 선생님은 언제나 내가 마리챠아사나 C 순서를 하고 있을 때 다가오는 거야. 나는 그게 이상해. 나는 이미 마리챠아사나 C를 할 줄 아는데, 그 동작에는 도움이 필요하지 않은데, 그는 늘 이 자세만 도와주고 가버리는 거야. 그리고 내가 원했던 마리챠아사나 D는 전혀 도와주질 않아. 왜 그러는 걸까? 내가 좀 더 요가를 수련해보면, 1년, 2년, 3년…… 매일 수련해나가다 보면 그 이유를 알게 될까? 그것이 성장이고 깨달음일까? 지금은 보지 못하는 것을 볼 수 있게 되는 것, 어둠에서 빛으로 나아가는 것……. 그러나 오빠, 그것은 나중의 일이잖아. 나는 아직 성장하지 않았잖아. 나는 아직 어리잖아. 나는 아직 어둠 속에 있잖아. 그래서 아무것도 볼 수가 없잖아. 나는 너무 답답하기만 한데, 두렵기만 한데, 먼저 이 길을 가본 사람이라면 나에게 좀 말해줄 수 있는 거잖아. 이것은 이렇고 저것은 저렇다고, 해답을 가르쳐줄 수 있잖아. 나를 여기서 건져 올려줄 수 있잖아. 그러나 삶은 결코 그렇지 않지. 삶은 언제나 해답이 없어. 그래서 나는 더욱더 그 답을 갈구해. 해답을 찾기 위해 요가를 하고, 해답을 찾기 위해 책을 읽고, 해답을 찾기 위해 스승을 찾아가지…….

---

* 마리챠아사나(Marichyasana): 마리치의 이름을 딴 요가 자세. 팔로 다리를 감싸고 등 뒤에서 손을 맞잡아 척추를 늘이거나 비트는 등의 동작들이 총 네 단계로 나누어져 있으며, 각각 마리챠아사나 A, B, C, D 라고 부른다.

그러나 아무도 내 질문에 대답해주지 않아. 오빠조차도……, 나에게 아무런 대답을 하지 않은 채 그저 떠나가버렸어. 오빠의 마음이 어떤 거였는지, 어디에 있는지, 무엇을 원하는지, 절대로 대답해주지 않았어. 때로는 그것이 더 용서가 안 돼, 오빠가 나를 떠났다는 사실보다도……. 그래서 나는 이렇게 피 흘리면서, 그 피를 바라보면서……, 들이마시고……, 오빠를 증오하지……. 검붉은 피보다 더 탁하게 물들어가는 내 오장육부를 바라보면서……, 온몸으로, 내 안에 핏물을 쏟아부으면서……. 하루, 또 하루……, 이렇게……, 이렇게 가는 거야…….

오전 여덟 시, 요가 수련을 마친 메이는 요가원 건물 밖으로 나와 길바닥에 주저앉았다. 푸른빛이 감돌던 새벽녘의 어스름이 물러나고 대낮처럼 환한 빛이 온 거리에 만연해 있었다. 아무런 생각이 나지 않았다. 요가를 통해 어지러운 상념과 혼탁한 마음을 모두 비워낸 것이 아니라 그저 기운이 다 빠져나가 무언가를 생각하거나 되새겨볼 여력이 없는 거였다. 심지어 단지 기운이 없는 건지 허기가 지는 건지조차 분간이 되질 않았다.

메이는 자리에서 일어나 숙소 방향으로 걸었다. 숙소로 가는 길에 있는 식당에 들러 이들리*와 와다**를 주문했다. 이미 다 만들어놓은 음식이기에 직원은 주문과 동시에 곧바로 그것들을 집어 포장해주었다. 메이는 계산을 치르고 음식이 담긴 봉투를 받아 집으로 향했다.

---

* 이들리(idli): 발효시킨 쌀 반죽을 쪄서 만든 아침 식사용 빵.

** 와다(vada): 렌틸콩 가루와 삶은 감자로 만든 반죽을 튀긴 것으로 주로 아침에 먹는다.

집에 도착하자마자 요가 매트와 가방을 방바닥에 부려놓고 곧바로 책상 앞에 앉았다. 땀에 젖은 옷부터 좀 갈아입고 손을 씻고 소변도 본 뒤에 식탁에 앉아 차분하게 음식을 먹고 싶지만 지금은 그럴 만한 여유가 없었다. 극심하게 몰려드는 허기부터 어떻게든 채워야만 했기에, 이 순간 그것이 제일 급했기에, 그 외에는 다른 어떤 것도 먼저 할 수가 없었다.

포장지를 뜯자마자 메이의 손은 재빠르게 음식을 집어 입 안으로 옮겨넣기 시작했다. 들짐승이 다른 짐승의 살점을 뜯기라도 하듯 숨도 쉬지 않고 순식간에 모든 것을 먹어치웠다. 수저도 포크도 필요하지 않았다. 식당 직원이 포장해준 삼바르*와 처트니**를 빵 위에 들이부은 뒤 손으로 대충 뒤섞어 입 안으로 밀어넣기만 반복했다. 그것을 모두 먹어치우기까지 1분도 채 걸리지 않았다. 심지어 메이는 그것이 무슨 맛이었는지도 기억하지 못했다. 그것은 그냥 빵이고, 튀김일 뿐이었다. 아니, 입으로 밀어넣을 수 있는 무언가일 뿐이었다.

이미 2인분의 음식을 먹어치운 셈인데도 메이는 계속 허기가 졌다. 책상 위에 과자가 남아 있을까? 정확히 기억이 나지 않았다. 책상 위 난잡하게 올라와 있는 물건들을 손으로 빠르게 훑어내렸다. 과자는 없었다. 혹시나 싶어 책상 서랍까지 일일이 다 열어 보고 옷장도 열어 봤지만 먹을 것은 하나도 없었다. 이미 다 먹어치웠거나 일부러 사다놓지 않은 게 분명했다. 기억이 나질 않았다. 다 먹었거나, 사놓지 않았거나, 둘 중에 하나일 뿐이라는 생각만 들었다. 이미 충분히 먹었잖

---

* 삼바르(Sambar): 렌틸콩과 채소, 향신료를 넣어서 끓인 인도식 스튜.
** 처트니(Chutney): 과일이나 채소를 향신료에 섞어서 만든 인도식 피클 또는 소스.

아, 참아야 해. 특히 과자와 초콜릿, 빵과 케이크는 더 이상 먹지 말아야 해. 참아야 해, 견뎌야 해, 라고 생각할수록 메이에게는 그것이 더욱 간절해졌다. 그녀는 참을 수 없었다. 그대로 자리에서 일어나 지갑을 들고 방문을 열어 건물 밖으로 나갔다. 집 앞 건물에 자리한 편의점으로 들어가 오트밀 쿠키, 초콜릿 쿠키, 코코넛 쿠키들을 한 움큼씩 집어 들었다. 쿠키만으로는 부족할 것 같아 다크 초콜릿과 아몬드 초콜릿 봉지도 더 집었다. 지금 다 먹지는 않을 거야. 메이는 마치 주문이라도 외우듯 웅얼거렸다. 그냥 맛만 볼 거야. 그리고 조금씩 나누어서 먹을 거야. 괜찮아, 괜찮아……. 다 먹지 않을 거야. 괜찮아, 괜찮아……, 걱정하지 마…….

지난밤, 꿈을 꾸었어. 대개의 꿈보다는 선명하고 대개의 현실보다는 흐릿한 순간들이 이어졌어. 꿈속에서 그 사람, 요한을 만났어. 꿈속이지만 그의 모습이 너무나 선명했어. 그의 모습을 보자 뭔가를 생각해보기도 전에 심장이 먼저 뛰었어. 그와 동시에 가슴 가득 설렘이 차올랐지. 그의 모습은 예전 그대로였어. 그래서 나는 우리가 정말 헤어지긴 한 건지 의심했어. 하지만 꿈속에서도 그와 나는 분명히 헤어진 상태였어. 그래, 우리는 헤어졌다가 다시 만난 거야. 여느 때와 마찬가지로 나는 요한의 집에 있고, 그는 침대에 누워 있어. 그리고 그는 언제나 그랬듯 반팔 티셔츠 차림에 트렁크 팬티만 입고 있어. 그가 나에게 다리를 주물러달라고 말해. 나는 자연스럽게 그에게 다가가 앉아 맨살이 훤히 드러나 있는 그의 다리에 손을 갖다댔어. 그리고 그의 한쪽 다리를 길게 늘어트린 뒤 들어올렸지.

세상에, 살이 쪘어……. 내가 말했어. 내 말에는 놀람과 경이가 들어 있었어. 그의 얼굴에 다소 부끄러우면서도 자랑스러운 듯한 미소가 떠올랐어. 나는 믿을 수 없었어. 유리그릇을 다루듯 조심스럽게 그의 다리를 바닥에 내려놓고 다른 쪽 다리를 다시 들어 올려보았어. 반대쪽 다리에도 어김없이 살이 올라 있었어. 어떻게, 어떻게 된 거야? 내가 놀라 물었지. 그러자 그의 얼굴은 마치 전장에서 살아 돌아온 장군과도 같이 의기양양해졌어. 그리고 그것이 무슨 특급 비밀이라도 되는 양 입을 앙다물었어. 나는 위로 들어 올린 그의 다리를 좌우로 천천히 흔들어보았어. 그리고 그의 허벅다리 바깥쪽과 안쪽까지 꼼꼼하게 살펴보았어. 정말로, 살이 찐 거였어. 눈물이 흘렀어. 기적이 있다면 이런 거구나. 나는 그만 그의 다리를 바닥에 내려놓고 가지런히 모아 한쪽씩 주무르기 시작했어. 아주 조금일 뿐이지만 예전보다 살이 오른 그의 다리는 주무르기 훨씬 편했어. 물리적으로 편한 게 아니라 심리적으로 편했어. 뼈와 가죽으로만 이루어져 있던 그의 몸이 행여나 부서질까 조심해야만 했던 마음은 온데간데없이 사라졌어. 두 손바닥에 힘을 주어 그의 종아리를 눌러도 내 손에 그의 뼈가 닿지 않았어. 그래서 그가 더 이상 아프다며 소리를 내지를 일도 없었어. 도대체 어떻게 살이 찔 수 있지? 신에게 감사드렸어. 신의 능력이 아니고는 도무지 있을 수 없는 일이라는 사실을 잘 알기에 정말이지 나는 감사할 수밖에 없었어.

누워 있는 그의 얼굴을 내려다보았어. 그가 눈을 뜨고 나를 바라보았어.

사랑해.

나는 소리 내어 말하지는 않았지만 내 안에는 오직 그 말만이 차올랐어. 나는 많이 놀랐어. 나는 이미 그와 헤어졌는데, 그를 그토록 미워하고 증오했는데, 나는 아직도 그를 용서하지 못했는데, 그럼에도 내가 아직까지 그를 사랑하고 있다는 게, 내 마음이 나보다 더 먼저 그에게 반응하고 있다는 게 놀라웠어. 하지만 이내 받아들였지. 떨리는 이 심장을, 설레는 이 마음을 받아들이지 않을 수가 없었던 거야……. 사랑해……, 그 사람을……, 아직도, 너무나 사랑해, 오빠…….

이른 저녁부터 편지를 쓰고 있던 메이에게 허기가 찾아오기 시작했다. 낮 시간에 충분한 양의 음식을 먹지 않은 게 화근이었다. 저녁은 먹지 말아야 하는데, 생각하면서도 메이는 몰려드는 허기를 물리칠 수 없었다. 집 안에는 먹을 것이 하나도 없었다. 자그마한 방 한 칸에 화장실만 있는 허름한 집이었다. 주방도 없고 냉장고도 없었다.

메이는 다시 편지 쓰기에 집중해보려 했지만 한번 일어난 식욕은 결코 사그라지지 않았다. 메이는 자리를 박차고 일어나 윗옷을 걸친 뒤 지갑을 들고 밖으로 나갔다. 저녁때마다 길가에 나와 음식을 만들어 파는 상인들에게서 고비 만추리안*과 야채 차우멘** 그리고 차파티***를 달라고 말했다. 후식이 될 만한 것도 필요할 듯해 음식이 준비

---

* 만추리안(Manchurian): 야채나 치즈를 작게 잘라 기름에 튀긴 뒤 인도식 양념에 버무려 볶아낸 음식. 고비는 컬리플라워이며, 가장 대표적인 만추리안 재료로 쓰인다.
** 차우멘(Chow mein): 기름에 볶은 중국식 국수 요리.
*** 차파티(Chapati): 밀가루 반죽을 둥글고 얇게 만들어 구운 인도식 빵.

되는 동안 편의점에 들러 머핀과 초콜릿을 좀 더 샀다. 이 정도면 충분하겠지, 충분할 거야…… 메이는 노점 상인에게 계산을 치르고 주문한 음식을 받아 방으로 올라갔다.

책과 노트북, 화장품과 필기구가 올라와 있는 책상을 치우거나 정리할 정신도 없었다. 메이는 밖에서 사온 음식들을 방바닥에 부려놓고 그대로 주저앉아 손으로 집어먹기 시작했다. 차우멘 그릇에 만추리안을 붓고 양념이 골고루 배게 섞은 뒤 입으로 넣었다. 차파티도 꺼내어 그 위에 차우멘과 만추리안을 올리고 꾹꾹 싸서 먹었다. 포장 그릇에 남아 있는 잘게 썬 야채와 양념까지 메이는 손가락으로 싹싹 긁어서 먹어치웠다. 순식간이었다. 그리고 허무했다. 아무리 많은 음식을 먹고 또 먹어도 메이는 결코 포만감을 느끼지 못했다. 메이는 봉지에 들어 있는 머핀과 초콜릿을 꺼내어 먹기 시작했다. 머핀과 초콜릿으로 입 안을 가득 채웠지만 그 맛을 느낄 수가 없었다. 그것은 그냥 사물이었다. 머핀과 초콜릿이라고 불리는 사물들이 입 안에 들어와 목구멍으로 넘어가고 있을 뿐 어떠한 맛도 냄새도 느낄 수 없었다. 머핀과 초콜릿을 모두 씹어 삼키고 났을 때, 메이는 자리에서 일어나 다시 방 밖으로 나갔다. 편의점으로 가서 머핀과 초콜릿, 아이스크림, 식빵, 감자칩 봉지를 집어 들었다. 한 번 살 때 충분히 사는 게 나을 것 같아 손에 잡히는 대로 바구니에 다 쓸어넣고 계산해달라고 말했다.

방으로 돌아와 다시 음식들을 먹기 시작했다. 우선 식빵 위에 초콜릿과 아이스크림을 올려 입 안으로 밀어넣었다. 배 안에서 내장기관들이 뒤엉키는 소리가 났다. 왼쪽 어깨 견갑골 부위와 무릎 아래 혈자리에서도 통증이 느껴지기 시작했다. 상관없었다. 메이는 더 먹어야만 했다. 그녀는 머핀과 감자칩을 집어 입 안으로 밀어넣었다. 그리고 수저로 아이스크림을 퍼서 식빵 위에 올린 뒤 싸서 먹었다. 끈적한 달콤함이 온몸 가득 차오르는 순간, 메이는 쉴 새 없이 움직이던 손을 순간적으로 멈췄다. 입 안에 들어온 음식들이 갑자기 쓰레기처럼 느껴졌다. 메이는 방바닥에 부려놓았던 비닐봉지를 집어 입 안에 있던 음식을 뱉었다. 음식과 침을 모두 다 뱉었는데도 속이 개운하지 않았다. 모든 것이 다 더럽고 갑갑하게만 느껴졌다. 화장실로 달려가 변기통 앞에 주저앉아 목구멍 안으로 손가락을 밀어넣었다. 방금 먹은 음식들이 입 밖으로 나와 변기통 속으로 빨려들어갔다. 그 속으로 들어가는 음식들을 바라보고 있자니 자신이 먹은 게 다 똥이었다는 생각만 들었다. 메이는 목구멍 안으로 더 깊숙이 손가락을 밀어넣었다. 끈적끈적하고 기름진 음식들이 계속해서 쏟아져나왔다. 눈과 콧구멍에서도 뭔지 모를 액체들이 비어져나왔다. 그녀가 가진 모든 구멍에서, 심지어 모공에서까지 온갖 오물이 쏟아져나오는 것 같았다. 쓰레기통이구나, 여기는……. 내 안은, 진짜 더럽구나……. 메이는 그대로 화장실 바닥에 주저앉아 울음을 토해내기 시작했다. 한번 비어져나온 울음 또한 쉽게 멈추지 않았다. 모든 것이 역류해 올라오는 듯했다. 몸에서 나오는 오물들이 바닥에 쌓이고 쌓여 종내에는 그녀의 몸까지도 오물 그 자체가 되어버리고 말았다. 이렇게 있고 싶지 않았다, 이렇게 존재하기 싫었다. 벗어날 수만 있다면 어떻게든 벗어나고 싶었다. 이 상태에서, 이 순간에서, 그리고 자기 자신으로부터…… 메이는 도망치고 싶었다.

메이는 알고 있었다. 그녀는 이미 자신에게서 도망쳐서, 자신이 속

했던 삶으로부터 도망쳐서 이곳에 왔다. 자신을 아는 사람이 하나도 없는 어딘가로 가면 그곳에서만큼은 자신이 아닌 다른 사람으로 살 수 있을 것 같았다. 아니, 꼭 다른 사람이지 않아도 됐다. 그냥 '나'만 아니면, 지금의 내 모습만 아니면 충분하다고 생각했다. 온갖 고통과 절망을 먹는 행위로 덮어씌우며 스스로를 괴롭히는 '나'만 아니면, 무엇이 되든 어디에 있든 지금보다는 나을 것만 같았다. 그랬다, 최소한 지금보다는 나을 것 같았다. 그러나 막상 인도에 와서 생활해나가며 메이는 진짜 현실을 깨달았다. 내 삶은, 어디로도 도망칠 수 없구나. 나는 결코, 다른 사람으로 살 수 없구나. 어디로 가든 무엇을 하든 나의 자아는 항상 나를 따라오는 거구나⋯⋯. 벗어날 수 없구나⋯⋯, 이 거칠고 더러운 마음으로부터, 악마의 본성 핑갈라*로부터⋯⋯.

케이를 죽이고 싶었다. 죽여버리고 싶었다. 그를 죽여야만, 죽여버려야만 이 모든 분노와 절망과 갈등과 고통이 끝날 것이다. 죽이고 싶어, 죽여버리고 싶어⋯⋯. 메이는 자기 안에서 떠오르는 거대한 살의를 발견하고 그 충격으로 온몸을 떨었다. 그동안 메이는 알지 못했다. 자신에 대해서, 자기 안에 있는 살의에 대해서 전혀 모르고 이제껏 살아왔다. 이 살의는 어느 날 갑자기 생겨난 것이 아니라, 케이가 자신을 버리고 떠났기 때문이 아니라, 아주 오래전부터 자기 안에 존재하고 있던 것이라는 사실까지도 깨달아버렸다. 메이는 누구든 죽이고 싶었

---

* 핑갈라(Pingala): 요가경에 의하면 인체에는 '나디'라고 불리는 72,000개의 에너지 통로가 있고 그중 가장 중요한 것이 '이다'와 '수슘나', '핑갈라'라고 불리는 세 개의 통로이다. 핑갈라는 오른쪽에 자리하는 양의 에너지로, 상승하는 에너지이자 태양의 기운을 상징한다. 그래서 불과 같이 타오르고 역류하며 나쁜 에너지를 증식시키는 악마성에 비유되기도 한다.

다. 누구든 죽여버리고 싶어. 그래야만 내가 살 수 있을 것 같아, 그러지 않으면, 내가 먼저 죽어버릴 것 같아…….

메이는…… 죽고 싶었다. 누군가를 죽여야만 사라질 것 같은 자기 안의 욕구, 그 살의를 비워낼 수 없다면, 이것이 끝내 누군가를 죽여야만 해갈되는 욕망이라면, 그 대상은 바로 메이 자신이 될 수밖에 없다는 사실까지도 그녀는 알고 있었다. 나를 죽여야 해, 끊임없이 떠오르는 이 핑갈라를 무찌르고 영원한 피안의 세계로 넘어가는 거야. 내 안의 악마를 없애기 위해, 나를 죽여야만 하는 거야…….

그것은 어떠한 결심도 결정도 아니었다. 그저 자연스러운 현상이었다. 죽여야 해, 죽어야 해…… 화장실 바닥에 주저앉아 있던 메이는 그대로 자리에서 일어나 방 밖으로 나갔다. 어느새 저물 무렵이 되어 공기가 싸늘했다. 겉옷을 가지고 나오지 않아 반팔 차림이었지만 다시 집으로 돌아가 옷을 챙겨올 정신도 없고 그럴 필요도 없었다. 메이는 그대로 집 앞 대로변으로 나가 도로 위를 지나는 릭샤를 불러 세웠다. 그리고 다른 말은 없이 그저 차문디힐로만 가달라고 말했다. 릭샤왈라는 그곳이 여기서 제법 멀고, 왜 이 늦은 저녁 시간에 그곳에 가려는 것이냐고 물었지만 메이는 대답하지 않았다. 차문디힐, 차문디힐, 이라고만 계속 되뇔 뿐이었다. 릭샤왈라 또한 마치 혼잣말하듯 말했다. 지금 시위 중인 거 너도 알잖아. 시내의 도로는 시위대에 점령되었어. 우리는 그곳을 지나가지 못할 거야. 메이는 다시 말했다. 차문디힐로 가줘, 차문디힐……, 제발. 운전사는 고개를 까딱이며 릭샤를 몰기 시작했다. 이건 미친 짓이야, 위험해도 할 수 없어, 나는 아무 책임 없어, 네가 원한 거야. 메이는 그만 고개를 돌리고 더 대답하지 않았다. 릭샤 안으로 바람이 몰려들어왔다. 머리카락이 흩날리고, 숨이 막혔다.

마이소르 버스승강장 앞 사거리는 정말로 난리 벅적이었다. 도로는 차단되어 차나 릭샤, 오토바이 등은 지나갈 수 없었다. 모든 도로는 방어벽으로 둘러싸여 있고 가장자리마다 천막이 세워져 있었다. 도로 안 사거리도 사람들로 빼곡했다. 며칠 전 갑작스럽게 시행된 화폐개혁으로 인해 시민들은 절망하고 신음했다. 정책에 따라 고액권인 500루피와 1000루피의 사용이 전면 중단되고 하룻밤 사이에 현금 80퍼센트 이상이 무효화되었다. 은행을 이용할 수 있는 시간은 한정적인데 구권을 예금하거나 교환할 수 있는 유예기간은 겨우 한 달이었다. 그렇게 돈을 입금할 수 있는 기회라도 가진 사람들은 그나마 행운아였다. 이 거리에 몰려나온 사람들 대부분이 은행 계좌 자체를 가지고 있지 않았다. 그들에게 은행 계좌가 있었다면 굳이 이렇게 거리로 나와 시위를 해댈 까닭도 없었을 것이다.

사람들은 갑작스러운 화폐개혁 때문에 시위를 하는 것이 아니었다. 불법으로 취득했거나 유통되는 검은 돈, 즉 지하경제를 장악하기 위해 급진적인 정책을 몰아붙이는 모디 총리의 퇴진을 위해 시위하는 것이었다. 어차피 법망을 피해 돈을 모으고 탈세하는 사람들에게는 어떤 식으로든 빠져나갈 구멍이 마련되어 있을 것이다. 그들은 결코 정부의 정책에 패배하지 않을 것이고, 정부는 그들을 제압하기 위해 또 다른 정책을 펼칠 것이다. 그들의 쫓고 쫓기는 싸움으로 인해 피해를 보는 사람들은 그 흔한 은행 계좌 하나 없이 차곡차곡 돈을 모아온 힘없고 가난한 사람들이었다. 어떤 이들은 더 이상 사용할 수 없게 된 지폐들을 불태우며 정신을 놓아버리기도 했고, 심지어는 자살하는 사람들까지 연일 늘어나고 있다는 뉴스가 보도되었으나 정부는 개의치 않았다. 생명이 무엇일까? 인권이 무엇일까? 저 거리로 쏟아져 나온 수많은 사람들을 지켜보고 있으면 메이는 인간의 생명이 한갓 풀 한 포기보다 더 가치 없게 느껴졌다. 저 사람들을 빗자루로 쓸 듯 다 쓸어버려도 될 것만 같았다. 인권을, 생명을, 그토록 하찮게 만든 이들은 다른 누구도 아닌 바로 그들 자신이라고 메이는 생각했다. 그들 스스로가 그들을 쓰레기로 만들었다. 아무런 인권도 생명도 없는 존재. 삶이 죽음보다 못한 존재. 아무것도 아니지, 인권은. 쓰레기보다 못하지, 생명은.

같은 시각, 서울에서는 박근혜 정부의 퇴진을 요구하는 시위가 연일 일어나고 있다는 사실을 메이는 알고 있었다. 비선 실세 게이트에 분노한 시민들은 박근혜 대통령의 탄핵과 하야를 요구했지만 청와대는 묵묵부답이었다. 일각에서는 대통령의 고유권한인 계엄령이 곧 실시될 거라는 소문도 돌았다. 그들에게……, 시민이란 무엇일까? 그들이 가진 권한이라는 것이 인간의 목숨을 결정지을 수 있다면, 내가 가진 권한은 무엇인가? 나는 적어도, 나 자신의 목숨을 스스로 결정지을 수 있는 정도의 권한은 가지고 있지 않나. 누군가는 다른 사람들의 목숨을 저렇게 쉽게도 죽이는데, 살인이 대체 뭐지? 왜 살인하면 안 되지? 이게 그렇게 대단한 일인가? 눈 한 번 깜박이는 것보다 쉽고 간단한데. 죽으면, 혹은 죽이면 되는데. 죽여버리면 되는데.

도로는 사람들로 가득 차 있었다. 차와 릭샤가 지나다닐 수 없도록 방어벽을 쳐놓았음에도 불구하고 메이가 탄 릭샤의 운전사는 그 사이를 뚫고 들어갔다. 몇몇 릭샤와 오토바이들이 그렇게 사람들 사이를 마구 지나다녔다. 메이가 탄 릭샤 또한 사람들 틈으로 나아가다 멈추기를 반복했다. 서너 대의 오토바이와 메이가 탄 릭샤가 서로 부딪칠 뻔했다. 메이의 심장이 뛰었다. 메이는 두려웠다. 여기서 죽으면, 사람들이 나를 기억하기는 할까? 인도의 급진정책으로 인한 시위 현장에서 한국인 여행자 한 명이 사망했다고 뉴스에서 언급이라도 해줄까? 지금 내 지갑 속에는 여권도 신분증도 없는데, 내가 죽으면 이 많은 인도인들 중에 내 신원을 확인해줄 사람이 있기는 할까? 누군가 대한민국 대사관에 연락이라도 해줄까? 이곳은 인도의 수도에서도 멀리 떨어진 지방 소도시일 뿐인데……. 내가 죽고, 뉴스에 내가 사망자로 알려지면, 케이가 나를 알아볼까? 내가 죽은 것에 그가 충격을 받기는 할까? 케이가 놀라면 좋겠어. 아주 조금이라도, 그의 삶에, 그의 심장에, 그의 기억에, 흔적을 남기고 싶어. 그가 나로 인해 무언가를 느낄 수 있으면 좋겠어, 나에게 무감각해지지 않으면 좋겠어. 긍정이든 부정이든 그에게 각인되고 싶어. 나를 기억해주면 좋겠어, 나를 잊지 않으면 좋겠어…….

어떻게 이곳까지 왔는지 메이는 기억할 수 없었다. 운전사가 릭샤를 세우고 이곳이라고 말했다. 메이는 아무런 생각도 감정도 없이 계산을 치르고 릭샤에서 내렸다. 그리고 주변을 돌아보았다. 예전에 와본 그곳이 아니었다. 여기가 어디지? 메이는 돌아보았다. 아……. 끝이 보이지 않을 만큼 높게 이어진 천일 계단이 눈앞에 드러나 보였다. 여기가 아닌데, 나는 저 계단의 위쪽, 차문디 언덕의 정상으로 가달라고 했는데, 왜 이곳에 온 거지? 메이는 타고 온 릭샤를 다시 찾았지만 그는 이미 사라지고 없었다. 어쩔 수 없었다. 저 계단의 꼭대기, 차문디 언덕의 정상 부근에 미리 봐둔 장소가 있었다. 그곳으로 가기 위해 저 계단을 따라 올라가야만 했다.

저물 무렵이었다. 노을이 서서히 내려앉고 있었다. 계단길이 시작되는 부근에 자리한 장사치들은 하나 둘 노점을 접고 돌아갈 채비를 하고 있었다. 누구도 메이를 신경 쓰지 않았다. 어둠이 깔린 산속은 위험해 보였지만 메이는 그 위험을 느낄 수도 없었다.

메이는 계단을 오르기 시작했다. 하나, 둘. 슬리퍼 차림에 윗옷도 없이 나온 터라 맨살에 닿는 공기가 차가웠다. 그래도 유명한 관광지라서 그런지 길은 정비가 잘 되어 있고 깨끗했다. 메이는 슬리퍼를 벗어 양손에 하나씩 든 채 맨발로 계단을 올랐다. 발바닥에 닿는 돌의 감촉이 차다 못해 시렸다. 그 시림이 발바닥을 통해 회음부로, 심장으로, 머리 꼭대기로 전해져왔다. 아, 아아…… 신음이 나왔다. 심장이 찢어져 그녀 몸의 구멍들을 타고 쏟아져내리는 듯했다. 머릿속 골수가 산산이 부서져 심장의 피와 함께 온갖 내장 기관들 속으로 섞여들어가는 듯했다. 몸 안의 오물들이 뒤엉키고, 쏟아지고, 비어져나왔다……. 메이는 걸을 수 없었다. 돌계단 위에 양 손바닥을 짚어 개처럼 엉금엉금 기어올랐다. 거대한 난디*상을 지나 정상 부근에 다다를 즈음, 바로 그곳, 메이가 늘 보아오던 커다란 바위틈이 드러나 보였다. 그 바위 틈새로 나아가면 편편한 돌무더기가 나오고 그 아래가 바로 절벽이었다.

---

* 난디(Nandi): 시바 신이 타고 다니는 수소[牡牛]

인도 이름? 가루다*. 왜 그 이름을 했어? 그냥, 어디든 가보고 싶어서. 그럼 나는 비슈누**라고 할래. 왜? 비슈누는 가루다를 타고 날잖아. 나 혼자서는 어디로도 가지 못하지만, 오빠와 함께라면 나는 어디든 갈 수 있어. 하지만 비슈누는 남자 이름이잖아, 차라리 락쉬미***라고 하지 그래. 상관없어. 비슈누는 여성성도 가지고 있잖아. 사실 나는 비슈누를 처음 봤을 때 그가 여신인 줄만 알았어. 모든 존재의 어머니이자 아버지, 그게 바로 힌두의 신들이잖아. 그 말은 꼭, 너에게도 남성성이 있다는 말처럼 들리네. 물론이지. 사실 나는, 예전에는 내가 레즈비언이라고 생각했어. 왜냐면 나는 남자들이 너무나 싫었거든. 어렸을 때 남자애들이 나를 자주 놀리면서 때렸는데, 그들은 그게 다 장난이라고만 말했어. 나는 그게 너무 이해되지 않고 괴롭기만 했어……. 그리고 내가 좀 더 자라서 중고등학교를 다닐 적에는 내 몸을 만지는 남자 선생님들을 많이 보게 됐어. 내 머리통을 쓰다듬으며 목덜미를 더듬거나 귓불을 주무르는 건 예삿일이었지. 겨울날 옷 좀 따듯하게 챙겨 입으라며 내 목도리의 매듭을 고쳐주는 척하면서 가슴 속으로 손을 쑥 집어넣는 미친놈도 있었어. 진로 상담을 하자며 단둘뿐인 상담실 안에서 생리는 잘 하고 있는지, 브래지어는 착용하는지, 남자와 성관계를 해본 적은 있는지 물어보는 선생님들도 있었고……. 그래서 나는 남자라면 그저 여자들을 아무런 이유 없이 때리거나 성적인 대상으로만 보는

---

* 가루다(Garuda): 힌두 신화에 나오는 조류 신으로 비슈누 신과 주종 관계를 맺고 있다.
** 비슈누(Vishnu): 힌두교 유지의 신. 힌두교 삼주신 가운데 하나다.
*** 락쉬미(Lakshmi): 비슈누의 배우자로 인도에서 가장 인기 있는 여신 가운데 하나다.

쓰레기들 같았어. 자연스럽게 남자들을 멀리하게 됐고, 가까이 가고 싶지 않았어. 아직까지도 나는 지하철이나 버스를 타면 남자들 옆자리에는 절대로 앉지 않아. 요가 학원이나 사우나, 게스트하우스 같은 곳에 갈 때도 무조건 여성 전용부터 찾아보게 돼. 이제는 나도 다 커서 남자들이 나를 함부로 만지거나 때리지는 못하지만, 사실은 그래서 더 남자들이 싫어. 내가 어렸을 적에는 작고 힘이 없으니까, 자기들 마음대로 할 수 있으니까 그렇게 무턱대고 나를 때리거나 만질 수 있었던 거야. 그런데 이제 내가 좀 커서 어른이 되니까, 나름대로 힘이 생기고 무언가 조치를 취할 수 있을 만한 사람으로 보이니까 나를 함부로 때리거나 만지지 못하는 거지. 그래서 그들이 더 쓰레기 같아. 작고 약한 존재라면 더 괴롭히고, 크고 강한 존재들은 건드리지도 못하는 인간쓰레기들인 거야……. 그래서 나는 남자들이 내 옆으로 오는 것 자체가 마냥 두렵고 싫어. 그들의 몸에서 뿜어져나오는 숨소리와 냄새까지도 참을 수가 없어. 그게 나를 미치게 만들어. 어쩌면……, 그래서였는지도 모르겠어, 요한을 사랑하게 된 건……. 그는 성이 없는 사람인 것 같았어. 무리도 아니지, 그는 아주 작고 마른 사람이었으니까. 남자로 태어났지만 대개의 여자들보다 훨씬 더 작고 마른 사람이었으니까. 여자보다 더 예쁘고 연약한 사람……. 그게 요한이었어. 어쩌면 나는 그에게서 남성성을 찾아볼 수가 없어서, 그래서 그를 좋아했던 것일지도 몰라. 그래도 상관없었어. 그가 남자든 여자든, 어른이든 아이든, 아프든 아프지 않든……, 나는 그냥 그가 좋았어. 너무 좋아서, 견딜 수가 없었어……. 내 감정을, 내 사랑을……, 조절할 수가

없었어······. 이 핑갈라, 끊임없이 나를 치고 올라오는······ 걷잡을
수 없는······ 무서운 불길······.

노을이 붉게 번지며 온 하늘을 덮어씌웠다. 메이는 샌들을 돌계단
위에 놓아두고 매번 물끄러미 바라보기만 했던 바위 틈새로 나아갔
다. 크고 펀평한 바위가 펼쳐져 있었다. 무서워······. 모든 것이 무서
워. 이 길도, 저 하늘도, 나 자신까지도······. 너무 무서워 견딜 수가
없어. 다리가 후들거려 메이는 더 이상 걸을 수가 없었다. 맨살에 닿
는 바위의 감촉은 너무나 차가운데 하늘을 붉게 물들이고 있는 태양
은 너무나 뜨거워 차마 바라볼 수가 없었다. 두려워, 저 불길이, 저 불
길이 시작된 곳이······, 너무나 두려워. 근원을 잘라야 해. 사라져야
해, 불길 속으로, 저 너머로, 나는 나아가야 해. 울고 있는, 울고 있는
요한의 얼굴이 보여. 그는 죽었을까? 죽어서, 그토록 사랑하던 하느님
곁에 앉아 있을까? 하느님이 그에게 쉼을 허락해주셨을까?

윤희야, 너는 자주 말했지. 내 대신 네가 죽고 싶다고. 단 하루 만이
라도 내가 남들과 같이 건강한 몸으로 살아갈 수 있으면 좋겠다고.
그리스도와 같이, 네가 죽어서 나에게 새 생명을 줄 수만 있다면
얼마든지 그렇게 하고 싶다고. 네가 그 말을 할 때마다 나는 정말
로 죽고 싶었어. 내가 죽으면, 너는 알게 될 거야. 사랑하는 이의 존
재가 이 땅에서 사라지는 게 얼마나 뼈아픈 일인지······. 그러니까
윤희야, 내가 너보다 먼저 죽을 거야. 나의 죽음으로 너는 엄청난
고통을 겪게 될 거고, 그러면 너의 생명이 끝날 때 너처럼 고통스러

워하는 사람이 이 땅에 존재할 거라는 사실을 알게 될 거야. 그는 다름아닌 너의 하나님이라는 사실까지도 너는 알게 될 거야. 그러니까 윤희야, 나의 죽음이 먼저 너에게 가르쳐줄 거야, 하나님의 사랑을, 그리스도의 의미를……. 그것이, 너를 살게 할 거야.

오빠는 이곳에도 발을 디뎌봤을까? 오빠가 쓴 여행 책에서 이곳, 차문디 언덕을 소개해놓은 것을 보았어. 천일 개의 계단과, 계단 중턱의 난디상, 차문디 언덕 정상의 차문데쉬와리 사원 풍경까지도 상세히 소개해놓았잖아. 그럼 오빠도 이 바위를 한 번쯤은 보았을까? 이 틈새로 걸어 나와 발을 디뎌보았을까? 내가 왜 그토록이나 많이 이곳에 찾아와 맨발로 이 길을 걸었는지 오빠가 알까? 이 길을 걸으면, 오빠와 함께 있는 것만 같았어. 오빠가 맨발로 밟곤 했던 그 길을 나 또한 맨발로 밟으면 오빠와 내 몸이 하나로 섞이는 것만 같았어. 흥분이 일고, 물이 흘러나와 속옷이 젖었지. 모든 것이 뒤섞이고, 모든 것이 뭉그러지는 것 같았어. 오빠와 하나가 되고 싶어. 누군가와 섞이고 싶어. 그러면 내가 사라지고, 다른 존재가 될 수 있을 것 같아. 뭐든, 가질 수 있을 것 같아. 어디로든, 나아갈 수 있을 것 같아……. 저 하늘이, 저 태양이, 저 구름이, 저 땅이…… 나와 하나가 되는 거야……. 여기 이곳, 차문디 언덕에서 오빠에게, 요한에게, 그리고 저기 저 언덕 너머에서 나를 내려다보고 있는 신에게……, 오르는 거야……. 내 신발을 가지고…… 거기로 갈게.

그랑 주떼

1

    크고 둥그런 고가 양 발등 위로 뭉툭하게 올라와 있다. 발끝을 뻗어 발등을 늘이자 고가 더욱 높이 솟아올랐다. 둥그렇게 넓은 거북의 등을 닮았다는 발등의 고. 그 위로 뭉툭뭉툭 솟아오르는 핏줄마저 거북등의 표면처럼 거칠고 어두웠다.

2

잠겨 있는 스튜디오의 문을 열고 안으로 걸어 들어갔다. 구석진 자리 선반에 놓인 오디오 외에는 아무것도 없는 곳. 출입문이 있는 벽을 제외한 삼면의 거울벽 모두 티끌이나 손자국 하나 없이 말끔하기만 했다. 어젯밤 무용원을 나서기 전, 거울을 싹 닦고 바닥 청소까지 해 뒀기 때문이다. 이른 아침 아무도 없는 스튜디오에 들어서는 것은 근래에 통 없던 일이라 바닥에 닿는 발끝이 공연히 움츠러들었다.

오디오가 놓여 있는 선반의 아래 칸에서 슈즈를 꺼내들고 바닥에 앉았다. 분홍색 타이즈를 신은 두 다리를 끌어당겨 슈즈를 덧신고 양 다리를 좌우로 넓게 벌렸다. 발등을 길게 늘인 포인(Pointe) 상태에서 궁둥뼈를 바닥으로 내리누르며 다리의 근육과 관절들을 천천히 풀어 나갔다. 양 무릎은 바깥쪽으로 돌리고 골반은 앞쪽으로 밀어 고관절에도 자극을 주었다.

두 팔을 앞으로 천천히 뻗어 바닥에 갖다댔다. 고관절을 회전시켜 치골과 아랫배를 바닥에 대고 척추도 길게 뻗었다. 이어서 명치와 가슴 그리고 턱을 바닥에 댔다. 다리를 좀 더 넓게 벌리고 무릎 관절 안쪽을 펴자 몸의 근육들이 비명을 내질렀다. 서서히 어둠이 몰려오고, 그 어둠에 앞이 보이질 않는 순간. 그럴 때면 정말이지 아무런 생각도 떠오르지 않았다. 생각이 사라지고, 몸이 사라지고, 내 존재가 모두 사라져버렸다.

몸의 근육과 관절들이 뭉근하게 풀려 더 이상 아무런 통증도 느낄 수 없을 즈음 상체를 일으켜 똑바로 앉았다. 풀어둔 머리카락을 손으로 쓸어올려 묶고 머리핀을 꽂은 뒤에 양쪽으로 벌려놓은 두 다리를 골반에서 떼어내듯 바깥으로 밀어 뒤에서 끌어모았다.

자리에서 일어나 음악을 틀어두고 스튜디오 밖으로 나갔다. 무용원 출입문 앞 책상에 앉아 컴퓨터의 전원을 켜고 회원관리 시스템 창을 열었다. 잠시 뒤 출입구에 달려 있는 철제 종에서 딸랑, 소리가 나며 유리문이 열렸다. 안으로 들어서는 수강생 여자에게 고개 숙여 인사했다. 그녀 또한 가볍게 인사하며 나에게 회원카드를 내밀었다. 나는 그것을 받아 회원 확인을 한 뒤에 탈의실 사물함 열쇠를 내주었다. 여자는 내가 내민 열쇠를 받고 탈의실 안쪽으로 들어갔다.

이제 곧 오전 10시 수업의 수강생들이 몰려올 것이다. 나는 책상 위에 부려놓았던 가방과 휴대전화 등을 챙겨 책상 아래쪽 바닥에 내려놓았다. 출입문으로 수강생들이 하나둘 들어오기 시작했다. 나는 그들에게 간단히 목례한 뒤 다시 컴퓨터 화면 속으로 시선을 옮겼다.

그들은 모두 탈의실로 가서 저마다의 무용복으로 갈아입었다. 그러고는 스튜디오로 들어가 개인 매트를 바닥에 깔고 조금 전의 나처럼 스트레칭을 하며 몸의 근육과 관절을 풀었다. 9시 55분이 넘자 나는 출석부와 발레 음악 CD를 챙겨서 스튜디오 안으로 들어갔다.

"오늘 원장님이 지방으로 출장을 가셔서 제가 대신 수업을 하게 됐어요. 진도는 원장님께서 다음 수업 때 이어서 해주실 거고요. 오늘은 저와 함께 체중 감량에 도움이 되는 발레 동작들 위주로만 연습을 해보겠습니다."

나는 오늘의 수업 내용을 설명한 뒤 출석부를 펼치고 수강생들의 수를 확인해보았다. 총 여덟 명이 수강하는 오전 수업은 무용 전공자가 아닌 일반인을 대상으로 하는 취미 발레반이었다. 대체로 이십대 초반의 여대생 혹은 사십대 주부들이 주를 이루고 있었다. 그들 대부분은 춤을 추기 위해서라기보다는 운동이나 체중 감량을 목적으로 이곳을 찾는다. 때문에 다른 강사가 수업에 들어온다고 해도 별다른 불만을 가지지 않았다.

"앞에서부터 한 분씩 성함을 좀 말씀해주시겠어요?"

내가 묻자, 앞줄 왼쪽에 앉아 있던 앳된 외모의 여자부터 이름을 말하기 시작했다. 인원은 총 여섯 명으로, 아직 두 명이 오지 않았다.

"조금 기다렸다가 할까요? 아니면 먼저 시작할까요?"

애써 질문을 던졌지만 딱히 대답하는 이는 한 명도 없었다.

"그럼 일단 몸부터 가볍게 풀어보겠습니다."

나는 그렇게 말하고 음악을 쇼팽의 피아노곡으로 바꿨다.

"앉은 상태에서 두 다리를 앞으로 쭉 뻗고 꼬리뼈를 바닥으로 낮추세요. 척추는 바르게 펴서 몸을 일직선으로 세워봅니다. 가슴은 활짝 펴고, 양어깨는 뒤로 돌려 어깨의 긴장감을 좀 빼냅니다. 몸의 정확한 선열(Alignment)과 배치(Placement)가 이루어지지 않으면 자유롭게 춤을 출 수가 없습니다. 몸이 틀어진 상태로 춤을 추면 오히려 더 약해질 수도 있어요. 반드시 올바른 자세를 유지해야만 체내 순환이 원활해져 독소와 노폐물이 빠져나가고 체중은 자연스럽게 줄어듭니다. 몸의 어느 한 부분이라도 틀어지거나 어긋나 있으면 그 부분이 신체의 모든 부분에 다 영향을 주거든요. 그러니 단 한 군데도 흐트러짐 없이 정확하고 올바른 자세를 유지해주세요."

'몸의 어느 한 부분이라도 어긋나 있다면 다른 모든 부분도 영향을 받을 것이다.' 도널드 F. 페더스톤이 그의 책《Dancing Without Danger》에서 언급한 이야기였다. 자유롭게 춤을 추기 위해서 신체의 정확한 선열 속으로 나를 밀어넣는 것. 그 말에 따라 나는 늘 완벽한 자세 속으로 나를 밀어넣어왔다. 그런데도 나는 왜 춤을 전혀 추지 못하는 것일까? 나는 다시 말했다.

"그 상태로 두 다리의 발등을 밀어내 포인을 만들어볼게요. 음악에 맞춰서 다시 '플렉스(Flex)', 발끝을 몸쪽으로 완전히 끌어당기세요. 자, 다시 포인, 발등을 밀어내면서 발가락 끝까지 힘을 줍니다. 무릎을 곧게 펴고 그대로 다시 플렉스. 자, 이제 음악에 맞춰서 다섯 번씩 더 반복해볼게요."

무용수들은 춤을 추기 전에 자신의 신체를 부드럽고 유연하게 만들어놓아야 했다. 이러한 준비운동은 바(Barre)와 센터(Centre)에서 연습하기에 앞서 체온을 상승시키고 혈액의 공급을 원활하게 해주었다.

따라서 정신을 가다듬고 근육을 깨우는 데도 도움이 됐다. 준비운동 중에서도 가장 기본적인 동작은 포인과 플렉스였다. 이 동작들은 우리 몸의 토대가 되는 중요한 부분, 즉 발의 근육과 관절들을 유연하게 만들어주었다.

자리에 앉은 상태로 포인과 플렉스를 번갈아 반복해주면 다리 대퇴부와 종아리 근육들이 서로를 밀고 당기며 이완과 수축 작용이 일어나고, 그러면 발은 곧 춤을 추기 좋은 상태가 된다.

"자, 이번엔 플렉스 상태에서 발끝을 바깥쪽으로 돌려 골반을 완전히 열어주세요. 그 상태 그대로 다시 포인. 좋습니다. 자, 다시 한번 원을 그리듯이 반복해볼게요."

오전반은 한 시간 삼십 분 동안 이어지는 수업이어서 내가 진행해오던 한 시간짜리 프로그램을 최대한으로 늘리며 시간을 끌었다. 기본적인 발레 동작들부터 아주 천천히 반복하며 수업을 진행해나갔다.

본래 내가 맡은 오후 수업에서는 다이어트에 효과적인 발레 동작들만 가르쳤다. 그래서 매트 운동과 바 운동 외에는 정말이지 별다를 게 없는 수업이기도 했다. 한데 원장 선생님은 그 한 시간짜리 프로그램에 삼십 분짜리 무용 프로그램을 추가하여 일반인들에게도 발레 작품을 가르치고 있었다.

발레 교습은 앉아서 하는 스트레칭 동작과 바에서 진행하는 동작, 그리고 센터에서의 동작들을 충분히 연습한 뒤 본격적인 춤을 배워나가는 것이 보통이다. 바를 사용해 발레 테크닉을 연습한 뒤에 센터에서의 연습을 통해 춤을 추기 시작하는 것. 그러니 이 동작들은 결국 춤을 추기 위한 목적으로 행하는 준비 단계일 뿐 동작 그 자체로서의 의미는 거의 없다. 내가 가르치는 것은 '춤'이 아닌 춤을 추기 이전의 준비운동들뿐이다. 발레 동작을 응용해 사람들에게 운동을 시키는 것일 뿐이지 무용이니 발레니 하는 것들을 가르치는 게 아니었다. 발레를 가르치지 않는 이유가 있다면 그저 단 하나, 내가 춤을 전혀 추지 못하기 때문이다.

회원들에게 다리를 앞으로 쭉 뻗고 포인 상태로 상체를 구부려 이마를 정강이에 갖다대라고 말했다. 꼬리뼈는 뒤로 밀고 머리는 앞으로 쭉 뻗어 등과 허리의 근육을 풀어주는 동작이었다. 틀어진 척추를 바로잡고 탄력과 유연성을 길러줄 것이라는 설명을 덧붙였다. 아프고 힘들지만 잘 견뎌보라고도 말했다. 내 말에 따라 회원들 모두가 이마를 정강이에 대고 등과 허리, 허벅지와 종아리 근육을 길게 늘이며 통증을 견뎠다.

"자, 계속 반복하세요. 원을 그리듯이, 포인, 플렉스."

나는 구령을 계속 붙여주며 스튜디오 뒤쪽으로 자리를 옮겨갔다. 그러고는 뒤쪽 거울벽에 기대어 서서 고개를 숙이고 발등을 내려다보았다. 커다란 발등 위로 둥그런 고가 뭉툭 올라와 있는 발.

발레를 배우기 시작한 건 열다섯 살이던 중학교 2학년 때였다. 그 나이에 무용을 시작하는 아이들은 결코 프로 무용수가 될 수 없다는 사실을 스스로도 알고 있었다. 발레리나를 꿈꾸는 아이라면 보통 초등학교에 들어가기 이전, 적어도 일곱 살에서 여덟 살 사이에 무용을 시작해야 했다. 발레처럼 고도의 스트레칭을 요하는 춤은 관절이 닫히기 이전의 나이에 시작하는 것이다. 한데 중학교 2학년, 열다섯 살이 다 되도록 무용과는 전혀 상관없는 삶을 살았던 내가 발레를 시작한 것은 커다란 발과 발등 때문이었다.

270밀리미터 길이인 내 발은 중학교 2학년 때에 이미 260밀리미터를 넘어서 있었다. 키 또한 또래 아이들보다 훨씬 큰 173센티미터였지만 종종 나보다 더 키가 큰 여자아이들 중에서도 발 사이즈가 250밀리미터를 넘는 경우는 보지 못했다. 더구나 나는 발등이 굉장히 넓고 높아서 여성용 구두나 단화 같은 것은 그냥 한번 신어볼 엄두조차 내지 못했다. 나는 언제나 남자 운동화나 실내화를 신고 다녔다.

이런 나에게 예쁘고 아름다운 발레 선생님이 다가와 "발이 커서 좋겠다"라고 말해 준 날을 아직도 잊을 수가 없다. 학원 수업이 끝난 뒤 단짝 친구였던 리나가 다니는 무용원으로 가서 그녀를 기다리고 있을 때였다. 주로 어학원이나 독서실 등이 즐비해 있던 아파트 단지 내 건물의 지하에 있던 무용원. 학교 수업이 파한 뒤면 나는 그 건물의 3층에 위치한 종합학원에서 과외 수업을 들었고 리나는 지하에 위치한 무용원에서 발레 교습을 받았다. 나의 학원 수업과 리나의 발레 교습이 끝나는 시간은 똑같이 밤 10시였는데, 수업이 끝난 뒤 무용원으로 내려가보아도 리나는 스튜디오에서 나오질 않았다. 조금만 더 연습하고 싶다며 계속해서 춤을 추고 있었기에 나는 언제나 스튜디오 바깥의 소파에 앉아 리나를 기다렸다.

나는 무용원 안에 있는 실내용 슬리퍼를 신고 발가락을 잔뜩 오므린 채로 앉아 있었다. 사무실과 현관 주변을 정리하고 있던 무용 선생님이 내 운동화를 현관 한쪽으로 가지런히 놓으며 "이건 누구 거지?"라고 물었다. 슬리퍼 안쪽의 발가락이 잔뜩 움츠러들고 고개가 절로 수그러들었다. 선생님이 다시 말했다.

"남자애 것 같은데."

나는 그것이 내 운동화라고 말할 수 없었다. 너무나 큰 발과 신발 때문에 사람들이 나를 이상하게 쳐다보는 것이 창피한 까닭이었다. 단지 발이 크다는 이유로 친구들에게 놀림을 받거나 외계인 취급당하는 경우도 많아 큰 발을 언제나 숨기고만 싶었다. 그사이 리나는 연습을 마쳤는지 옷을 갈아입고 스튜디오 밖으로 나왔다. 나는 말없이 리나의 손을 붙잡고 현관으로 가서 내 운동화를 꿰어 신었다. 그러자 선생님이 "이거 네 거였니?"라고 물었다. 나는 대답하고 싶지 않았다. 한데 선생님이 나를 향해 던지는 시선이나 물음 속에는 놀라움보다 부러움이 더 크게 담겨 있는 듯했다. 선생님이 나에게 다시 물었다.

"너, 이름이 뭐니?"

"서, 예정이요."

나는 조금 더듬 듯 대답했다. 그러자 선생님이 내 이름을 부르며 말했다.

"음, 그래. 예정이는 발이 커서, 발레를 하면 정말 좋겠다."

그렇게 말하고는 부러운 듯한 눈길로 내 발을 쳐다보았다.

"선생님도 발이 좀 더 컸더라면 좋았을 텐데……."

선생님의 말에 내가 화들짝 놀라 "왜요?"라고 묻자 옆에 있던 리나가 불쑥 끼어들었다.

"맞아. 발이라도 좀 컸으면 좋겠어요."

선생님은 리나와 나를 번갈아 바라보며 대답했다.

"춤을 출 때는 손과 발을 길게 늘여주어야 하니까, 손과 발이 크면 팔다리가 그만큼 길어 보이지. 그래서 발레 하는 사람들은 신체 길이를 발가락 끝 혹은 손가락 끝부터라고 생각하는 거야. 나처럼 키가 작은 사람들은 손과 발이라도 좀 크면 춤출 때 조금이라도 더 길어 보일 수가 있어. 그런데 키 작은 사람은 꼭 손과 발가지 다 작아서, 손발을 아무리 길게 뻗어봤자 별로 길어 보이지 않는 거지……."

선생님은 그렇게 말한 뒤 고개를 떨어뜨려 자신의 자그마한 발을 내려다보았다. 발레 슈즈를 신고 있어 보이지는 않았지만, 그 안에 있는 발가락이 꼭 움츠러들고 있는 것만 같았다.

앙 바(En bas; 팔을 아래로), 안 아방(En avant; 팔을 앞으로), 안 오(En haut; 팔을 위로) 등, 팔을 이용한 발레 동작들을 회원들에게 가르쳐주며 어깨와 팔 그리고 상체를 함께 움직이도록 했다. 내 구령에 따라 회원들은 팔을 아래에서 앞으로, 위에서 옆으로, 그리고 다시 아래로 움직여 늘이기를 반복했다. 나는 다시 앞쪽으로 나가 다리를 양옆으로 벌리고 앉았다. 회원들에게는 스트레칭 동작들을 좀 더 해보자고 말하고 상체를 오른쪽으로 틀었다. 고개를 정강이 가까이 가져가자 툭 튀어나온 고가 한눈에 들어왔다.

리나가 전학 오던 날은 평소보다 훨씬 산만하고 떠들썩한 분위기가 교실 안에 흘러넘쳤다. 출석부를 챙기려 교무실에 다녀온 남학생이 오늘 우리 반에 전학 오는 아이를 보았다고 이야기한 까닭이었다. 아이들은 금세 그 남학생 주변으로 몰려들어 "진짜? 예뻐? 어디서 왔대?"라고 물었다. 남자애는 그 아이가 미국에서 왔다고 말했다. 머리카락에 염색을 해놓아 선생님들이 무척 난감해하고 있더라는 말도 덧붙였다.

"학주가 다시 까맣게 염색해야 된다고 말하는데 전혀 못 알아먹더라고. 일부러 못 알아듣는 척하는 것도 같고…… 영어 선생님까지 와서 왜 그래야 하는지 영어로 설명해주는데도 자기는 이해가 안 된다고 하는 것 같던데."

아이들은 저마다 "진짜? 머리가 무슨 색인데? 얼굴은 예뻐? 몸매는?" 하는 것들을 두서없이 물었다. 이내 종이 울리고, 담임선생님이 교실로 들어섰다. 과연 그 뒤로 오늘 전학 왔다는 여자애가 따라 들어왔다.

온통…… 하얗기만 한 아이였다. 아직 교복을 마련하지 못했는지 새하얀 블라우스에 하얀색 스커트 그리고 하얀색 실내화 차림이었다. 남학생들은 그 애의 얼굴을 제대로 보기도 전부터 "우우" 하는 탄성을 내지르고 휘파람을 불며 소란을 피웠다. 담임선생님이 그만 조용히 하라고 손으로 교탁을 두들겼다. 그러자 선생님을 바라보고 서있던 아이가 정면으로 돌아서며 모두와 얼굴을 마주했다. 그 순간 아이의 어깨에 걸쳐진 자그마한 은색 가방이 창밖에서 쏟아져들어오는 햇빛과 어우러져 다채로운 색으로 빛났다. 가늘게 찢어진 눈과 작달막한 콧날 때문에 단번에 '예쁘다'고 느끼지는 못했지만, 다부지게 올려 묶은 갈색 머리카락과 자그마한 얼굴, 길고 가느다란 팔다리 같은 것들에서 어딘가 모르게 비현실적인 느낌을 받았다.

"오늘부터 우리 반에서 같이 공부하게 될 전학생이다. 자, 그럼 자기소개 좀 들어볼까?"

선생님의 말에 여자애가 드디어 입을 열었다.

"안녕. 나는 산호세에서 왔고 이름은 김리나야."

간결한 소개가 끝나자 선생님은 아이들과 앞으로 사이좋게 지내라고 말했다. 리나는 선생님의 말에 별다른 대답은 하지 않고 교실 뒤쪽의 빈자리를 찾아가 앉았다.

1교시 수업이 끝난 뒤 쉬는 시간이 되자 아이들은 일제히 리나가 앉은 자리로 몰려가 이것저것 묻기 시작했다. 나는 일부러 그 옆으로 가지는 않았지만 그리 멀리 떨어지지는 않은 자리에 서서 그 애의 이야기에 귀 기울였다. 그녀는 한국에서 태어났으나 두 살 때 부모님과 함께 미국으로 가서 살았기에 한국은 거의 처음 와본 것이나 다름없다고 했다. 일곱 살 때 처음 접했던 발레에 꽂혀 곧바로 프로 댄서에게 레슨을 받기 시작했고, 그때부터 지금껏 발레를 해왔다는 이야기를 다소 싸늘한 어조로 말했다.

"지금은 아빠 일 때문에 잠시 한국에 왔지만, 졸업하고 나면 나는 다시 미국으로 갈 거야."

아이들이 "진짜? 왜?"라고 묻자 리나는 "나는 ABT에 들어갈 거야. 그리고 그곳의 프리마돈나가 될 거야"라고 덧붙였다. "ABT가 뭔데?" 하는 아이들의 질문에 리나는 원어민 같은 발음을 구사하며 "아메리칸 발레 시어터(American Ballet Theater)"라고 대답했다.

리나는 발레를 정말 잘했다. 리나가 춤을 추면 모든 사람이 그녀를 바라보게 되었다. 바라보고 싶어서 바라보는 것이 아니라 바라보지 않을 수 없어서 바라보는 것. 무용 선생님도 리나는 발레를 하는 데 있어 필요한 몸과 재능, 환경을 모두 타고난 사람이라고 말했다. 그런

156

리나가 가지지 못했던 단 한 가지. 그래서 더욱 가지고 싶어 했던 것이 바로 이 발등 고였다.

발등과 발목 사이의 뼈가 유난히도 많이 튀어나온 사람들이 있다. '고(甲:こう)'라는 것은 그러한 발등의 모양이 마치 거북의 등껍데기와 같아 보여 일본에서 먼저 쓰기 시작한 용어였다. 우리나라에서도 무용수들 사이에서는 이 일본어 표현이 그대로 쓰였다.

춤을 출 때는 항상 포인 상태로 걷거나 뛰는데 이때 무용수의 발등이 둥글게 튀어나와 있어야만 신체의 아름다운 곡선이 만들어졌다. 따라서 고는 무용수들 사이에서 언제나 시선과 관심을 끌어모았다. 발레를 하는 아이들끼리 마주할 적이면 대부분 발등을 가장 먼저 바라보며 "발등에 고가 있네." "고가 정말 예쁘다." "나는 고가 전혀 없어"라는 말들을 내뱉었다. 한데 이토록이나 크고 둥그런 고를 선천적으로 타고나는 사람들은 그리 많지 않았다.

발등에 고가 없는 아이들은 남들보다 더 커다란 통증을 느껴가면서까지 과도한 포인을 만들곤 했다. 그렇게 연습을 하다 보면 발등 주변에 근육이 붙어 아주 조금이나마 둥글어 보일 수 있는 까닭이었다. 그러나 아무리 노력을 한다고 한들 선천적으로 타고나지 못한 고가 갑자기 생겨나지는 않았다. 발등 고를 타고나지 못한 무용수들은 타이즈 안으로 발등 뽕을 집어넣거나, 발등 성형수술까지 강행할 정도로 다들 이 고를 강렬히 원했다.

리나가 다니던 무용원 소파에 앉아 슬리퍼도 신지 않은 채 다리를 길게 늘이고 있을 때 "발등에 고가 있네"라고 말했던 사람 또한 바로 그 발레 선생님이었다. 선생님은 나에게 "예정이는 발이랑 다리가 정말 길고 예쁘다"라고 말했다. 그리고 오리발처럼 크고 넓적한 내 발을 오래도록 바라봐주었다. 자그마한 키에 강마른 몸의 발레 선생님은 자기 발도 나처럼 크고 예뻤더라면 무용수 생활이 조금 더 유리했을 거라고 말했다.

그 말을 들은 뒤로 나는 엄마를 설득해 다니던 학원을 그만두고 무용원에서 발레를 배우기 시작했다. 미국에서부터 발레를 배웠다는 리나와 똑같은 레슨을 받을 수 있는 것은 아니었지만, 그저 그녀와 같은 공간에 있다는 사실만으로 나는 이제껏 알지 못했던 새로운 세계로 들어서는 것 같았다. 아름다운 선을 가진 어여쁜 여자 선생님들이 나를 바라봐주고, 나를 잡아주고, 말까지 걸어줄 때면 정말이지 매우 특별하고 아름다운 세계 속에 내가 들어가 있는 것만 같았다. 좋아서, 정말 좋아서, 그 안에 있는 내내 나는 정신을 제대로 차릴 수 없었다. 그럴 때면 내가 아닌 이 세상이 휘청휘청 움직이는 듯했다. 발을 딛고 있는 이 땅과 나를 둘러싼 모든 것들이 수초처럼 흔들리는 것 같았다. 그 안에서 나는 단 한 번도 정신을 똑바로 차리고 있지 못했지만, 그럼에도 불구하고 그 꿈같은 세계에서 절대로 깨어나고 싶지 않았다. 절대로 나만 혼자 떨어져나오고 싶지 않았다.

몸에 꼭 맞는 검은색 레오타드 위에 시폰 소재의 랩스커트를 두르면 나의 기다란 상체가 모두 가려졌다. 발등을 한껏 늘여 발끝으로 서 있을 적이면 하체가 원래보다 훨씬 길어 보이는 것도 좋았다. 슈베르트, 쇼팽과 같은 19세기 작곡가들의 피아노 음악과 들리브, 글린카, 차이콥스키 등의 고전음악들까지도 온통 내 마음을 사로잡았다. 그렇게 음악이 흐르는 무용원 스튜디오에 있을 적이면 정말이지 나는 아무엇도 하지 않고 가만히만 있어도 진짜로 살아 있는 것 같았다.

그러나 아무리 레슨을 받고 연습을 해도 나는 전혀 춤을 출 수 없었다. 춤을 추기 위해 연습하는 발레 동작들은 무리 없이 따라 하는 정도가 아니라 정말 바르고 완벽하게 다 소화해낼 수 있었다. 한데 그 동작들을 연결해 춤을 추는 일에는 젬병이었던 것이다. 그렇다 보니 발레 작품으로 진도를 나가는 것은 고사하고 기본적인 춤조차 익히지 못했다. 바 운동은 결국 센터에 나오기 위한 과정이니 바 연습을 잘하면 언젠가는 센터에서의 동작도 잘할 수 있을 거라고 북돋워주는 선생님의 말이 무색할 만큼 나는 춤을 조금도 추지 못했다.

이상하게 센터에 나가기만 하면 이미 배웠던 동작들이 자꾸만 헛갈리기 시작했다. 머리로는 그 동작들을 분명하게 기억하고 있는데 몸은 그 동작을 조금도 기억하지 못했다. 내 몸과 마음 그리고 생각이 모두 따로 놀았다. 애써 춤을 따라해보려 했지만 그러면 그럴수록 내가 여기서 대체 무얼 하고 있는 건지 알 수 없을 지경에 이르렀다. 그럴 때마다 거울에 비치는 내 모습은 정말이지 눈 뜨고 봐줄 수조차 없었다. 남들보다 항상 뒤처지는 몸짓, 어색한 손놀림, 뻣뻣한 관절, 긴장한 어깨……. 나조차도 창피한 모습들만 계속 이어졌다.

무엇보다도 나는 턴(Turn)에 가장 약했다. 몸을 오른쪽으로 회전시킬 때 머리와 눈의 스포팅(Spotting)이 전혀 이루어지지 않아 매번 중심을 잃고 휘청이다가 주저앉기만 반복했다. 선생님은 내가 스폿(Spot)을 전혀 모르고 있다고 말했다. 나는 그 '스폿을 모른다'라는 말의 의미조차 알 수 없어 답답했다.

무용원에 나가 레슨을 받으며 연습을 계속할수록 나는 점점 춤을 출 수 없는 사람이라는 생각만 밀려들었다. 그것은 아무리 열심히 연습하고 노력해도 가질 수 없는 발등의 고와 같은 것이었다. 애초에 타고나지 못한 재능은 나중에도 결코 생겨날 수 없었다. 세상에는 선천적인 질병으로 말을 전혀 할 수 없는 사람이 있고, 앞을 전혀 볼 수 없는 사람도 있다. 나는 춤을 전혀 추지 못하는 인간으로 태어난 것이다. 그러니 이로 인한 별다른 좌절이나 절망, 원망감 같은 것조차 가질 수 없었다. 본래 가지고 있던 것을 잃어버리거나 망가뜨린 것이 아니었다. 애초부터 이렇게 아무것도 하지 못하는 인간이었기에, 나에게는 별다른 불만이나 원망이 자라날 수조차 없었다.

그럼에도 불구하고 계속해서 발레를 배우러 무용원에 나갔던 것은…… 크고 둥근 내 발등을 바라보는 리나의 시선 때문이었다. 리나의 시선은 언제나 내가 아닌 내 발등에 머물러 있었다. 그녀는 내 발등이 아니라면 나, 라는 사람은 절대 쳐다보지 않을 사람인 것 같았다. 리나뿐만 아니라 함께 발레를 배우던 다른 친구들까지 쉬는 시간마다 나에게 다가와 포인 동작을 보여달라고 말했다. 그럴 때면 나는 조금쯤 특별한 사람이 된 것처럼 느껴졌다. 아이들은 크고 둥글게 흘러내리는 내 발등 라인을 황홀하게 바라보았다. 그러면 나는 곧, 본래의 나보다 훨씬 더 예쁘고 좋은 사람이 되어 있는 것만 같았다.

매트 위에서 하는 스트레칭 연습을 마친 뒤 벽면에 설치된 바를 잡고 본격적인 발레 동작들을 가르치기 시작했다. 기본 발동작 1, 2, 4, 5번(똑바로 선 상태에서 다리를 고관절로부터 턴아웃하는 기본 동작들)을 설명하고 플리에(Plié; 허벅지 제일 윗부분에서 시작해 무릎을 거쳐 발목에 이르기까지 다리를 굽히는 동작), 엘레베와 를르베(Élevé / Relevé; '끌어올리다' / '다시 끌어올리다'라는 뜻의 동작), 바뜨망(Battement; 발로 차는 동작) 등의 동작을 연결하는 동안 수강생들은 마치 자로 재기라도 한 것처럼 반듯한 내 자세를 보며 놀라워했다. 나는 그렇게 바에서의 발레 동작들을 반복적으로 연습하며 한 시간 반 동안의 수업을 마무리 지었다.

수강생들이 모두 빠져나간 뒤 카디건을 몸에 걸치고 무용원 밖으로 나갔다. 건물 1층에 자리한 편의점에서 참치김밥과 컵라면을 하나씩 샀다. 다시 지하의 무용원으로 내려온 뒤 컵라면의 비닐 포장을 벗기고 정수기의 뜨거운 물을 받았다. 그러고는 책상 안쪽으로 들어가 앉아 참치김밥의 포장을 뜯었다.

나무젓가락을 반으로 갈라 손에 쥐고 김밥 한 조각을 떼어내 입속에 넣었다. 차갑게 굳은 밥알과 마요네즈에 버무린 참치의 맛이 한데 뒤엉켜 입 안 가득 차올랐다. 딱딱함과 부드러움, 비릿함과 고소함이 함께 느껴졌다. 나는 그것을 천천히 씹으며 컵라면의 뚜껑을 열었다. 라면을 젓가락으로 휘휘 저어 뭉친 부분을 풀어주고 컵을 들어 국물을 들이마셨다. 뜨거운 국물에 차가운 밥덩이와 느끼한 마요네즈가 모두 다 쓸려내려가는 듯했다. 나는 그만 컵라면 그릇을 책상에 내려놓고 하아, 숨을 내쉬었다.

김밥과 라면을 다 먹고 난 뒤 탕비실에 가서 플라스틱 양동이를 꺼냈다. 그리고 사무실 안쪽 냉장고의 냉동칸 문을 열었다. 그 안에 든 플라스틱 박스에서 얼음을 모두 꺼내어 양동이 속에 쏟아부었다. 그렇게 얼음을 잔뜩 담은 양동이와 함께 수건 한 장을 손에 들고 건물

1층과 2층 사이에 자리한 화장실로 들어갔다. 그리고 화장실 벽면 아래쪽에 붙어 있는 수도꼭지를 틀어 양동이 속에 찬물을 받았다.

화장실 변기 칸 안으로 들어가 문을 잠갔다. 양변기의 덮개를 내려 그 위에 걸터앉았다. 타이즈를 벗으려면 그 위에 덧입은 레오타드부터 벗어야 했다. 몸통에 걸친 카디건을 먼저 벗어 화장실 문고리에 걸쳤다. 곧이어 레오타드를 벗은 뒤 타이즈와 함께 둘둘 말아 내렸다. 이내 타이즈까지 모두 벗고 팬티만 입은 상태로 양변기 덮개 위에 궁둥이를 대고 앉았다. 신고 있던 슬리퍼를 벗고 다리를 들어올렸다. 양동이 속 얼음물의 차가운 기운이 먼저 온몸으로 전해져왔다. 나는 두 눈을 꾹 감고 양발을 양동이 속으로 쑥 집어넣었다. 물은 곧 수천 개의 바늘이 되어 내 몸을 찌르기 시작했다. 차갑고, 시리고, 아팠다. 온몸에 소름이 돋고 머리카락이 쭈뼛쭈뼛 일어섰다. 곧이어 위아래 잇몸까지 덜덜 떨렸다. 얼음물의 차가운 기운이 귓바퀴와 정수리까지 파고들었다. 온몸이 다 시리고 아파서 나는 당장에라도 발을 빼내고만 싶었다. 하지만 참았다. 참고 싶었다. 너무 차갑고 괴로워 아무 생각도 나지 않을 때까지, 모든 생각이 다 사라질 때까지 참고 또 참아야만 했다. 1초, 2초, 3초, 4초, 5초, 6초……. 눈물이 쏙 빠져나올 것만 같이 아프고 괴로운 지금 이 순간만이 나에게 남게 될 때까지.

얼음이 녹자, 물은 점점 더 차가워졌다. 그와 동시에 내 몸 또한 점점 더 커다란 한기에 휩싸였다. 얼음물 속에 담근 두 발은 피를 모두 빨리기라도 한 것처럼 새하얗게 질려버렸다. 1분이 지나고, 2분이 지나고, 3분이 지났다. 하얗던 발이 갑자기 시뻘겋게 변했다. 변하는 것은 순간이었다. 그것은 결코 서서히 변하지 않았다. 그 순간이 지나면 물은 곧 불처럼 뜨거워졌다. 차갑던 것이 서서히 미지근해지거나 따뜻해지는 것이 아니었다.

그것은 마치 거대한 불길에 휩싸인 용광로 속의 물처럼 펄펄 끓어올랐다. 그럴 때면 곧 내 몸 전체가 다 불길에 휩싸인 듯했다. 그리고 나는 서서히 사라져갔다. 발이 사라지고, 발목이 사라지고, 종아리가 사라지고, 무릎이 사라지고, 허벅지가 사라지고, 가랑이가 사라지고, 골반이 사라지고, 배꼽이 사라지고, 허리가 사라지고, 가슴이 사라지고, 어깨가 사라지고, 목이 사라지고, 머리가 다 사라져갔다. 모든 것이 사라지고 아무런 느낌도 생각도 떠오르지 않는 지금 이 순간만이 나에게 남았다. 물은 정말이지 차갑고 뜨거워, 나에게 떠오르는 수많은 감정과 생각들을 다 앗아가버렸다.

얼음은 모두 녹은 지 오래, 양동이에 담긴 물은 이제 뜨겁지도 차갑지도 않았다. 그제야 나는 양동이에서 그만 발을 빼냈다. 수건으로 발의 물기를 닦아낸 뒤 다시 타이즈를 신고 레오타드를 입었다. 문고리에 걸어둔 카디건까지 마저 걸친 뒤 양변기 위에서 일어나 변기 덮개를 들어올렸다. 양동이에 담긴 물을 변기통 안으로 모조리 쏟아넣고 고리를 당겨 물을 내렸다. 발을 담갔던 물이 양변기 속의 물과 섞여 시커먼 구멍 속으로 주르륵 쓸려갔다.

3

스튜디오 밖 휴게실의 소파 위에 등을 대고 누웠다. 등받이에 걸쳐 둔 무릎 담요를 펼쳐 배 위에 덮어두고 잠시 눈을 붙였다. 얼마나 잠 들어 있었을까. 휴대전화 알람 소리에 깨어 시간을 확인해보니 오후 1시 30분이었다. 조금 있으면 대학생 발레 강사가 올 것이다. 그리고 그 뒤에는 유치원생들을 실은 버스가 오기로 되어 있다.

무용원의 오후 2시 수업은 일반인이 아닌 유치원생들을 대상으로 하고 있다. 사립 유치원과의 협약을 통해 개설한 수업이었다. 무용과 전공반과 입시반이 사라지며 무용원의 수입이 줄어들자 이런 식으로 유치원과 연계한 어린이 발레 수업으로 돈벌이를 하는 무용원들이 늘어났다.

유치원에서는 기본적인 수업 외에도 다양한 예체능 수업을 하게 마련이다. 한데 무용 수업 같은 것을 유치원 건물 안에서 하기에는 아무래도 무리가 있었다. 공간이 부족하다는 게 가장 대외적인 이유였으나, 안으로 들어가보면 또다시 돈 문제였다. 유치원에서는 무용 전공자들에게 높은 강사료를 지불하고 싶지 않아 했다. 따라서 이렇게 무용원과 결탁해 아이들을 버스에 실어 보내는 것으로 예체능 수업을 대체하는 것이었다. 무용원 입장에서도 제법 나쁘지 않은 조건으로 수익이 나는 일인지 원장 선생님은 대학생 발레 전공자를 데려다가 유치원생 수업의 강사로 쓰고 있었다.

무용원 출입구 철제 종에서 딸랑 소리가 났다. 이내 가늘고 기다란 몸에 앳된 얼굴의 여자가 안으로 걸어 들어왔다. 여자는 다소 무심한 듯 고개를 숙여 나에게 인사했다. 나도 "안녕하세요"라고 인사하며 그만 소파에서 일어나 무릎담요를 개키고 출입구 책상 앞으로 갔다. 서둘러 의자에 앉아 컴퓨터 화면 속으로 시선을 돌리며 여자의 얼굴은 그저 스치듯이 훑어만 보았다. 이제 스무 살이나 됐을까 싶을 정도로 앳된 얼굴이었다. 여자는 별다른 말없이 구두를 벗고 안으로 들어와 탈의실로 향했다. 여자가 탈의실로 들어가 문을 닫고 그 안에서 옷을 갈아입는 동안 나는 어젯밤 수업이 모두 끝난 뒤 무용원의 열쇠를 나에게 건네던 원장 선생님의 모습을 떠올렸다.

"자기 원래 하던 저녁 수업이랑 비슷하게 해주고 대충 끝내면 돼. 작품 진도는 다음 시간에 나갈 거라고 미리 말해놨으니까 시작하기 전에 한 번만 더 말해주든지. 그리고 오후 2시에 유치원 애들 수업이 하나 있거든. 아마 한 시 반쯤에 대학생 강사가 먼저 올 거야. 애들은 서른 명 정도 되는데 그 강사랑 같이 애기들 사물함으로 쓰는 바구니를 먼저 스튜디오 안에 깔아 놔야 돼. 그리고 50분쯤 되면 건물 앞으로 유치원 차가 와. 미니버스라서 되게 위험하니까 꼭 미리 나가서 기다리고 있어줘. 애기들 손잡고 무용원 안까지 데리고 온 다음에 스튜디오에서 옷만 갈아입히면 돼. 별건 없고, 애들 원피스 지퍼 좀 내려주고 하면 되는데 애들이 워낙 많아서 정신이 좀 없을 거야. 그리고 애기들 가고 나면 스튜디오에 모래가 많이 떨어져 있거든. 청소기로 그거 대충 쓸어내고 마른걸레로 한 번 훑어주고……. 오후 수업은 자기 원래 하던 거니까 그건 됐고……. 그다음 평상시대로 문 닫고 집에 가면 땡. 알았지?"

나는 알았다고 대답하고 원장 선생님이 내미는 열쇠를 받아들었다. 말로는 지방대학에서 열리는 무용과 워크숍에 참석한다고 했지만, 왠지 모르게 그만 떠나가려는 사람의 눈빛을 나는 읽을 수가 있었다. 원장 선생님이 이 지하의 무용원으로부터 늘 벗어나고 싶어 한다는 것을 이미 오래전부터 알고 있었던 까닭일지도 모르겠다. 몸짱과 다이어트 열풍이 불어 회원이 좀 늘었다고는 하나 다들 그냥 호기심에 한 번 등록해 다녀볼 뿐 서너 달 이상 꾸준히 발레를 배우는 사람은 없었다. 한 달 회원으로만 등록했다가 한두 번만 출석한 뒤 환불해달라는 사람들도 적지 않았다. 계속해서 회원들을 유지하고 또 새로운 회원들을 들이려면 지역 광고를 내거나 하다못해 전단지라도 만들어 신문보급소, 아파트 우편함 등에 뿌려야 했다. 그도 아니면 직접 길거리에 나가 전단지를 돌리기라도 해야 했다.

할인 행사나 경품 행사 등을 열어 사람들을 유혹하는 것도 좋았다. 그동안 이런 일들을 한두 번 정도 시도는 해보았으나 다 잠깐이었다. 지속적으로 광고지를 뿌리고 행사를 만들기에는 인력도 자본도 터무니없이 부족한 곳이었다.

모두가 다 떠나간 경쟁력 없는 무용원을 무엇 때문에 지키고 있는지, 원장 선생님 스스로가 가장 답답해했다. 배운 게 도둑질뿐이라고 선생님이 배운 거라고는 오직 발레뿐이었다. 회사에 다녀본 적도, 남다른 기술을 익혀둔 것도 없었다. 하루빨리 무용원을 정리하고 커피숍이나 하나 차려볼까 하는 게 그녀의 유일한 대안이라면 대안이고 꿈이라면 꿈이었다. 하지만 그마저도 정말 허황된 꿈에 지나지 않았다. 동네 아파트 단지 한가운데에 콕 처박혀 있는 상가 건물의 지하에서 장사를 해봐야 이 동네 아파트 주민들과의 놀음이라는 사실을 누구나 알고 있었다. 원장 선생님이 처음 이 무용원을 개원할 당시에는 경기가 호황이었던 까닭에 제법 높은 권리금을 주고 들어왔다고 했다. 그러나 지금은 낡고 오래되어 폐허 같기만 한 이 건물에 그만한 권리금을 주고 들어오려는 장사치가 있을 리 만무했다.

그럼에도 불구하고 헐값에라도 처분만 하면 지방 어디로든 가서 커피숍 하나쯤은 차릴 수 있을 거라는 희망을 선생님은 자꾸만 내비쳤다. 그러던 중에 마음에 드는 가게 자리가 났는지 며칠 전부터 부동산 업자와 통화하고 인터넷으로 그 지역 상권을 검색해보기도 하더니 어젯밤에는 급기야 출장 좀 다녀오겠다며 길을 나선 것이었다.

나는 어떻게 되는 걸까. 이 무용원마저 사라져버리고 나면 나는 또 어디로 가서 무엇으로 살게 될까, 생각하며 탈의실 문을 바라보았다.

여자는 탈의실 안에서 옷을 다 갈아입은 것 같은데도 좀체 밖으로 나오질 않았다. 아마도 그 안에 앉아 책을 읽거나 음악을 듣고 있을 거라고 나는 상상했다. 오늘 처음 보게 된 나하고 얼굴을 맞댄 채 딱히 나눌 만한 이야깃거리 같은 것이 있을 리 없었다. 나 또한 처음 보는 낯선 여자와 구태여 말을 섞고 싶지는 않았다. 애써 나누는 말이라 봐야 나이는 몇이냐, 학교는 어디냐, 사는 곳은 어디냐 따위의 형식적일 것들뿐일 게 뻔했다.

40분쯤 되어 여자는 탈의실 한쪽에 쌓여 있던 바구니들을 양손 가득 들고 나와 스튜디오 안으로 들어갔다. 나 또한 탈의실로 들어가 남아 있는 바구니들을 들고 스튜디오로 따라 들어갔다. 서른 개의 바구니 안에는 유치원생 아이들이 갈아입을 레오타드와 타이즈, 머리카락 망, 발레 슈즈 등이 들어 있고 바구니 한쪽에 저마다의 이름표가 각각 붙어 있었다.

여자는 포개져 있던 바구니를 하나씩 분리해 스튜디오 벽면을 따라 늘어놓기 시작했다. 나도 여자를 따라 바구니를 바닥에 늘어놓았다. 그러면서 벽면 거울에 비치는 여자의 모습을 쳐다보았다. 여자는 탈의실 안에서 화장을 한 모양인지 처음 현관으로 들어섰을 때보다 이목구비가 훨씬 또렷해 보였다. 우리는 서로 별다른 말없이 바구니들만 꺼내어 늘어놓았다. 그러고 나자 여자가 먼저 1층으로 올라가자고 말했다.

"일찍 나가서 기다려야 하거든요."

"그래요"라고 대답하고 둘이 함께 건물의 1층 현관으로 올라갔다. 건물 앞 차도는 지정된 주정차 구역이 아니라서 서른 명의 아이들이 차에서 내리기에는 다소 위험해 보였다. 미리 나와서 기다리고 있지 않으면 아이들이 다 내리지도 못했는데 차를 빼야 하는 상황이 생길 수도 있다고 여자는 말했다.

차도 앞으로 나온 우리는 다시 아무런 말도 하지 않았다. 우리는 그저 도로를 지나는 차들을 망연히 바라보았다. 어느덧 1시 50분이 다 되었는데도 버스는 오질 않았다. 여자는 번번이 휴대전화를 들여다보며 "왜 이러지…… 오늘 되게 늦네"라고 중얼거렸다. 그러고는 내 쪽으로 고개를 돌리며 "원래 이 정도로 늦지는 않는데……"라고도 덧붙여 말했다. 그러나 그 시선은 여전히 나를 향해 있지 않았다. 나는 뭔가 생각해보기도 전에 불쑥 입을 열어 그녀에게 물었다.

"점심은 드셨어요?"

"예. 대충요."

여자는 정말 대충 대답했다. 내가 다시 물었다.

"다른 데에도 수업 나가는 곳 있으세요?"

"네. 오전에 압구정 쪽에서 하나 하고 왔어요."

"아……. 그럼 여기까지 오는 데 조금 힘드셨겠네요. 지하철은 여러 번 갈아타고, 버스는 길이 막히고……. 이래저래 불편한 동네지 않나요."

"네. 그런데 지는 차가 있이시요."

"아, 그렇구나……."

학원 강사는 외로운 직업이었다. 특히나 예체능 계열 학원에서는 구태여 정규직 강사를 쓰는 일이 거의 없었다. 특정 수업만 서너 개 정도 맡기는 시간제 강사를 여럿 두는 게 더 싸게 먹히기 때문이었다. 따라서 무용 강사들은 대부분 한 곳에 정착하지 못하고 여러 군데의 학원이나 유치원, 시민센터, 문화회관, 학교 특별수업 등에 출강했다. 한 곳에만 수업을 나가는 식으로 일해서는 편의점 아르바이트보다 못한 돈벌이밖에 되질 않으니까 말이다. 따라서 하루에도 서너 번씩 차를 타고 여러 지역으로 이동하고 밥도 늘 혼자 먹어야 했다. 그러다 보니 차비나 밥값 또한 자비로 다 감당할 수밖에 없었다.

그들 모두에게는 뚜렷한 직장이 없으므로 이렇다 할 동료나 선후배도 당연히 없었다. 회식이나 단합대회 같은 게 없는 것은 두말할 나위도 없었다. 일하며 생기는 고민이나 스트레스를 털어놓을 상대 또한 전혀 없이 모든 것을 혼자서 감내하는 일에 익숙해져야 했다.

"아이들 옷 갈아입히고 어쩌고 하면 2시가 훌쩍 넘는데, 2시 50분에 유치원 버스가 다시 오거든요. 그때 또 애들 태워서 보내야 하니까 35분쯤에는 수업을 마치고 유치원복으로 다시 갈아입혀줘야 돼요. 그러다 보니 정작 수업하는 시간은 30분도 채 안되더라고요."

낯선 사람과 있을 때 갑자기 대화가 끊기면 더 어색해지고 마는 지점이 꼭 있다. 여자는 그러한 기운을 느꼈는지 애서 말을 꺼내는 기색이 역력해 보였다. 여자의 말에 나 또한 화답하듯 말했다.

"그럼 수업 자체는 별로 어렵지 않겠어요."

"사실 별다르게 가르친다고 할 것도 없죠. 솔직히 30분 동안 수업해봐야 뭘 얼마나 하겠어요. 더구나 아이들은 집중력 같은 게 전혀 없으니까 계속 조용히 해라, 똑바로 해라, 호통만 치다가 끝나는 거죠. 그래서인지 아이들 수업은 뭐랄까…… 발레가 아니라 규율을 가르치는 거라는 생각이 많이 들어요. 어, 버스 왔다!"

여자는 유치원 버스가 반갑다기보다는 나와의 어정쩡한 대화를 끝마치는 게 더 달가운 사람처럼 소리쳤다. 이미 모두, 혼자인 것이 더 편하고 익숙한 것이다. 타인과 얼굴을 맞대거나 말을 섞는 일들이 오히려 부자연스럽고 불편하게 다가왔다.

유치원 버스가 건물 앞 도로변에 정차하며 문이 열렸다. 그러자 유치원 보조 교사로 보이는 듯한 사람이 먼저 차에서 내렸다. 여자와 나는 서둘러 그 앞으로 다가가 버스 뒷문 사이로 쪼르르 내려서는 아이들의 손을 잡아주었다. 한데 생각보다 훨씬 많은 수의 아이들이 버스에서 내리고 있는 데다가 다들 시끄럽게 떠들어대고 있어 나는 다소 정신이 없었다. 그런 나에게 여자가 서둘러 아이들 열댓 명을 데리고 먼저 지하로 내려가라고 일러주었다. "나머지 아이들은요?"라고 묻자 "제가 어떻게든 데리고 가볼게요"라고 말하며 나에게 빨리 내려가라고 손짓했다. 버스 뒤쪽에 선 차들이 버스를 비켜가며 경적을 울려대기까지 했다. 그 와중에 버스에서 내려선 아이들은 저마다 나를 올려다보며 "선생님, 선생님" 하고 소리를 냈다. "어, 선생님이 바뀌었네"라고 말하거나 "처음 본 선생님이다!"라고 소리치는 아이들도 있었다. 그들 모두는 다 나에게 손을 내밀며 "선생님, 선생님, 손잡아요. 제 손 먼저 잡아주세요, 제 손이요, 선생님"이라고 말했다.

아이들은 너무나 강렬하게 나에게 다가와 손을 잡아달라고 말했다. 나 좀 잡아달라고, 꼭 좀 잡아달라고 매달리기라도 하듯 간절한 몸짓과 눈빛으로……. 나는 아이들의, 이 맹목적으로 매달리는 행동이 너무 당혹스러웠다. 살면서 누군가에게 이렇게 직접 손잡아달라고 말한 적이 있던가? 이 아이들은 어째서 아무렇지도 않게 자신의 손을 타인에게 내맡길 수 있는 것일까?

나는 열댓 명의 아이 중 두 명의 손바닥만을 붙잡고 건물 계단으로 내려서며 앞서 내린 아이들을 먼저 보냈다. 그리고 뒤이어 따라오는 아이들의 손까지도 일일이 한 번씩 번갈아 잡아주며 모두와 함께 지하의 무용원 안으로 들어갔다. 아이들은 자그마한 유아용 신발을 벗어 양손에 하나씩 쥐고 폴짝폴짝 뛰어 스튜디오 안으로 향했다. 뭐가 그렇게 급한지 "내가 먼저 갈 거야, 내가 먼저야"라고 소리치며 경쟁하듯 안으로 뛰어들어가는 아이들도 있었다.

나는 출입문 앞에 서서 아이들이 계속 내려오는 것을 지켜보며 손을 한 번씩 잡아주는 일을 반복했다. 그러면서 신을 잘 벗지 못하는 아이들의 신발 끈을 일일이 풀어주기도 했다. 어느덧 마지막 아이와 함께 여자가 내려왔고, 우리는 다 함께 스튜디오 안으로 들어갔다.

스튜디오 안으로 들어가보니 그곳은 정말 난리도 아니었다. 아이들은 저마다의 신발과 가방을 자신의 이름표가 붙은 바구니 안에 집어넣고 옷을 갈아입는 중이었다. 흰색 타이즈에 검은색 모직코트, 노란색 베레모 차림의 모두 똑같은 유치원복. 내가 먼저 한 아이의 모직코트 단추를 풀어 벗겨내리자 흰색 블라우스 위에 검은 민소매 원피스를 덧입은 모습이 드러났다. 혼자서 모자와 코트를 벗은 뒤 바구니 안에 잘 개켜놓는 아이들의 모습도 보였다.

코트를 벗고 나면 그다음으로는 원피스를 벗어야 했다. 그런데 원피스의 지퍼가 등 쪽에 달려 있어 아이들은 그 옷을 스스로 벗을 수 없었다. 몇몇 아이들은 알아서 짝을 지은 뒤 번갈아 등을 돌려 서서

상대방 원피스의 지퍼를 내려주기도 했지만, 대부분의 아이들이 나에게 다가와 자신들의 옷을 벗겨달라고 말했다. 처음 한 명 그리고 두 번째 아이의 원피스 지퍼를 내려주는 동안에는 별다르게 떠오르는 생각이 없었다. 나는 다만 이 많은 아이들의 움직임이 때아닌 소동이라도 되는 것처럼 매우 당혹스럽고 부자연스럽게 느껴져 정신이 없을 뿐이었다. 여섯 살이나 일곱 살쯤으로 보이는 이 여자아이들은 결코 가만히 있거나 조용히 있질 못했다. 떠들고, 움직이며 계속해서 내 정신을 혼미하게 만들었다. 그러는 사이 아이들은 곧 내 앞에 쪼르륵 줄을 서서 등을 내보였다. 그러고는 "선생님, 저도 벗겨주세요." "제 옷도 내려주세요"라고 말했다.

어느 순간, 등을 보이고 서 있는 아이들의 원피스 지퍼를 내리는 내 손끝이 덜덜 떨렸다. 나는 지금, 나는 지금…… 아무것도 모르는 어린 여자아이의 옷을 벗기고 있었다. 어떠한 생각이나 기억이 떠오르는 것은 결코 아니었다. 나는 아무런 생각도 감각도 없이 그저 자신의 몸을 내맡기는 이 순진한 아이들의 옷을 차례차례 벗기고 있을 뿐이었다. 그런데 어느 한순간, 정말 순간적으로, 어린아이의 하얗고 보송보송한 속살을 들여다보고 싶다는 느낌이 나를 강타하듯 찾아왔다. 내 손길이, 내 피부가, 나보다 더 먼저 그것을 느끼고 있었다.

이것은 도대체 무엇일까?

아이의 옷을 모두 다 벗기고, 그 안에 들어 있는 여리고 부드러운 속살……. 전혀 때 묻지 않은 그 순수함을 꼼꼼히 만져보고 싶다. 이것은 도대체 무엇일까? 그때, 내 옷을 벗겼던 그 남자……. 무거운 물건을 들어야 하는데 자기 혼자서는 들 수가 없으니 자신을 좀 도와달라고 말했던 그 남자. 다정하고 부드러운 손길로 내 손을 꼭 붙잡고 아파트 옥상에 자리한 기계실로 나를 데리고 갔던 그 남자. 기계실 앞에 이르러 내 허벅지를 붙들고 나를 들어올려 기계실 문과 이어지는 사다리 벽을 올라갈 수 있게 해줬던 그 남자. 기계실의 어둡고 건조한 공기 속에서 나에게 뒤돌아보라고 말했던 그 남자. 아무런 의심도 불안도 걱정도 없이 뒤돌아 등을 보이고 섰던 나…….나의 원피스 지퍼를 죽 끌어내리던 그 남자. 그 남자는 지금의 나처럼 불순함이라고는 찾아볼 수 없는 아이들의 속살을 눈으로 보고 싶었던 걸까? 손으로도 더듬어보고 싶었을까? 입으로도 빨아보고 싶었을까?

아이의 원피스를 벗기는 일이 너무나 두려웠다. 그런 일을 해서는 정말 안 되는 것이었다. 어떠한 이유로도 절대 어린아이들의 옷을 벗기고 그 안을 탐해서는 안 되는 것이었다. 그러나 지금 나는 그럴 수가 없었다. 지금은 발레 수업을 위한 시간이고, 한시바삐 아이들의 옷을 모두 갈아입혀야만 했다. 타이즈를 잡아주고 레오타드를 입혀주어야 했다. 그것이 지금의 내가 해야 할 일이었다. 나는 지금 무엇을 망설이는 것일까? 왜 이토록, 해서는 안 될 무서운 짓을 저지르는 것처럼 모든 것이 두렵게 느껴지는 것일까?

어떻게 해서 아이들을 모두 발레복으로 갈아입힌 뒤 스튜디오에서 빠져나와 이 의자 위에 앉아 있는지 도무지 알 길이 없었다. 분명한 것은, 내가 그 모든 일을 다 마무리 짓고 나와 지금 여기 이 의자에 앉아 있다는 사실이었다. 스튜디오 안에서는 익숙한 클래식 음악이 반주곡으로 흘러나오고 있었다.

"자, 따라 하세요, 포-인!"

"포-인!"

"플렉스!"

"플렉스!"

아이들은 선생님의 구령을 병아리처럼 짹짹 따라 하며 포인과 플렉스를 번갈아 하고 있었다.

4

    춤을 전혀 추지 못하는 나는 아무런 꿈도 가져볼 수 없었다. 리나처럼 환상의 프리마돈나가 되는 일 같은 것은 그저 스치듯이라도 생각해보지 않는 것이 당연한 일이었다. 무용단에 입단해 수당을 받으며 일하는 무용수가 되는 일조차 나하고는 먼 세계의 이야기였다. 나처럼 재능과 실력이 없는 대부분의 무용과 졸업생들은 재즈댄스나 방송댄스, 밸리댄스 등의 강사 자격증을 취득해 피트니스 클럽 같은 곳에서 일했다. 나로서는 그나마라도 할 수 있다면 정말로 감지덕지겠으나 나는 발레뿐만 아니라 다른 그 어떤 춤도 전혀 추질 못했다. 졸업한 뒤에도 나는 결국 아무런 일도 하지 못하고 2년 넘게 카페에서 아르바이트만 하면서 살아야 했다.

    그러던 어느 날 무용원을 찾아갔을 때, 나는 별다른 의지나 목적

같은 것조차 가지지 못한 채였다. 나에게는 아주 오래전에 이미 그러한 것들이 다 사라져 있었다. 어째서 그 당시 살았던 아파트 상가 건물의 지하에 위치한 그 무용원에 찾아갈 생각이 들었는지도 잘 알 수 없었다. 그곳은 단지 리나와 함께 발레를 배우며 매일 드나들던 곳에 불과할 따름이었다. 나는 아무런 의식도 감정도 없이 무용원의 출입문을 열고 안으로 들어갔다. 책상에 앉아 모니터를 들여다보고 있던 원장 선생님이 자리에서 일어나 나를 빤히 올려다보았다. 그리고 내가 인사하기도 전에 나를 먼저 알아보고는 호들갑스럽게 인사했다.

"어머, 예정아. 이게 웬일이니? 야, 너 진짜 오랜만이다."

나도 꾸벅 고개를 숙여 원장 선생님에게 인사했다.

"우와, 너 진짜 하나도 안 변하고 그대로다. 근데 리나는?"

나는 고개를 조금 더 깊게 수그렸다. 그리고 선생님이 나에게 왜 리나의 안부를 묻는지 잠시 생각해보았다. 그러고 보니, 리나는 정말 어디로 가버린 것일까?

"너희 둘이 항상 붙어 다녔잖아. 걔 발레 진짜 잘했는데……. 그래서 맨날 ABT에 들어가겠다고 아주 노래를 부르고 다녔잖아."

리나는 언제나 아이들에게 둘러싸여 있었다. 미국에서 살다온 발레 하는 아이에게 학급 아이들이 관심과 호감을 가지는 것은 당연했다. 다들 영어 발음에 혈안이 되어 있던 때라 영어 교과서를 들고 리나에게 가서 읽어달라거나 원어민 발음을 가르쳐달라고도 했다. 선생님들도 수업시간마다 리나에게 영어책 읽기를 시키며 칭찬을 해댔다. 리나의 곁은 언제나 사람들로 북적였다.

이따금 나는 등굣길 교문 사이를 지나는 아이들 틈에서 리나의 모습을 지켜보곤 했다. 쉬는 시간에는 소변을 보기 위해 화장실에 들락거리는 여자아이들 틈에서 리나를 바라보았다. 점심시간이면 서둘러 점심을 먹으려는 아이들로 소란한 급식당 안에서도 나는 그녀를 바라보고 있었다. 나와는 제법 멀리 떨어진 자리에, 사람들 속에 섞여 있음에도 불구하고 내 눈에는 항상 리나의 모습만 보였다. 리나는 아이들과 함께 있는 중에도 어딘가 모를 다른 세계에 외따로 존재하고 있는 것만 같았다. 그 세계는 과연 어디였을까? 대체 무엇이었을까? 그것은 단 한 번도 본 적 없고 들어본 적 없는 세계였다. 무엇인지 전혀 알 수 없어 더욱 흥미롭고 아름다운, 반드시 들어가보고 싶은 세계와 같은 것. 리나의 그 가늘고 긴 몸과 얼굴 때문이었을까? 건드리면 휘어질 것 같고 바람이 불면 날아가버릴 것만 같은 비쩍 마른 몸속에 과연 무엇이 들어 있는지, 나는 알고 싶었다. 그리고 그 안으로 깊이…… 들어가보고 싶었다.

가늘고 길게 찢어진 리나의 눈매에서도 왠지 모를 강렬한 인상이 묻어나곤 했다. 그것은 또래의 아이들에게서는 결코 발견할 수 없는 유형의 것이라 나는 항상 그녀의 모습을 유의 깊게 들여다봐야만 했다. 보고 싶어서 보는 것이 아니라 보지 않을 수 없어서 보는 것. 나는 리나를 바라보고 있는 나를 깨달을 때마다 곧잘 당황하곤 했다. 내가…… 왜 저 애를 바라보고 있지? 언제부터 이렇게 바라보고 있었지? 왜 자꾸 바라보게 되는 거지? 그러나 그녀를 바라보는 일을 멈출 수 없었다. 나는 어딘가 다른 세계에 발이 빠지기라도 한 것처럼, 정신이 완전히 나가버린 것 같았다. 그러다 불현듯 정신을 차려보면 나는 늘 리나를 바라보고 있었다.

나는 리나와 당연히, 친해질 수 없었다. 가까워질 수 없었다. 학교 안에서 나는 항상 따돌림을 당하는 아이였고 나처럼 왕따를 당하는 아이들은 언제나 어디서나 반드시 혼자 다녀야만 했다. 등교와 하교를 혼자 하고, 화장실에 혼자 가고, 식당에 혼자 가야 했다. 언제나 고개를 푹 수그린 채로 땅만 바라보고 걸었다. 어느 누구도 나에게 말을 걸지 않았다. 손 내밀지 않았다. 학교 안에서 누군가에게 크게 맞거나 괴롭힘을 당하는 일들은 없었지만, 언제 어디서나 모두 나를 피해 다녔다. 삼삼오오 짝을 지어 몰려다니는 여자아이들은 내 주변에서 나를 흘깃흘깃 쳐다보며 수군거렸다. 쟤는 왕따라고, 병신이라고, 쓰레기라고. 그러니까 가까이 가지 말라고, 같이 놀면 안 된다고.

전학생인 리나 역시 이런 나에게 굳이 먼저 다가오거나 말을 걸지 않았다. 그것은 모두 나를 따돌리며 뒤에서 수군거리기 때문만은 아니었다. 리나는 그저 본래 타고나기를 자신 외의 타인에게 그 어떤 관심도 가지지 않는 아이였다. 리나에게 중요한 것은 오로지 자기뿐이었다. 관심 가는 것과 바라보는 모든 것들이 다 자기 자신에 관한 것뿐이었다. 그 외에는 중요한 것이 아무것도 없었다.

리나의 주변에는 언제나 친구들이 많았다. 그냥 가만히만 있어도 친구들이 먼저 다가와 화장실에 같이 가자고 하거나 밥을 먹으러 가자고 말했다. 학교 안에서는 아무런 이유 없이 왕따를 당하는 아이가 있는가 하면, 특별한 까닭 없이 인기가 많은 아이들도 있게 마련이었다. 리나 역시 그렇게 인기가 많은 아이 중 하나였다. 정작 본인은 인기에 별다른 신경을 쓰지 않는 것 같았다. 그녀를 향한 사람들의 시선이나 호감은 리나의 세계 안에서 매우 합당하고 자연스러운 일이었다. 특별하거나 대단하달 것 없는 일상이었다.

　그런 리나에 대한 아이들의 관심과 인기가 사그라지기까지는 그리 오랜 시간이 걸리지 않았다. 미국에서 좀 살다 왔다고 잘난 체가 하늘을 찌르네, 싸가지가 없네, 선생님들한테도 마구 반말을 하네 등 안 좋은 말들이 퍼져나가기 시작한 뒤부터였다. 얼마 지나지 않아 리나는 금세 외톨이가 되어버리고 말았다. 쉬는 시간이나 점심시간이 되어도 아이들은 이제 리나의 곁에 모이지 않았다. 리나는 곧 등하교를 혼자 하게 되었다. 혼자서 화장실에 다녀오고, 혼자서 밥을 먹게 되기도 했다. 그럼에도 리나는 아이들의 냉대에 동요하지 않으려 했다. 나처럼 고개를 푹 숙이고 걸으며 아이들의 시선을 피하려 들지 않았다. 오히려 더 당당하고 꼿꼿한 자세로 학교에 다녔다. 나는 너희들 따위에 관심이 하나도 없어, 라는 듯이 말이다. 리나에게 변화가 생겼다면 그저 딱 하나, 나를 바라보기 시작했다는 것이었다.

　등하교를 혼자서 하고 점심밥도 혼자서 먹게 된 리나는 자꾸만 나를 바라보았다. 나는 이미 오래전부터 혼자서 등하교를 하고, 혼자서 밥을 먹고, 혼자서 화장실에 가는 아이였다. 아주 어렸던 때부터 나는 늘 그렇게 혼자인 채로 학교를 다녔다. 새 학기가 되어 학급이 바뀌거나 이사 때문에 전학을 가게 되는 경우에도 마찬가지였다. 언제 어디서나 아이들에게 따돌림을 당하는 나의 현실은 변하지 않았다. 처음 1주일에서 2주일, 길면 한 달에서 두 달 정도 잠깐 친구가 생길 뿐 일정한 기간이 지나고 나면 모두 나에게서 떠나갔다. 마치 그것이 '나'라는 사람에게 있어 매우 합당하고 자연스러운 일이라는 양 항상 그렇게 되었다.

아이들은 나를 왜 그토록 싫어하고 또 피하는 것일까? 도대체 나의 무엇이 그렇게 잘못됐고, 도대체 무엇이 그렇게 재수 없는 것일까? 나는 홀로 끊임없이 돌아보고 생각해봤지만 아무리 노력하고 또 노력해도 그 답을 알 수가 없었다. 아이들은 어쩌면 나의 너무 큰 키와 비정상적으로 커다란 손발을 이상하게 여기는 것이 아닐까? 이따금 아이들이 수군거리는 이야기를 들어보면 키에 비해 유난히도 짧은 다리와 긴 팔이 징그럽다고 하는 것 같았다. 공부도 못하고 머리도 나쁘고 생긴 것도 마음에 들지 않아 싫다고 말하는 애도 있었다. 그리고 때로는 아무런 이유 없이 그냥 보기만 해도 재수가 털려서 싫다는 애들도 있었다.

모두가 다 나를 싫어하는 이유……. 나는 그 이유를 끝내 알아내지 못했다. 어느 누구에게도 그 이유에 대해 드러내놓고 물어볼 수가 없었다. 설사 대놓고 물어본다 한들 가르쳐줄 이가 있을 것 같지도 않았다. 그런 이유에 대해 따져 묻고 다니기 시작하면 아이들은 나를 더욱 싫어하고 멀리할 것 같았다. 그래서 나는 늘 나 혼자서 묻고 나 혼자서 대답하기를 반복해왔다. 도대체 왜? 나를 왜 싫어할까? 나를 왜 피하는 걸까? 나는 왜 이렇게 못생긴 것일까? 왜 이렇게 태어난 것일까? 끊임없이 묻고 또 묻다보면 어렴풋하게 떠오르는 것들이 있었다. 느껴지는 것이 있었다. 그래, 나는 그것이 바로, 나의 눈 때문이 아닐까, 하고 종종 생각했다.

나는 태어난 지 얼마 되지 않아 뇌수막염을 앓은 적이 있었다. 다행히 너무 늦지 않게 치료를 받아 특별한 장애가 남지는 않았지만, 그 병의 후유증으로 왼쪽 눈동자가 반쯤 돌아가버렸다. 병원에서 퇴원하고 난 뒤 내 눈이 이상하다는 것을 알아차린 엄마는 곧바로 다시 병원으로 가 나에게 검사를 받게 했다. 그것은 명백한 사시 증상이었고, 그래서 엄마는 나에게 사시 교정 수술을 해주려 했다. 그러나 담당 의사는 아무래도 좀 더 지켜보는 것이 좋을 것 같다고 말했다. 어린아이들에게 사시 증상이란 꽤 흔한 것이라면서 말이다.

아이들에게는 힘이 없다. 무언가를 똑바로 해내거나 이겨낼 수 있는 힘, 제대로 말하거나 알아들을 수 있는 힘 같은 것들이 매우 약하다. 아이들은 어른들처럼 무언가 제대로 이야기하기 어렵고, 알아듣기 어렵고, 바라보기 어렵다. 그러나 차츰 성장해감에 따라 똑바로 들을 수 있게 되고, 똑바로 말할 수 있게 되고, 똑바로 바라볼 수 있게 된다. 어린아이들에게 나타나는 사시 증상은 특별한 일이 아니라고 의사는 말했다. 어린 시절에 말을 많이 더듬던 아이가 별다른 치료과정 없이도 나이가 들면 말을 더듬지 않게 되듯, 어린 시절 사시였던 아이들 또한 자연 교정되는 경우가 많다는 것이었다. 그러니 성인이 되고 난 뒤에도 자연 교정이 되지 않으면 그때 수술을 받는 게 더 합리적이라는 이야기였다.

실제로 나의 눈은 어느 정도 자연교정 되어 갔다. 그래서 장애라고 느껴질 만큼 눈에 띄게 눈동자가 돌아가거나 초점이 엇나가지는 않았다. 다만 멀리 있는 사람과 대화를 나눌 적이면 상대방은 내가 자꾸만 엉뚱한 곳을 바라보며 이야기하고 있더라고 했다.

아이들은 그런 나를 이상하게 여겼고, 더러는 무서워했다. 다들 나를 피하고 멀리했다. 고등학교에 들어가기 전 나는 결국 대학병원에서 사시 교정 수술을 받아 남들과 다르지 않은 눈을 가지게 되었다. 그렇다고 해서 나를 피하고 싫어하던 아이들에게 변화가 생긴 것은 아니었다.

리나는 나에게 아무렇지도 않게, 아니 매우 자연스럽게 먼저 다가와주었다. 나를 알아봐주었다. 먼저 손 내밀어주었다. 쉬는 시간마다 나에게 가까이 와서 같이 화장실에 가자고, 점심시간이면 같이 밥을 먹으러 가자고, 하교 시간이면 집에 가자고 말하며 내 손을 잡아주었다. 매일 아침마다 우리 집으로 나를 찾아와주었다. 우리는 매일 함께 학교에 가고, 화장실에 가고, 밥을 먹었다.

리나는 나에게 자꾸만 꽃을 사다주었다. 함께 있다가도 곧잘 꽃집에 들어가 자그마한 꽃다발을 사주는 것이었다. 꽃이 정말 좋아, 라면서 나에게 내밀던 맨드라미, 작약, 천일홍, 소국, 라넌큘러스……. 나는 화병에 물을 채워 리나가 사다준 꽃들을 꽂아놓았다. 그리고 매일 아침 학교에 가기 전 그 물을 갈고 꽃대를 씻었다. 그러다 그 꽃들이 완전히 시들기 직전에 물에서 빼내 옷걸이에 거꾸로 매달았다. 나는 그것을 영원히 간직하고 싶었다. 하지만 수분이 말라가며 점차 변해가는 꽃의 모습을 바라보고 있으면 왠지 모르게 울적한 마음이 자라났다.

너는 나의 어디가 그렇게 좋았어? 어떻게 그렇게, 나에게 다가올 수 있었어?

내가 아무리 묻고 또 물어도 리나는 내 물음에 대답하지 않았다.

내가 그걸 말해주면, 너는 다른 애들한테도 그런 모습을 보여줄 거잖아. 그럼 나 말고 다른 아이들하고 같이 다닐 거잖아.

나의 질문에 곧바로 대답하지 않고 한참 돌려서 말하는 리나의 화법에 내 몸은 자꾸만 붉어졌다.

있잖아, 나는 네가 정말 예뻐서 좋았어. 꽃을 보고 있는 것 같았어. 다 피어난 꽃이 아니라, 꽃이 피어나는 과정을 바라보고 있는 것 같았어. 정말 기쁘고 행복한 순간이었어. 그 모든 아름다운 순간들이 다 나에게 쏟아져들어오는 것만 같았어. 함부로 건드리면 부서질 것 같았어. 꺾어질 것 같았어. 그래서 아주 조심스럽게 안아주고 싶었어. 소중하게 끌어안고 싶었어.

나는 너랑 있으면 마냥 평온해서 좋아. 나는 언제나 불처럼 타오르기만 했거든. 그렇게 위를 향해서만 날아올랐어. 그러려면 몸을 정말 끊임없이 움직여야만 했어. 잠시도 쉬지 않고 뛰어야만 했어. 그래야만 내 안의 불이 꺼지지 않고 타오를 수 있었어. 나는 때때로 너무 힘들어. 너무 지쳐. 쉬고 싶은데, 쉴 수가 없어. 가만히 있을 수가 없어. 누군가 나에게 그렇게 시키거나 명령하는 것도 아닌데 항상 그랬어. 그런데 너랑 있으면 꼭 아주 따스하고 평화로운 물속에 잠겨 있는 것만 같았어. 이 모든 세계가 나를 안아주는 것만 같았어. 그럴 때면 나는 진짜로 쉴 수가 있었어. 나에게는 네가 필요해, 예정아. 스스로 너를 너무 괴롭히지 않았으면 좋겠어. 너에게 자꾸만 상처 내지 않았으면 좋겠어. 너를 좀 더 예뻐해주면 좋겠어……. 너는 정말 예뻐, 예정아. 예쁜 사람이야. 그래서 내가 꽃 줬어.

우리는 어느새 세상 어디에도 없는 단짝 친구가 되어 있었다. 리나는 나에게 아주 친절하거나 다정하게 굴지는 않았지만, 나는 오히려 그런 리나의 행동이 더 편하고 좋을 때가 많았다. 리나는 자기 자신과 무용 외에는 그 어느 것에도 관심을 갖거나 신경을 쓰지 않았기에 내 생김새나 시선이 이상하다는 것, 공부 못하는 아이에 왕따라는 사실 등에 대해서 전혀 개의치 않아 했다. 리나는 언제든 어디서든 어느 누구의 눈치도 보지 않고 오로지 자기 자신만을 바라보며 살아가는 사람이었다.

리나와 가까워지고 난 뒤부터 나는 자주 그녀의 집에 가서 잤다. 학교에서건 무용원에서건 우리는 늘 함께 있었지만, 그럼에도 불구하고 나는 늘 그녀와 같이 있고 싶었다. 무용원 레슨이 끝난 뒤 리나와 헤어져야 하는 순간이 올 때 밀려드는 아쉬움과 안타까움을 견뎌낼 수가 없었다. 그래서 리나를 집 앞까지 바래다주고도 헤어지지 못하고 그녀의 집 앞 화단가에 앉아 오래도록 이야기를 나누었다. 그녀의 안에서 끊임없이 쏟아져나오던 이야기. 나는 그 이야기를 듣고 있는 게 좋았다. 내가 정말 좋아했던 것이 그녀 자신인지 아니면 그녀에게서 쏟아져나오던 이야기인지에 대해서는 종종 헷갈리곤 했다.

아빠는 나이가 아주 많아. 엄마와 함께 삼십대 내내 일만 하다가 마흔이 다 되어서야 나를 낳았어. 우리 아빠는 변호사인데, 사업에도 수완이 있어서 미국에 있는 변호사 회사의 부사장까지 지냈어. 그리고 지금은 한국에서 회사를 맡게 돼 들어온 거야. 아빠는 집안 대대로 부자였대. 그래서 아빠도 엄마도 나도 가난을 겪어본 적이 한 번도 없어. 나는 나에게 필요한 것들뿐만 아니라 내가 하고 싶은 모든 것을 다 할 수 있었어. 가지고 싶은 모든 것들을 다 가질 수 있었어. 발레를 하기 전에 나는 사실 몸이 매우 약했어. 병원에서는 내 심장이 다른 사람들보다 약해서 몸 안에 피와 산소가 원활하게 공급되지 않는

다고 했어. 나는 빈혈과 현기증으로 자주 쓰러졌어. 그럴 때면 엄마와 아빠가 하던 일을 모두 멈추고 나에게 달려와 나를 간호해줬어. 내 머리를 어루만져주고, 내 가슴에 손을 얹어줬어. 엄마와 아빠가 그렇게 내 몸을 주물러주면 제대로 흐르지 못하던 피와 산소가 비로소 흐르기 시작했어. 그게…… 눈에 또렷이 보였어. 참 신기했어. 눈에 결코 보이지 않는 것들이, 내 몸속에 숨어 있는 것들이, 내 눈에는 다 보였어. 온 세상이 나를 붙잡아주고 있는 것 같았어. 쓰러지지 않게, 무너지지 않게, 나를 받쳐주고 있는 것 같았어.

나는 다른 사람의 이야기를 잘 듣지 못하는 사람이었다. 그런데도 리나의 이야기에는 언제나 귀가 기울여졌다. 몸이 기울어지고, 마음이 기울어졌다. 그것은 귀가 아닌 몸으로 쏟아져들어오는 이야기였다. 내 몸의 피부를 타고 넘어 뼛속으로, 심장으로, 혈관으로 흘러드는 이야기였다.

리나의 이야기를 듣고 있을 때면 내 몸은 마치 하나의 어항이 된 것만 같았다. 나는 나의 어항 속으로 리나의 이야기가 더욱 많이 들어올 수 있도록 내 몸이 더 커졌으면 좋겠다고 생각했다. 몸의 근육들이 모두 늘어나고, 관절들이 모두 열리면 리나의 이야기가 더 많이 쏟아져들어올 것 같았다. 그러면 리나는 영원히 내 곁에 남아 이야기를 늘어놓을 것만 같았다. 그런 상상을 하면 몸이 저절로 부풀어올랐다. 그렇게 부풀어오르는 몸이 하나도 무겁지 않았다. 리나의 이야기가 내 안에 가득 차오를수록 나는 점점 가벼워지고, 나는 점점 사라져갔다. 내 몸이 사라지고, 내 이야기가 사라지고, 내 삶이 사라지는 듯했다. 무겁기만 하던 나의 이야기가, 바닥으로 가라앉기만 하던 나의 몸이, 공기와 같이, 산소와 같이, 무한히 가볍고 투명해지는 것 같았다. 모두 다 사라져 더 이상 눈에 보이지 않는 것만 같았다. 나는 팔과 다리를 더욱 크게 벌려 온몸으로 리나를 안았다.

체력을 키우기 위해 발레를 시작한 뒤부터는 탄탄해진 근육과 골격들이 나를 잡아주고 세워주었어. 대신 또 다른 고통이 나를 찾아오기 시작했어. 지금도 팔이랑 다리, 발바닥이 너무 아파, 예정아. 나 좀 주물러줘…… 응?

나는 비스듬히 누운 리나의 종아리와 발바닥을 주무르며 그녀의 이야기를 들었다. 지방이라고는 전혀 없이 뼈와 가죽 사이에 오밀조밀 자라난 근육들로만 이루어진 리나의 몸을 주무르는 일은 쉽지 않았다. 내 손은 자꾸만 그녀의 뼈에 가 닿았고, 그러면 그녀는 아프다고 소리 질렀다. 뼈는 건드리지 마, 아파, 아프단 말이야.

밤이 늦어 졸음이 쏟아지는 시간이면 나는 옆으로 누운 리나의 등을 끌어안은 채로 잠들었다. 그러면 가죽만 붙어 있는 그녀의 앙상한 등뼈가 내 몸에 와 닿았다. 등뼈 안에서 뛰고 있는 심장의 박동이 고스란히 전해져왔다. 심장의 움직임은 어딘가 모르게 거칠고 불안정했다. 그 가슴을 안은 채로 잠들었던 나는, 그것이 불안과 폭력이라도 좋으니 부디 이 순간이 끝나지 않고 영원히 이어지면 좋겠다고 바라고 또 바랐다.

어딘가 모르게 싸늘한 기운이 들어 나는 손으로 팔뚝을 쓸어내렸다. 고개를 들어 썰렁한 기운이 감도는 스튜디오 안을 휘휘 둘러보기도 했다. 과거에 우리를 가르치던 선생님들은 단 한 명도 보이지 않았다. 스튜디오에 하루 종일 상주하기 마련인 입시반 아이들 또한 한 명도 없었다. 어쩔 줄 몰라 하는 내 모습이 보였던 것일까? 원장 선생님이 차갑고 건조한 목소리로 여기는 이미 오래전에 이렇게 됐다고 말했다. 경기 침체와 불황의 타격을 가장 먼저 받는 것이 사교육이고, 그중에서도 바로 예술교육이라면서 말이다.

"아무리 사교육비를 줄인다고 해도 애들 수학, 영어 가르치던 것은 절대 끊을 수가 없지. 무용이나 골프 같은 것들까지 가르치기는 다들 힘든 거야. 그래도 미술이나 피아노 학원들은 그나마 좀 낫다고들 하던데."

맞는 말이었다. 생활고에 허덕이는 판국에 아이들에게 발레까지 가르칠 가정이 어디 있겠는가. 게다가 진짜로 돈 있는 집안의 아이들은 이렇게 동네 무용원 같은 곳에는 들락거리지도 않았다. 생활고에 흔들리지 않을 만큼 부자인 아이들은 저마다의 개인 레슨이나 유명 무용원에서 수준 높고 강도 높은 훈련을 받게 마련이었다. 그래서 이렇게 평범한 동네 무용원들에는 전공자반이나 입시반이 아예 사라져가고 있었다.

그나마 불행 중 다행이라고 해야 할까? 불경기에도 다이어트 열풍은 좀체 꺼지질 않아 일반인 위주의 다이어트 발레 수업을 개설하게 됐다고 선생님은 말했다. 최근 많은 여자 연예인들이 발레 다이어트로 체중 조절에 성공했다는 뉴스까지 보도되며 회원 수도 급격히 늘어났다.

선생님은 가정용 드립포트에 내린 커피를 잔에 따라 나에게 내주었다. 추출한 지 오래된 커피에서 시고 씁싸래한 맛이 감돌았다. 선생님과 나는 커피를 마시며 이런저런 이야기를 나누었다. 그러던 중 불현듯, 그저 아무것도 아닌 일을 슬쩍 이야기하듯 나에게 저녁 수업을 하나 맡아보지 않겠느냐고 물었다.

"수업이요?"

나는 손에 들고 있던 커피 잔을 내려놓고 선생님의 눈을 바라보며 물었다.

"응. 뭐 발레 수업이라 봤자 일반인을 대상으로 하는 거니까 큰 어려움은 없을 거야."

"하지만 저는……"

다들 이미 알고 있는 사실인데도, 말은 목구멍 밖으로 나오려 하질 않았다.

"저는…… 발레를 못해서……"

무용원에서 발레를 가르쳐야 하는데 춤을 전혀 추지 못하는 발레 강사라니. 나로서는 애초에 불가능한 일이라 단 한 번도 생각해 본 적 없었고, 그래서 나는 매우 부끄럽고 당황스러웠다.

"진짜 발레를 가르치는 건 아니니까 춤 같은 건 못 춰도 상관없어. 이게 뭐 전공자들 가르치는 것도 아니잖아. 발레 동작들을 가지고 스트레칭이랑 바 운동만 시키면 되는데다가, 고작 한 시간짜리 수업인데, 뭐."

"그래도…… 선생님 저는, 단 한 번도 누군가를 가르칠 수 있을 거라고는 생각해보지 않아서…… 자신 없어요, 선생님."

"에이, 고작해야 스트레칭이랑 바 운동 조금 시키는 건데 이게 뭐 가르치고 말고 할 거나 있는 일이니? 그냥 평상시 연습하던 것만 구

령 붙여서 같이 해주면 돼. 어렵게 생각하지 말고 일단 한번 시작해
봐. 당분간 월수금 저녁반만 맡아서 해보고, 상황 봐서 더 할 수 있겠
다 싶으면 화목 저녁반도 네가 맡아서 해주면 더 좋고."

　무용을 전공한 시간 강사쯤이야 구하기가 그리 어렵지도 않을 터
였다. 다만 무용과를 졸업한 전공자를 데려다가 강사로 쓰려면 적지
않은 수준의 강사료를 지급해야 한다. 한데 지금 무용원 재정으로는
무용 전공자에게 고액의 강사료를 지급하기가 그리 쉽지 않은 것이었
다. 그렇다고 해서 무용원의 모든 수업을 원장 선생님 혼자서 다 맡아
하기에는 아무래도 무리가 따랐다. 시간상으로야 가능할 수 있기도
하지만, 하루 종일 무용원 안에서만 지내기란 정말이지 고역이 아닐
수 없기 때문이었다. 해서 보통 발레 강사들 강사료의 절반 정도밖에
되지 않는 턱없이 낮은 강사료를 지급하며 나에게 수업을 맡겨보려는
요량인 것이었다.

　무용원의 사정이나 조건이 어찌 되었든 간에 나로서는 딱히 거절
하기가 쉽지 않은 일이었다. 나는 지금 당장 무언가를 해야 하거나,
할 수 있는 일이 하나도 없었다. 게다가 어릴 적부터 알아온 원장 선
생님의 부탁을 거절하는 것이 왠지 모르게 두렵게 느껴지기도 했다.
낯모르는 사람들 앞에 서서 무언가를 가르친다는 것은 정말 너무나
부담스럽지만…… 정 부담스러우면 자신이 직접 수업 구성을 짜서
지도 방식까지 일일이 알려주겠다는 선생님의 말을 거스를 수 없어
그만 알겠다고 대답해버렸다.

5

나는 의자에 멍하니 앉아 그날 그 남자와 마주쳤던 날을 떠올리고 있었다. 이제껏 살아오면서 단 한 번도 떠올려보지 않았던 그날. 모두 나에게 절대로 이야기하지 말라고 해서, 생각조차 하지 말고 하루빨리 잊으라고만 해서, 그래서 그렇게, 내 의식의 저편으로 밀어둔 채 단 한 번도 꺼내보지 않았던 그날, 그 남자와, 그날의 일.

여덟 살, 초등학교에 입학해 처음으로 맞이한 봄 학기였다. 한데 나와 짝꿍이 된 남자아이가 나를 매일 괴롭혀 나는 학교에 가는 것이 무척 싫었다. 그 애는 쉬는 시간마다 내 원피스 자락을 들춰 팬티 색깔을 확인한 뒤 다른 남자아이들에게 알렸다. 그러면 학급의 모든 남자아이들이 누런 이를 드러낸 채로 괴물같이 웃으며 나를 쳐다봤다. 그러며 다들 내 팬티의 색깔을 이야기했다. 나는 아이들의 그러한 시선과 놀림으로부터 도망치거나 숨을 곳이 없어 차라리 죽어버리고만 싶었다.

그뿐만이 아니었다. 내 짝이었던 그 아이는 엄마가 예쁘게 묶어준 나의 머리카락을 죄다 쥐어뜯어 엉망으로 만들어놓았다. 함께 쓰는 책상에는 자기 공간을 과도하게 넓게 차지한 뒤 분필로 금을 그어놓기도 했다. 금을 조금이라도 넘어오면 나를 죽여버리겠다고 말했다. 간혹 내가 실수로 그 금 너머로 물건을 놓아두면 정말로 내 뺨을 후려치거나, 의자에 앉아 있는 나를 발로 차서 바닥으로 굴러떨어지게 만들었다.

나는 부모님과 선생님에게 짝꿍이 나를 너무 심하게 괴롭힌다고 이야기했다. 그러나 모두 껄껄 웃기만 하면서 "그 애가 너를 좋아하나 보다" 혹은 "너한테 관심이 있어서 그러는 거야. 어릴 때는 다 그래"라고 말했다. 하지만 아무리 보아도 그 애는 나를 전혀 좋아하지 않았다. 아니, 그 애는 나를 너무나 싫어했다. 마치 나, 라는 사람의 존재 자체를 견딜 수 없어 하는 것 같았다. 그 증거는 바로 내 앞자리에 앉은 여자아이에게 있었다. 짝꿍은 그 여자아이를 좋아했다. 갈색의 머리카락이 길고 풍성했던 아이. 투명한 피부에 커다란 눈동자를 가진 그 여자아이를 좋아해, 날이면 날마다 과자를 선물하고 가방을 들어주며 하굣길을 함께하는 것이었다.

나는 나를 괴롭힐 때 짝꿍의 악마 같은 얼굴보다 자신이 좋아하는 아이를 대할 때의 그 천사 같은 얼굴이 더 무섭게 느껴지곤 했다. 그래서 나는 절대 아니라고, 내 짝꿍은 다른 여자아이를 좋아하고 있다고 어른들에게 말했지만, 어느 누구도 내 말을 진짜로 들으려 하지 않았다.

그날 나는 짝꿍의 괴롭힘을 견디다 못해 교실 밖으로 뛰쳐나가버렸다. 학교의 담벼락 너머로 3교시 수업이 시작되는 종소리가 울렸다. 나는 그 소리를 듣고도 교실 안으로 돌아가지 않았다.

나는 학교 건물 뒤쪽의 잔디밭에 오래도록 앉아 있었다. 그러다가 책가방도 신발도 없이 맨몸으로 길을 걷기 시작했다. 애써 학교에서 빠져나오긴 했으나 딱히 갈 곳이 있거나 가고 싶은 곳이 있는 것은 아니었다. 아직 여덟 살. 집과 학교 외에는 가본 곳도 가야 할 곳도 없었다. 그러나 지금 집으로 돌아가면 엄마에게 왜 벌써 돌아왔느냐고, 가방과 신발은 모두 어디에다 두고 실내화만 신은 채로 돌아왔느냐고 잔소리를 들으며 혼이 날 게 뻔했다.

나는 학교 앞 슈퍼로 들어갔다. 그리고 원피스에 달린 주머니 속에서 동전을 꺼내 수박맛 아이스크림을 하나 샀다. 포장지는 벗겨서 쓰레기통에 버린 뒤 아이스크림을 입 속에 넣었다. 나는 그것을 천천히 빨아 먹었다. 나의 입술과 혓바닥은 수박의 속살과도 같이 새빨갛게 물들었다.

어쩌다 마주친 것이었을까? 어째서 나는, 그 남자를 마주친 것이었을까?

나는 어느덧 집 가까이까지 걸어왔다. 그러나 집으로 들어가지는 못하고 그저 아파트 주변만을 맴돌았다. 그때 어느 낯선 남자가 나에게 다가와 말을 걸었다. 낯선 어른의 등장에 엄마가 늘 하던 말이 떠오르며 어깨가 먼저 움츠러들었다. "누가 과자 사준다고 해서 함부로 따라가면 안 돼"라던 말. 나는 그 말을 귀에 못이 박히도록 들었다. 하나 남자는 그렇게 말하지 않았다. 남자는 그저 자신을 좀 도와달라고 말했다. 무거운 물건을 들어야 하는데 자기 혼자서는 들 수가 없으니 자기를 좀 도와달라고 했다. 그래서 내가 "그게 뭔데요?"라고 묻자 그 것은 가보면 안다고, 나라면 분명히 자신을 도와줄 수 있을 것 같다 고, 내가 꼭 도와줬으면 좋겠다고 말했다. 나는 내가 무언가를 할 수 있는 아이라고 단 한 번도 생각해보지 않았지만, 아저씨의 부탁을 거 절할 수는 없었다. 또 남자가 말하는 그 물건이 과연 무엇인지, 남자 가 말하는 곳은 과연 어디일지 궁금하게 여겨지기도 하는 것이었다. 그곳에 가서 남자를 도와주고 난 다음 집으로 돌아가면, "엄마, 나 오 늘 착한 일을 했어"라고 자랑스럽게 이야기할 수 있을 것 같았다. 그리 고 착한 일이나 좋은 일을 했을 때 학교 선생님에게 받을 수 있는 보 라색 스티커를 포도송이가 그려진 도화지 위에 붙이게 되리라 예감했 다. 머지않아 포도 알맹이 스티커를 모두 채운 나는 선생님에게 선물 을 받게 되겠지. 나는 선생님에게 칭찬과 선물을 받게 될 거라는 생각 에 마음이 잔뜩 부풀어올랐다.

남자가 나를 데려간 곳은 내가 살던 아파트의 바로 맞은편 동이었 다. 남자와 함께 엘리베이터를 타고 아파트 15층까지 올라가자 그가 내 손을 붙잡았다. 나는 남자의 손을 잡고 15층의 계단을 통해 한 층 더 올라갔다. 그러자 아파트 옥상으로 빠져나가는 철문이 나왔다. 남 자가 먼저 그 문을 열고 밖으로 나갔다. 나도 그를 따라 한 걸음 한 걸음 걸어나갔다. 처음 올라와본 아파트 옥상에서는 서늘한 바람과 함께 매캐한 시멘트 냄새가 훅 끼쳐왔다.

남자와 함께 푸른색 물탱크 사이를 지나 시멘트벽 앞까지 다다르자 사다리를 타고 올라가야 하는 철문이 또 하나 나왔다. 그러자 남자는 나를 번쩍 들어올려 사다리에 매달리도록 했다. 그리고 내 등 뒤로 바짝 달라붙어서 나를 밀어올렸다. 나는 팔을 하나씩 뻗어 사다리를 꽉 붙잡았다. 그리고 남자가 나를 밀어주는 힘에 의지해 겨우 철문 앞까지 기어 올라갔다. 그러자 남자가 나를 등 뒤에서 감싸 안고 시멘트벽의 철문을 열어젖혔다.

나는 남자와 함께 철문 쪽으로 기듯이 걸어 들어갔다. 남자는 나를 안은 채 안으로 쑥 들어간 뒤 곧바로 뒤돌아 철문을 쾅 소리 나게 닫았다. 남자의 품에서 떨어져나온 나는 정신을 차리고 주변을 돌아보았다. 그 안에는 생전 처음 보는 커다란 기계들이 잔뜩 늘어서 있었다. 벽에는 붉은색과 푸른색 파이프들이 연결되어 있었다. 그다지 좋지 않은 공기가 가득 차 있는 데다가 너무 어두컴컴해서 공연히 무서운 느낌이 들었다.

나는 계속해서 주변을 두리번거리며 커다란 기계들을 올려다보았다. 어쩐지 남자를 쳐다볼 엄두가 나질 않았다. 그의 모습을 바라보는 것이 두렵게만 느껴졌다. 무언가 잘못됐다는 느낌도 들었다. 남자에게 속은 것 같다는 느낌이 들었지만 모두 다 나의 착각일 거라고 믿으려 애썼다. 괜찮아. 아무것도 아니야. 잘못된 게 아니야. 아무 일도 일어나지 않아. 다 잘 될 거야, 괜찮아, 라고 되뇌며 나는 남자를 바라보았다. 아무렇지도 않은 체하는 침착한 목소리로 "저…… 뭘 해야 돼요?"라고 물었다. 그러자 남자가 나에게 어서 뒤돌아보라고 말했다. 그 말에 따라 나는 획 뒤돌아섰다. 그 순간, 등 뒤로 서늘한 바람이 훅 끼쳐왔다. 그가, 나의 원피스 지퍼를 끌어내린 것이었다.

깜짝 놀란 내가 다시 뒤돌아서자 이번에는 남자가 자신의 윗옷을 벗었다. 나는 남자가 나쁜 사람이라거나, 나에게 해코지를 할 거라는 의심을 하지 않으려 노력했다. 이것이 다 내가 해야 할 어떤 일들과 연관이 있나보다, 라고만 생각하려 했다. 곧이어 남자는 자신의 윗옷을 시멘트 바닥에 깔고서 나에게 그 위로 누우라고 했다. 무언가 잘못됐다는 생각이 밀려들며 그만 돌아가고 싶은 마음이 들었으나, 나는 거기서 나갈 수가 없었다. 그러자 너무나 무서운 감정들이 소용돌이치듯 내 안에서 일어났다. 나는 소리를 지를 수도, 몸을 움직일 수도 없었다. 이게, 이게 무엇일까? 여기서 지금 무슨 일이 벌어지고 있는 걸까? 나는, 나는, 지금 이 일이, 도대체 무엇인지, 도무지 알아차릴 수가 없었다. 나는 이제 어떻게 되는 것일까? 이곳은 도대체 어디일까? 생각하는 사이 갑작스럽게 이 모든 세계가 다 뒤죽박죽 엉켜들었다. 마치 책에서 보았던 지구의 표면과도 같은 모양으로 지금 이 공간과 순간이 섞여들고 있었다. 나는 정말이지 아무것도 할 수가 없었다.

나는 남자가 시키는 대로 시멘트 바닥에 등을 대고 누웠다. 그러자 남자는 원피스를 내 몸에서 모두 벗겨냈다. 남자의 발가벗은 몸통이 내 위로 포개어졌다. 그의 커다란 얼굴이 내 귓가에 가까이 다가왔다.

"괜찮아. 아저씨 나쁜 사람 아니야. 괜찮아. 아저씨 지금 나쁜 짓 하는 거 아니야."

남자는 그렇게 말하며 발가벗은 내 몸통을 오른팔로 휘감아 안았다. 그리고 나에게 물었다.

"애기야. 이름이 뭐야?"

"서예정이요."

"그래. 예정이…… 예정이는 착한 어린이지? 그렇지?"

나는 아무 대답하지 않고 눈을 꾹 감아버렸다.

"지금부터 아저씨가 하는 말 잘 들을 수 있지? 아저씨 말 잘 듣고 가만히만 있으면 이따가 집에 꼭 보내줄게. 그러니까 무조건 아저씨가 하는 말 들어야 돼, 알았지?"

왜, 왜? 남자는 도대체 나에게 왜 이러는 것일까? 왜, 나에게 갑자기 이러한 일이 일어나는 것일까? 도대체 뭐가, 어디서부터 잘못된 것인지 알 수가 없었다. 나는 그의 입에서 나오는 말보다 그의 입에서 나오는 후덥지근한 입김 때문에 더욱 두려운 감정을 느꼈다. 곧이어 쩍쩍 갈라져 있던 그의 입술이 내 입술에 와 닿았다. 우리 딸 뽀뽀, 라고 말하던 엄마의 입술과는 조금 다른 것이었지만 뽀뽀는 익숙한 것이었기에 정말이지 나는 아무렇지 않았다. 아무렇지 않으려 했고, 아무렇지 않고 싶었다. 그러나 그다음부터는 결코 아무렇지 않을 수 없는 일들이 계속해서 일어났다. 축축한 침에 흥건히 젖은 남자의 혓바닥이 내 입 속으로 쑥 들어오는 순간, 생애 처음으로 마주한 어마어마한 크기의 공포와 두려움과 메스꺼움이 내 안으로 한꺼번에 들이닥쳤다. 나는 이것이 대체 무엇인지 알 수가 없었다. 생전 처음 느껴보는 냄새와 촉감 그리고 고통이었다. 내 머릿속에는 어느새 커다란 뱀 한 마리가 기어다녔다. 물컹하고 비릿한 뱀의 두툼한 몸통이 내 입을 타고 들어와 머리통 속을 스멀스멀 기어다니고 있었다. 물컹물컹한 뱀의 몸통은 내 목구멍 사이를 비집고 들어와 배꼽과 가랑이까지 파고들었다. 무섭고, 두려웠다. 어마어마한 뱀의 몸통이 내 몸을 헤집었다. 뱀의 몸통이 지나간 자리마다 내 속은 갈기갈기 찢어져나갔다. 그러다 나도 모르게 남자의 혓바닥을 꽉 깨물어버렸다. 남자는 깜짝 놀라며 내 입에서 잠시 혓바닥을 빼내긴 했으나 크게 개의치는 않았다. 그러고는 나에게 왜 그러는 거냐고, 이건 나쁜 게 아니라고, 정말이지 아무 일도 아니라고 말하며 다시 한번 내 입 속에 그 더럽고 징그러운 혓바닥을 밀어넣었다. 남자의 혀는 다시 뱀의 몸통이 되어 내 속으로 쑥 밀려들어왔다.

죽음과도 같은 시간. 외부의 시간은 흐르고 있으나 나에게는 모든 것이 정지되어 흐르지 않는, 흐를 수 없는 시간. 내 몸과 의식의 모든 시간과 기능이 다 멈춰버리고 마는 시간. 남자는 내 입에서 그만 혓바닥을 빼내고 팬티를 벗겨도 되느냐고 물었다. 내가 고개를 가로젓자 남자는 다시 "왜?"라고 물었다. 남자의 당당하고도 저돌적인 태도에 나는 뭔가 죄를 짓는 사람 같은 심정이 되어버리고 말았다. 남자는 다시 한 번 나에게 "왜?"라고 물었다. 나는 잘 모르겠다고, 그냥, 너무 무섭다고 대답했다. 남자는 순순히 "그래, 그럼 안 할게. 알았어. 안 할게, 안 할게……"라고 말하며 커다란 손으로 내 등을 더듬더듬 만졌다. 그의 손이 닿고 지나가는 자리마다 피부가 홀러덩홀러덩 벗겨져나가는 것 같았다. 남자의 손은 곧 내 허리를 타고 내려와 팬티 안으로 기어들었다.

나는 집에 가고 싶다고 말했다. 비명을 지르거나, 울고 싶은 마음이 없는 것은 아니었다. 내가 그렇게 한다고 해서 남자가 나를 때리거나 죽여버릴 거라는 생각은 들지 않았다. 나는 다만, 내가 갑자기 소리를 지르거나 엉엉 울어버리면, 남자가 너무 당황한 나머지 나를 이곳에 놔두고 혼자서 달아나버릴까봐 무서웠다. 그러면 나는 이곳에, 이 어둡고 컴컴한 기계실에…… 혼자 남겨질 것이다.

　나는 남자의 도움 없이는 이곳에서 빠져나갈 수 없었다. 옥상으로 다시 내려가는 사다리는 그 자체만으로 매우 무섭고 위험천만했다. 아무런 보호 장치가 없음은 물론이고 간격 또한 무척이나 넓어 나의 짧은 발은 그곳에 제대로 닿지도 않았다. 때문에 남자가 나를 안고 내려가주지 않으면 나는 절대로 이곳에서 나갈 수 없었다. 그런데 만약, 남자가 나를 이곳에 남겨둔 채 홀로 달아나버리면, 나는 어떻게 되는 걸까. 아무도 찾아오지 않고 들여다보지 않는 이 어두컴컴한 방 안에 갇혀 펑펑 울기만 하다가 결국엔 죽게 될 것이다. 그렇게 죽고 난 이후에도 아무도 나를 찾으러 오지 않아 내 몸은 점차 썩고 진물이 흐르고 구더기가 쏟아져나오는데도 나는 그냥 버려진 채 그대로 영원히 이곳에 있어야 할 것이다. 절대로 이곳에 혼자 남고 싶지 않았다. 어떻게든 다시 돌아가고 싶었다. 어디라도 좋으니 제발 이곳에서만큼은 벗어나고 싶었다. 한데 남자가 막상 나에게 "집에 가고 싶어?"라고 물었을 때는, 아무런 대답도 할 수가 없었다.

　집으로 돌아가면 가장 먼저 엄마에게 혼이 나거나 매를 맞는 일들이 기다리고 있을 게 뻔했다. 정신을 어디다 팔고 다니는 거냐고, 왜 그러는 거냐고, 도대체 뭐가 문제인 거냐고 끊임없이 나를 때리고 다그칠 것이 분명했다. 그러고 다시 학교에 나가게 될 것이다. 짝꿍으로부터 또다시 견디기 힘든 괴롭힘을 당하며 지내게 될 것이다. 여전히 나의 말 따위는 아무도 들어주지 않는 현실이 계속될 것이다.

　망설이고 있는 내 위에서 남자가 그만 몸을 일으켜 앉았다. 나도 조심스럽게 일어나 바닥에 떨어져 있던 원피스를 집어 들었다. 나는 그것으로 내 몸을 먼저 가렸다. 남자 또한 내가 깔고 누웠던 자신의 윗옷을 집어 다시 몸통에 끼워넣었다. 나는 남자의 손이 더 이상 내 몸에 닿지 않기를 바랐다. 그래서 원피스를 어떻게든 혼자서 입어보려 했다. 그러자 남자가 "혼자서 입을 수 있어? 이리 와 봐, 아저씨가 입혀줄게"라고 말했다. 나는 남자의 손이 또다시 내 몸에 닿는 게 싫어 아무런 대답도 하지 않고 어떻게든 혼자서 원피스 지퍼를 올리려고 했다. 하지만 나는 결국 남자에게 다시 등을 보이고 설 수밖에 없었다. 나에게는 그 무엇도 혼자서 해낼 수 있는 힘이 없었다. 나 혼자의 힘으로는 원피스의 지퍼조차 제대로 올릴 수가 없었다. 내가 별수 없이 뒤돌아서자 남자는 손바닥으로 내 등과 가슴을 한참이나 더 만지고 나서 원피스의 지퍼를 올려주었다.

그 뒤 남자는 나를 안은 채로 기계실 철문 아래 매달린 사다리를 내려갔다. 그렇게 해서 우리는 그곳을 빠져나왔다. 남자가 "가자"라고 말하며 내 손을 붙잡고 옥상 출입문 앞으로 갔다. 그리고 다시 아파트 15층 계단과 연결되는 통로가 나왔을 때 남자는 나에게 혼자서 이 계단을 내려가 엘리베이터를 타라고 말했다. 내가 "아저씨는요?"라고 묻자, 자기는 또 다른 일이 있어 급히 가봐야 한다며 엄청나게 빠른 속도로 계단을 뛰어 내려갔다.

계단과 이어진 복도를 지나 엘리베이터 문 앞에 이르렀을 때, 복도 반대쪽에서 사람들의 목소리가 들렸다. 그 순간 나는 이 일을 사람들에게 이야기하고 싶었다. 사람들이 나를 도와줄 수 있을 것 같았다. 남자는 나에게 거짓말을 했고, 나를 속였고, 나는 너무나 무서운 일을 당했다. 나는 일부러 아주 큰 소리를 내어 울기 시작했다. 그러나 어느 누구도 나의 울음소리를 듣지 못했다. 아무도 나의 소리에 귀 기울이지 않았다. 아무도 나에게 가까이 다가오지 않았다. 나는 더욱 크게 소리 질렀다. "아줌마, 아줌마, 도와주세요"라고 소리쳐 말했다.

내 곁으로 사람들이 다가오기 시작했다. 그들은 모두 여자였고, 총 세 명이었다. 아파트 주민으로 보이는 아줌마가 두 명이었고, 한 명은 요구르트를 배달하는 아줌마였다. 그 아줌마들을 마주하자 눈물이 정말 걷잡을 수 없을 정도로 쏟아져나왔다.

사람들이 "왜 그러니 얘야, 무슨 일이야? 얼른 말해봐. 말을 해야 도와주지"라며 나를 채근했다. 나는 계속 엉엉 소리 내어 울며 가까스로 입을 열었다. "아저씨가, 어떤 아저씨가……"라고 말했다. 그러자 아주머니들이 눈을 동그랗게 뜨고 "어머, 왜? 무슨 일이야? 아저씨라니? 어떤 아저씨? 아저씨가 너를…… 어떻게 했어? 무슨 짓 했어?"라고 물었다. 나는 손으로 눈물을 닦으며 고개를 끄덕거렸다.

"네. 저한테 뭣 좀 들어달라 그래서…… 그래서 따라갔는데, 그 아저씨가 제 옷을 벗기고 괴롭히다가 저 계단으로 뛰어서 가버렸어요."

아줌마들이 어머 이게 대체 웬일이냐고 말하며 얼른 경비실에 연락하자고 했다. 아파트에 수상한 남자가 있다며 당장 잡아야 한다고 말했다. 나에게 집이 어디냐고, 너희 엄마는 어디에 있냐고도 물었다. 아줌마들의 물음에 하나하나 대답하고 나자 아파트 경비원과 요구르트 아줌마가 나를 아파트 출입구의 경비실로 데려다주었다.

얼마간의 시간이 지난 뒤 엄마와 아빠가 나를 찾으러 왔다. 그리고 수상한 사람이 보이면 바로 신고해달라는 안내방송이 나오기 시작했다. 오후 시간 내내, 아파트는 마치 일대 소동이라도 인 듯 분주하게 움직이고 있었다.

아빠는 혼자서 어디론가 가버리고, 나는 엄마의 손에 붙들려 집까지 끌려갔다. 엄마는 나를 끌고 가는 내내 "아유, 이 칠칠치 못한 것, 거기서 왜 소리를 질렀어! 대체 왜 사람들을 불렀어!"라고 소리 지르며 화를 냈다. 집으로 돌아온 뒤에는 손으로 내 등과 어깨를 마구 때리기 시작했다. 나는 내가 뭘 잘못했는지 알 수 없지만 엄마에게 맞는 게 너무 아프고 괴로워 현관 앞바닥에 무릎을 꿇고 앉아 무조건 잘못했다고 말했다. 엄마, 엄마 내가 잘못했어요. 다시는 안 그럴게요. 그러니까 제발 나 좀 때리지 마……. 내 머리와 얼굴과 등짝과 엉덩이를 손으로 마구 내려치던 엄마는 어느 순간 바닥에 주저앉아 내 몸통을 붙들고 울기 시작했다. 그냥 조용히 오지, 혼자 집으로 오지…… 엄마한테 먼저 오지. 대체 왜, 왜 그랬어……. 이제…… 이제 여기서 어떻게 살아…….

그날 이후 아파트 경비원은 이 사회의 악과도 같은 그놈을 반드시 잡고야 말겠다며 떠벌리고 다녔다. 그러나 그는 끝내 남자를 찾아내지 못했다. 그 미친개 같은 새끼는 이 아파트에 사는 사람이 절대 아니라는 자신만의 수색 결과를 다시금 떠벌리고 다닐 뿐이었다.

다시 학교에 나가게 되었을 때 짝꿍은 더 이상 나를 괴롭히지 않았다. 자기네 엄마에게 들었다며, 내가 정말이지 더럽다고 내 몸에 손도 대지 않으려 했다. 나에게 가까이 오지 않으려 했다.

나는 그렇게나마 짝꿍의 괴롭힘으로부터 벗어나게 되어 얼마간은 마음이 참 편하고 좋았다. 그러나 곧 학급의 모든 아이가 나를 피했고, 나는 공공연하게 따돌림을 당하기 시작했다.

아파트 단지 내에서 마주치는 어른들도 나에게서 멀찍이 떨어져 서서 자기들끼리 수군거리거나 혀를 끌끌 찼다. 그리고 얼마 지나지 않아 우리 집은 서울의 다른 동네로 이사를 했다. 학교도 옮기고, 나는 새로운 친구들을 사귀게 되었다. 하지만 그것도 다 잠깐에 불과했다. 대부분의 아이와 나는 처음에만 친해질 뿐 끝까지 잘 지내지 못했다. 사람들이 나에게 자주 내뱉던 말처럼, 나는 정말로 재수 없는 년이기 때문이었다.

6

스튜디오 안에서 음악 소리가 계속 울려퍼지는 가운데, 갑자기 음악 소리가 더욱 크게 들려왔다. 그 소리에 고개를 돌려보니 열린 스튜디오 문 사이로 한 아이가 삐죽이 빠져나와 있었다. 아이는 나를 바라보며 오도 가도 못하고 서 있기만 했다.

내가 가까이 다가가 "왜 그래? 무슨 일 있어?"라고 묻자 아이는 별다른 대답도 못하고 몸을 배배 꼬았다. 그러고는 두 손을 가랑이 사이로 집어넣으며 나를 올려다보았다.

"쉬 마려워?"

내가 묻자, 아이가 고개를 끄덕였다.

"화장실, 밖에 있는데."

나는 아이의 손을 붙잡고 현관까지 같이 가주었다. 그러나 현관에는 아이의 신발이 없었다.

"아, 신발이 다 바구니에 있지?"

나는 마치 혼잣말하듯 물었다. 아이들이 사물함으로 사용하는 바구니는 이미 스튜디오 안쪽 벽면에 쪼르륵 놓여 있었다.

아직 수업 중인데 스튜디오 안에 함부로 들락날락하기가 아무래도 어려웠다. 나는 별수 없이 두 팔을 벌려 아이의 허벅다리를 잡은 뒤 몸통을 들어올렸다.

"그냥 선생님이 데려다줄게."

내가 말하자 아이는 두 팔을 뻗어 내 품에 쏙 들어와 안겼다.

아이는 눈으로 대충 보았던 것보다 훨씬 작고 가벼웠다.

나는 아이를 품에 안고 현관에 놓아둔 슬리퍼를 꿰어 신은 뒤 출입구 유리문을 열어 밖으로 나갔다. 화장실은 1층과 연결되는 계단참에 자리해 있었다. 나는 천천히 계단을 걸어 올라가 화장실의 문을 열고 그 안으로 들어갔다. 그리고 양변기가 있는 칸의 문을 열었다. 아이를 그만 내려주어야 했으나 화장실 바닥의 타일 위에 맨발의 아이를 내려놓을 수는 없었다. 나는 아이를 왼쪽 팔로만 끌어안고 오른손으로 양변기의 덮개를 내렸다. 그 덮개 위에 아이를 내려놓자 아이가 나를 멍한 눈빛으로 올려다보았다.

아이들의 눈을…… 제대로 바라본 적이 있던가? 아이의 눈동자는 초점이 잘 맞지 않아 정말로 사시처럼 보였다. 아직 무언가를 정확하게 바라볼 수 있는 힘을 가지지 못한 눈. 그렇게 초점이 불분명한 눈을 뜨고 입술을 살짝 벌린 채 나를 올려다보는 여자아이……. 아이가 오줌을 싸려면 일단 타이즈와 팬티를 벗어야 했다.

그러려면 그 위에 입은 레오타드까지 함께 벗어야 했다. 나는 손으로 아이의 진분홍색 레오타드 어깨끈을 붙잡아내렸다. 아이의 몸통이 드러나도록 레오타드를 모두 벗겨내자 허리에서부터 발끝까지의 몸통을 감싸고 있는 분홍색 타이즈가 나왔다.

나는 타이즈 밴드를 붙잡고 아이의 팬티와 타이즈를 둘둘 말아 내렸다. 그렇게 벗긴 레오타드와 타이즈를 아이의 무릎 사이에 걸쳐 둔 채 다시 아이를 품에 안고 들어올렸다. 옷을 완전히 다 벗은 아이의 작고 보드라운 몸이 내 목덜미에 와 닿았다. 선뜩한 느낌. 나는 조금 전과 같이 아이를 왼쪽 팔로만 안은 뒤 양변기의 덮개를 올렸다. 그리고 아이가 변기에 잘 걸터앉을 수 있도록 몸을 꼭 잡아주었다.

어째서였을까. 아이는 오줌을 싸지 못했다. 양변기에 앉은 채 그대로 고개를 들어 사시 같은 눈동자로 나를 바라보고만 있었다. 예의 그 입술은 여전히 반쯤 벌어진 채로 말이다.

"오줌 왜 안 싸?"

내가 묻자 아이가 "안 나와요"라고 대답했다.

나는 아주 어렸을 적 엄마가 나에게 해줬던 것과 같이 아이에게 "쉬이" 소리를 내주었다.

"따라해 봐. 쉬이 하고 소리 내면 쉬가 나올 거야. 쉬이……"

아이가 나를 따라 쉬이, 소리를 내자 이내 오줌발이 떨어지는 소리가 났다. 그 순간, 그 순간 나는 문득, 아이를 내 입 속에 집어넣고 싶었다. 작고 조그마한 아이, 여리고 부드러운 속살, 초점이 흐릿한 눈, 벌어진 입술 사이로 드러나 보이는 연분홍색 혓바닥……. 이 아이를…… 이 아이를 통째로 입 속에 넣은 뒤 천천히 빨아 먹고 싶었다.

푸딩처럼 달고 부드러운 그것을 입 안 가득 밀어넣고 싶었다. 내 속에 가득 채우고 싶었다. 아이가 다치거나 부서지지 않도록 조심스럽게 혓바닥을 굴려 이 모든 것을 서서히 빨아 먹고 싶었다.

손끝이 덜덜 떨렸다. 아이는 오줌을 다 쌌는지 더욱더 강렬하게 나를 올려다보았다. 나는 그런 아이에게 두루마리 화장지를 조금 뜯어주었다. 아이는 그것을 자신의 가랑이 사이로 가져갔지만 소변을 제대로 닦아내는 것 같지는 않았다. '거기 잘 닦았어?'라는 물음이 배꼽 아래서부터 목구멍까지 차올라 내 몸을 가득 채웠지만 도저히 밖으로 꺼내놓을 수 없었다. 이 말을 꺼내면, 아이가 나를 무서워할 것 같았다. 공포감을 느끼며 아무것도 하지 못할 것 같았다.

아이는 화장실 바닥에 발을 대지 않은 상태 그대로 있었다. 이 아이는 어째서 아무 말도 하지 않는 것일까? 왜 이렇게 뻣뻣하게 굳은 몸으로 나를 올려다보고 있는 것일까? 아이를 들어주어야 하는데, 품에 안고 다시 걸어 내려가야 하는데……. 얘야, 제발, 무슨 말이라도 좋으니까, 무슨 말이라도 좀 해봐. 응? 제발, 무슨 말이라도 해……. 제발…….

나는…… 말할 수 없었다. 그 남자를 마주쳤던 일을 아무에게도 이야기할 수 없었다. 많은 이들의 노력에도 불구하고 끝내 찾지 못했던, 그 남자. 어떻게든 찾아내서 대체 나한테 왜 그랬느냐고, 왜 하필 나였느냐고, 내가 도대체…… 뭘 그렇게 잘못해서 나에게 그랬느냐고, 내가 가진 모든 힘을 짜내어 따져 묻고 싶었던 그 남자. 그리고 누군가 나 대신…… 제발 혼내줬으면, 아니, 제발 죽여줬으면 했던 그 남자……. 그래, 나는 그 남자를 딱 한 번 마주친 적이 있었다.

그 일이 있은 지 한 달이 채 지나지 않은 때였다. 우리 가족이 다른 곳으로 이사를 하기 전, 그리고 나에게 그 일이 일어나기 전 아버지는 오빠와 나에게 자전거를 한 대씩 사주었다. 운동신경이 좋았던 오빠는 단숨에 두발자전거에 적응해 쌩쌩 달려나가곤 했지만 나는 그렇지 못했다. 두발자전거 뒷바퀴 쪽에 부착해놓은 보조바퀴 없이는 도저히 자전거를 탈 수 없었다.

하루는 오빠가 나에게 그만 보조바퀴를 떼고 자전거를 타라고 말했다. 나는 너무 무서워 싫다고 대답했지만 오빠는 자신이 뒤에서 잡아줄 테니 걱정하지 말고 달려보라고 했다. 자전거에 속력이 붙으면 보조바퀴 없이도 얼마든지 중심을 잡을 수 있다면서 말이다.

나는 오빠가 시키는 대로 자전거 안장 위에 올라타 페달을 밟았다. 오빠는 뒤쪽 안장을 손으로 밀며 중심을 잡아주었다. 오빠의 힘에 의해 자전거는 점점 세게 앞으로 나아가기 시작했다. 그러나 나는 아직 자전거 바퀴의 중심을 잡거나 속도를 조절할 수 없었다. 자전거 뒤쪽에선 오빠의 힘이 느껴졌다. 오빠는 온몸의 체중을 모두 실어 내가 탄 자전거를 밀어냈다. 오빠, 하지 마. 그렇게 밀지 마. 오빠, 나 혼자 못 타. 오빠, 무서워, 너무 무서워. 무섭다고……. 나는 오빠가 지금 나를 위해 자전거를 밀고 있는 것인지 아니면 나를 죽이기 위해 자전거를 밀고 있는 것인지 알 수 없었다. 오빠는 여전히 나의 등 뒤에서 낄낄 웃으며 야, 그냥 세게 밟아, 라고 말했다. 나는 고개를 뒤로 돌려 오빠를 바라보았다. 그러자 오빠는 갑자기 무서운 표정으로 돌변하며 말했다. 앞을 보라고, 이 멍청아. 그 말에 나는 그만 고개를 돌려 앞을 바라보았다. 아휴, 이 병신, 내가 잡고 있으니까 더 밟아, 밟으라고, 더 세게! 나는 죽을 것만 같았다. 내 곁을 스치는 바람과 공기와 햇빛과 땅바닥이 모두 나를 향해 달려오는 것 같았다. 나를 공격하려는 것 같았다. 나를 죽이려고 달려드는 것 같았다. 오빠, 잡고 있어? 잡고 있지? 계속 잡고 있을 거지? 오빠, 놓으면 안 돼, 응? 놓지 마, 제발. 놓으면 안 돼. 절대 안 돼……. 그때 자전거 뒤쪽에 실려 있던 오빠의 체중이 더 이상 느껴지지 않았다. 나는 뒤돌아보지 않았지만, 오빠가 이미 내 자전거에서 손을 떼버렸다는 사실을 알 수 있었다. 그것을 알게 된 순간 나는 두 눈을 질끈 감아버리고 말았다. 그러자 자전거 바퀴는 엄청나게 빠른 속도로 돌아가기 시작했다. 페달이 이제는 절로 돌았다. 자전거는 그대로 길을 지나던 성인 남녀를 향해 돌진했다. 키가 큰 남자가 작달막한 여자의 어깨 위에 손을 얹고 있었다. 여자는 남자의 등허리를 팔로 감싸 안은 채였다. 그들의 뒷모습에서 왠지 모를 불안감을 느꼈다. 나는 그들과 부딪히고 싶지 않았다. 내가 가진 모든 힘을 다 짜내어 자전거 핸들을 꺾었다. 그러자 자전거는 그들 남녀의 곁을 아슬아슬하게 스쳐 땅바닥으로 고꾸라졌다.

바로 그때, 자전거에서 굴러떨어져 땅바닥에 쓰러진 나를 돌아보던 남자. 그는 여자 친구의 어깨에 팔을 걸쳐둔 채로 나를 쏘아보며 상스러운 욕을 정신없이 뱉어냈다. 위로 높게 치켜올라간 그의 눈에서 눈동자가 모두 쏟아져나올 것 같았다.

"이 쌍년이 지금 여기서 뭐하는 거야, 야, 너 이리 와봐……."

그 순간 나는 몸을 떨었다. 그가 나에게 내뱉는 욕설 때문이 아니라, 그가 나를 아파트 옥상으로 끌고 갔던 그 남자였기 때문이었다.

그것은 결코 잊을 수 없는 눈이었다.

지금 당장 소리를 지르고 사람들을 불러 모아야 했다. 나는 누군가 제발, 나 대신 그 남자를 붙잡아주었으면 했다. 입이 전혀 떨어지질 않고 손도 발도 움직이질 않았다. 그 남자에게 복수할 수도 없고 누군가에게 도움을 요청할 수도 없었다. 그 순간 세상의 모든 어둠이 다 나에게로 몰려오는 것만 같았다. 나를 모두 덮어씌우는 것만 같았다.

나는 이 상태로부터 벗어나고 싶었다. 달아나고 싶었다. 그 남자와 맞닥뜨린 지금 이 순간으로부터 도망치고 싶었다. 그러나 나에게는 도망칠 수 있는 힘조차도 없었다. 나는 정말이지 아무것도 할 수 없었다. 나는 그 무엇도 제대로 하지 못하는 인간이었다. 뭐라도 할 수 있는 힘이, 뭐라도 될 수 있는 힘이 아주 조금도 없는 병신 같은 인간이었다.

남자는 곧 나를 때릴 듯한 기세로 팔을 들어올리며 다가왔다. 그러자 그 옆에 있던 여자가 그의 팔을 붙들며 그만 가자고 말했다. 남자는 곧 나에게 도와달라고 말하던 때와 같이 부드럽고 온화한 얼굴이 되어 여자에게 알겠다고 대답했다. 그러나 나에게는 다시 악마와 같은 얼굴로 "너 이 쌍년, 한 번만 더 내 눈에 띄면 진짜 죽을 줄 알아라"라고 말한 뒤 뒤돌아 걸어갔다.

이내 오빠가 내 곁으로 달려와 괜찮으냐고 물었다. 워낙 순식간에 일어난 일이라 어안이 벙벙하고 뭐가 뭔지 제대로 알아차릴 수 없을 정도로 커다란 혼란과 공포를 느꼈지만 나는 이야기하고 싶었다. 저 남자가 바로 그 남자라고, 얼마 전 나를 끌고 가서 나에게 나쁜 짓을 했던 그 아저씨라고 나는 오빠에게 이야기했다. 너무나 무섭다고, 빨리 저 아저씨를 붙잡아달라고……. 그리고 신고해달라고……. 그러나 나와 마찬가지로 아직 어린아이에 불과했던 오빠 역시 아무것도 하지 못했다. 그 남자를 쫓아가지도, 사람들을 불러 모으지도 못했다. 오빠는 그저 내 어깨를 감싸 안고 나를 다독였다. 네가 잘못 본 거라고, 그러니 빨리 잊으라고, 그 일은 그만 잊어야 하는 거라고 말하며 나를 일으켜 세웠다. 그리고 이제 그만 집으로 돌아가자고 말했다.

오빠는 바닥에 넘어져 있는 내 자전거를 세워 끌며 다시 한번 집으로 돌아가자고 했다. 나는 지금 오빠가 나에게 해준 말이 다 거짓말이라는 사실을 알고 있었다. 심지어 오빠가 지금 나에게 진실을 이야기하는 것을 두려워하고 있다는 사실까지도 알 수가 있었다. 그래서 이렇게 거짓말로 나를 달래며 진실을 덮으려 하고 있다는 것을 너무나 또렷하게 알고 있었다. 그러나 나는 아무런 말도 하지 않았다. 아무런 말도 할 수 없었다.

나는 오빠의 그 거짓말을 모두 사실로 받아들여야 했다. 네가 잘못 본 거야. 저 남자는 그 남자가 아니야. 그 남자는 이 세상에 없는 사람이야. 그러므로 그 일도 너에게 없었던 일이야. 일어나지 않은 일이야. 일어난 적조차 없는 일이야. 그것은 모두 꿈이고, 착각이고, 거짓이야. 나는 점점 무엇이 꿈이고 현실인지, 무엇이 허상이고 또 진상인지, 무엇이 진짜로 일어난 일이고 일어나지 않은 일인지에 대해 구분할 수 없게 되어버렸다. 그것은 결코 가려낼 수 없는 것들이었다. 나에게는 그저 오빠의 거짓말만이 사실이 되었다. 사실이 되어야 했다. 진실은 거짓이 되고, 거짓은 거짓 아닌 진짜가 되어야만 했다. 그래야만 나는 살 수가 있었다. 너는 이 거짓말을 믿어야 해. 나는 이 거짓말을 믿어야 했다. 그래야만…… 살아갈 수 있었다. 똑바로 서 있을 수 있었다. 앞으로 나아갈 수 있었다. 이것은 곧 우리 모두의 사실이 되었다. 나는 단 한 번도 그러한 일을 당하지 않은 채 멀쩡하고 건강하게 자라난 아이였다. 그러니 이 이야기는 더 이상 이야기되지 않는 것이 당연했다. 이것은 있을 수 없는 이야기, 있어서는 안 되는 이야기, 이야기할 수 없는 이야기, 이야기해서는 안 되는 이야기였다. 나만 말하지 않으면, 정말로 없었던 일이 되는 줄만 알았던 이야기. 그 이야기…… 이 세상에 없는 이야기가, 왜 이렇게 계속, 나에게 떠오르는 것일까? 왜 이렇게 선명하게 드러나 보이는 것일까? 왜 이렇게 자꾸만 밖으로 나오려 하는 것일까?

나는 고개를 두어 번 정도 가로저으며 내 안에서 올라오는 이상한 생각들을 떨쳐버리려 애썼다. 그러고는 곧바로 아이의 겨드랑이에 손을 집어넣어 아이를 번쩍 들어올렸다. 나는 다시 한번 왼쪽 팔뚝으로 아이를 바짝 든 뒤에 변기 덮개를 닫았다. 그리고 그 위에 아이의 발을 올려놓았다. 그 순간 나에게는, 아이가 속살을 잘 닦았는지에 대한 궁금증이 일어났다. 아이는 자신의 팬티와 타이즈 같은 것은 입을 생각도 하지 않고 그저 사시 같은 눈동자로 나를 계속 올려다보기만 했다. 예의 그 입술은 여전히 반쯤 벌어진 채로……. 그런 아이의 얼굴 속에 '나는 아무것도 몰라요, 선생님.' '나 좀 도와주세요, 선생님.' '나 좀 봐주세요, 선생님' 하는 말들이 들어 있었다.

'선생님, 저 좀 잡아주세요.'

'선생님, 저 좀 안아주세요.'

'선생님, 저 좀 닦아주세요.'

'선생님, 저 좀 빨아주세요.'

아이의 몸에서 뿜어져나오는 말들이 계속해서 내 몸에 들어와 박혔다. 그리고 내 안의 아주 깊숙한 곳으로 파고들어왔다. 그곳은 컵 안에 든 물처럼…… 아주 맑고 고요했다. 영원히 그렇게 맑고 고요한 상태로 존재하고 있을 것만 같았다. 그것은 절대로 건드리지 말고, 휘젓지 말고, 그냥 놔두어야 했다. 이 맑고 잔잔한 물을 휘젓는 자는 누구인가? 그리고 무엇인가? 컵 안에 든 물이 격렬하게 요동쳤다. 그러자 그 안에 가라앉아 있던 흙이 순식간에 일어나 위로 솟구쳐 올랐다. 물속에 깊이 가라앉아 있던 흙이 내 배와 가슴, 어깨와 팔, 허벅지와 종아리 그리고 손끝과 발끝으로까지 퍼져나가기 시작했다. 아이가 계속 말했다. 선생님, 선생님……. 저 좀……. 좀…….

이것은 정말로, 아이의 몸에서 나오는 말일까? 내 안의 아주 깊은 곳, 바로 그 안에…… 오래전부터…… 들어 있던 말. 아이의 몸이 아닌, 내 몸에서 쏟아져나온 말. 이 말을 듣고 있는 사람은, 오래전 그 남자. 나를 지켜보고 있던 그 남자의 몸이…… 나보다 먼저 주워 담아버린 말…….

타이즈와 함께 둘둘 말려 있던 아이의 팬티를 손으로 천천히 분리해냈다. 그러고는 마찬가지로 천천히 그 팬티를 올려 아이의 가랑이를 가렸다. 분홍색 타이즈를 입히고 그 위로 진분홍색 레오타드까지 덧입혀주었다. 그러자 아이는 기다렸다는 듯 두 팔을 벌려 내 품에 쏙 들어와 안겼다. 나는 두 팔로 아이의 궁둥이를 받치고 내 가슴께에 아이의 몸을 얹었다.

양변기 위의 꼭지를 당겨 물을 내리고 그만 뒤돌아 화장실 밖으로 나갔다. 내 몸에 달라붙은 아이의 어깨너머 계단참을 바라보며 한 걸음 한 걸음 조심스러운 발걸음을 내디뎠다. 아이는 마치 나와 한 몸이라도 된 듯 나에게 자신의 몸을 다 내맡겼다.

무용원 안으로 들어가 비로소 아이를 내려놓자 아이는 곧바로 뒤돌아 스튜디오로 들어가버렸다. 나는 그대로 현관 앞 책상 안쪽으로 들어가 의자에 걸터앉았다. 귀에는 여전히 익숙한 음악, 풀랑크의 행진곡이 흐르고 있었다. 행진곡의 박자에 따라 머릿속이 점점 하얘졌다. 귓가에 흐르던 음악이 서서히 사라졌다. 눈에 보이던 모든 것들이 하나씩 사라져갔다. 모든 것들이 나에게서 점점 멀어지더니 종내에는 모두 사라져버렸다. 아무것도 보이지 않는 캄캄한 어둠. 곧이어 떠오르는 새하얀 빛 속에 내 몸이 산산이 부서지고 흩어졌다. 그리고 다시 모였다가 흩어지기를 반복했다. 묘한 진동이 전해져왔다. 열이 오르고, 불길이 치솟는…… 그 커다란 열기에 내 몸이 타오르고 있었다. 끓어오르고 있었다. 나 좀, 나 좀 데려가줘. 나 좀 제발, 그곳에 데려다줘, 라고 말하던 리나. 열병에 휩싸여 학교에도 나오지 못하고 아무도 없는 집 안에 홀로 누워 있었던 리나. 그런 리나가 정신을 차릴 수 없을 정도로 극심한 통증 속에서 내뱉던 말. 내 몸이 산산이 부서지는 것 같아. 정신을 차릴 수가 없어, 예정아. 아무런 생각도 떠오르지 않아. 어떻게 이럴 수가 있지? 내가 완전히 없어진 것 같아. 사라진 것 같아. 다 타버린 것 같아. 다 녹아내린 것 같아.

나는…… 하늘을 날고 싶었어. 그런데 내 몸은 늘 땅에만 있었어. 아무리 노력해도 땅에서 절대 떨어지질 않았어. 아무리 높이 그랑 주떼(Grande Jeté)를 뛰어도 나는 늘 땅으로만 되돌아와 있었어. 그래서 정말이지 오래도록…… 아무것도 먹지 않았어. 체중이 줄면 나를 땅으로 끌어당기는 중력도 줄어들 테니까. 그렇게 내 체중이 모두 사라지면 나를 붙잡던 중력도 사라질 테니까. 그러면 나는 하늘을 날 수 있잖아. 마음껏 날아다닐 수 있잖아. 그날을 오래도록 바랐어. 그날이 지금, 바로 지금이야. 내 몸이 다 사라진 것 같아. 뜨거운 불에, 다 타버린 것 같아. 차디찬 물에 다 녹아난 것 같아. 아무것도 먹지 못했어. 먹고도 다 토했어. 내 안에 아무것도 없어. 그러니까 바로 지금이야, 예정아. 바로 지금이야말로 하늘을 날 수 있어. 날아갈 수 있어. 제발, 그러니까 제발 나 좀 스튜디오로 데려가줘. 바로 지금, 제발 나 좀…… 거기로 데려가줘…….

식은땀을 흘리는 리나의 몸은 차갑게 식었다가도 언제 그랬느냐는 듯 뜨겁게 달아오르기를 반복했다. 불같이 뜨겁게 달아오를 적에는 내가 리나와 같이 타오르는 것 같았고, 얼음처럼 차갑게 식어버릴 적에는 나도 리나와 같이 얼어붙는 것만 같았다. 담요로 둘둘 감싼 리나의 몸을 등에 업고 무용원까지 달려가는 동안 리나는 끊임없이 같은 말만을 내뱉었다. 바로 지금이야, 지금뿐이야, 예정아.

이틀 동안 아무것도 먹지 못했다는 리나의 몸은 정말이지 깃털처럼 가벼웠다. 하나도 무겁지 않았다. 그러나 그와 동시에 나는 그녀에게서 어마어마한 무게감을 느꼈다. 그 무게감이 나를 짓누르는 것만 같았다. 집어삼킨 것만 같았다. 리나야, 어디든 가줄게. 너의 발이 되어줄게. 네가 가고 싶은 곳 어디든, 내가 다 가게 해줄게. 태어나 처음으로 나는, 무언가가 되고 싶다는 생각을 했다. 내가 하고 싶은 것은 바로 너와 함께 있는 거야. 네가 어디를 가든, 네가 무엇을 하든, 너와 함께 있을 거야. 나는…… 네가 되고 싶어. 네가 무엇이든 할 수 있게 내가 다 해주고 싶어. 너와 하나 되고 싶어.

나는…… 그녀를 망가뜨리고 싶었다. 평생 이렇게 아프도록 만들 어놓고 싶었다. 그래야만 그녀가 나를 떠나지 않고 내 곁에 있을 것만 같았다. 끊임없이 나를 찾고, 나를 바라보고, 나만을 원할 것 같았다. 리나야, 네가 더 아팠으면 좋겠어. 그래서…… 죽을 때까지 이렇게 나의 곁에 있으면 좋겠어.

나는 점점 내가 원하는 것이 무엇인지 알 수 없게 되어버렸다. 내가 원하는 그것이 리나를 위한 것인지 아니면 리나를 괴롭히는 것인지 알 수 없게 되어버렸다. 나는 지금 리나를 사랑하고, 나는 지금 리나가 되고 싶고, 나는 지금 리나와 하나 되고 싶었다. 오직 리나를 위해서 살아가고 싶었다. 한데 이 모든 게 리나가 아닌 나를 향한 것인가? 라는 물음이 처음으로 떠올랐다. 내가 지금 그녀를 살리고 싶은 것인지, 죽이고 싶은 것인지 알 수가 없었다. 내 의식은 점점 리나와 같이 무너져내렸다. 나는 자꾸만 물속으로 빠져들어갔다.

그 뒤에 어떻게 무용원의 스튜디오까지 들어갔는지, 그 안에 누가 있었는지, 무슨 말을 했는지, 심지어 어떻게 다시 집으로 돌아왔는지 전혀 떠오르질 않았다. 나에게 남아 있는 것은 다만, 몸에 두르고 있던 담요를 벗어던진 리나가 발등을 길게 늘인 채 발끝으로 서 있는 모습. 서서히 발걸음을 떼며 부드럽게 미끄러지는 샤세 안 아방, 점점 빨라지는 알레그로 스텝에서 뛰어오르는 주떼에 어떠한 무게도 실려 있지 않은 모습. 가볍게 주떼를 이어가다가 어느 한순간 훅, 그랑 주떼를 뛰며 공중으로 날아오르던 모습. 안 아방 아라베스크. 그렇게, 공중에 떠 있는 모습, 하늘과 같이, 산소와 같이, 아무것도 없는 그것과 하나 된 모습. 오로지 그 모습만이, 나에게 남았다.

모든 것이 멈춰버린 그 순간, 리나도, 공기도, 나도…… 지금이 순간까지도 모두 멈춰버린 그 공간에서, 리나는 그토록 간절히 바라던 꿈을 이루고 있었다. 하늘로 날아가고 있었다.

7

귓가에 울리던 클래식 음악이 들려오지 않았다. 스튜디오의 문이 열리고, 아이들이 저마다 재잘재잘 떠들어대는 소리가 시끄럽게 울려 퍼졌다. 나는 리나와 함께 살아가고 싶었다. 그녀의 눈으로 세상을 바라보고 싶었다. 삶을 살아가고 싶었다. 그러면 리나의 세계가 다 내 것이 될 것만 같았다. 이제까지 내가 보아오던 것과는 다른 세계가 펼쳐질 것만 같았다. 언제까지나 너와 함께 있고 싶어. 나는 자주 그렇게 말하고 싶었다. 그것은 내가 하고 싶어서 하는 말, 하려고 생각하고 내뱉는 말이 아니었다. 그것은 내 의지와 관계없이 쏟아져나오는 말. 무언가 생각해보기도 전에 그렇게 떠오르는 말들을 가만히 들여다보면 늘 그런 내용이었다. 그러나 나는 그 말을 입 밖으로 내뱉지 못했다. 내뱉을 수 없었다. 그것을 이야기하면 리나가 나를 떠나버릴 테니까. 나를 진짜 병신이라고 여기며 달아나버릴 테니까. 그래서 나는 그 애와 가까워질수록, 그 애를 알게 되면 될수록 더욱 커다란 불안과 두려움을 느꼈다.

리나의 곁에 있는 것은 다이아몬드를 쥐고 있는 일과 같았다. 형언할 수 없을 만큼 눈부시고 아름답고 소중해 언제나 손에 꽉 쥐고 있어야만 했다. 그러나 다이아몬드는 매우 차고 날카로워 손에 쥐면 쥘수록 나를 더욱 아프게 했다. 손에서는 핏물이 줄줄 흘러내렸다. 나는 비명을 내지르고 싶었지만, 놓치게 될까 봐, 영원히 다시 붙잡을 수 없게 될까 봐, 너와 함께 있는 게 아프다고 말하지 않았다. 오히려 나는 늘 괜찮은 척했다. 아프지 않은 척했다.

손바닥을 들어 손가락 마디마디를 움직여보았다. 갓 태어난 아기의 고사리손처럼 꼼지락꼼지락……. 손가락을 움직이게 하는 이 힘이 매우 낯설었다. 이러한 힘이, 언제부터 있었던 것일까? 나는 태어나 손가락을 처음으로 움직이는 사람처럼 계속해서 꼼지락거렸다. 손가락 관절 사이의 신경들이 모두 살아나는 듯했다. 그것은 마치 나에게 내가 이제야 이 세상에 태어났다고, 이제 진짜 살아 있는 인간이라고 말해주는 듯했다.

리나가 떠나간 것은 순전히 내 의지였다. 그랬다. 나는 그 애를 먼저 버렸다. 중학교 졸업을 앞두고 있던 겨울, 나는 리나에게 더 이상 보지 말자고, 두 번 다시 연락조차 하지 말자고 말했다. 예술고등학교 진학을 앞두고 있던 리나와 나는 어차피 갈라질 수밖에 없는 운명이었다. 이어질 수 없는 인연이었다.

나는 춤을 추지 못했고, 예술고등학교에 갈 수 없었다. 우리는 서로 다른 사람들이었다. 무서울 정도로 달랐다. 나와는 달리 오직 자기 자신만을 바라보는 사람. 자기 자신만을 위해서 살아가는 사람. 그 외에는 아무것도 중요하지 않은 사람. 다른 그 무엇도 안중에 없는 사람. 처음에는 나를 끌어당겼던 것들이, 빠져들게 했던 것들이, 이제는 나를 모두 밀어내고 있었다. 빠져나오게 하고 있었다. 나는 그 애와 함께 있을 수 없었다.

내가 먼저 리나를 떠나지 않아도 그녀는 언제고 나를 떠나갈 아이였다. 리나가 하늘로 날아오르던 그 모습을 본 날부터 나는 내내 리나가 나를 떠나 먼 곳으로 가게 되리라는 환영에 사로잡혀 있었다. 하늘로 날아오르는 리나의 모습은 너무나 자연스럽고 타당해 보였다. 땅에서 살아가는 사람이 하늘로 날아오르는 그 비현실적인 모습이 리나에게는 있는 그대로의 현실과 같아 보였다. 나는 그 모습을 그저 망연히 바라보았다. 그렇게 떠나가는 리나를 보고 있을 수 없었다. 나만 혼자 이곳에 남아 언제까지나 그 애만을 바라보며 괴로워하고 싶지 않았다. 상처받고 싶지 않았다. 어차피 헤어질 거라면 좀 더 빨리, 내가 먼저 그 애를 떠나고만 싶었다.

어제까지도 따뜻하게 안고 있다가 갑자기 이러면 나는 너무 아파. 그녀는 너무 아프다고 대답했다. 너는 너무 차갑기만 했잖아. 아니면 사납기만 했잖아. 언제나 네 멋대로만 굴었잖아. 단 한 번도 나를 다정하게 안아주지 않았어. 언제나, 어디서나, 모든 것을 다 네가 하고 싶은 대로만 했잖아. 너는 너밖에 모르잖아. 나 같은 건 안중에도 없잖아. 그래서 견딜 수가 없어. 너무 차가워서, 뼛속까지 시리기만 해서 조금도 함께 있고 싶지 않아. 너와 멀어져야만, 멀리 떨어져 있어야만 아프지 않을것 같아. 방학 기간 내내 나는 늘 리나의 집에서, 리나의 방에서, 리나의 침대 위에서 리나와 함께 누워있었다. 우리는 매일 한 이불을 덮고 누웠지만 리나는 단 한 번도 나를 향해 돌아눕지 않았다. 나는 언제나 리나의 비쩍 야윈 등을 안은 채로 잠들었다. 등뼈가 뭉툭뭉툭 튀어나와 있는 리나의 몸을 끌어안고 있는 내내 내 몸 또한 점점 야위어갔다. 그녀의 비쩍 마른 몸은 언제든 곧바로 부서질 것처럼 느껴졌다. 산산이 흩어져 대기 중으로 모두 날아가버릴 것처럼 느껴졌다. 끌어안으면 안을수록 나에게서 점점 더 멀리 달아나버리는 몸, 사라져버리는 몸⋯⋯. 나는 결코 너 따위와 함께 있지 않을 거야. 나는 곧 너를 떠나갈 거야. 아무도 나를 붙잡을 수 없어, 라고 이야기하는 것 같았다.

나는 그녀에게 조금도 상처주지 않았다. 그녀는 나와 다른 세계에 있는 사람이고, 그러므로 나에게서 전혀 상처받을 일이 없는 사람이라고 여겼다. 그래서 그녀가 처음으로 나 때문에 아프다고 말했을 때, 나는 아주 쉽게 그것을 외면할 수 있었다.

나는 그만 자리에서 일어나 천천히 발걸음을 뗐다. 몸을 움직이고 있는 이 순간 또한 모두 처음인 것만 같았다. 처음으로 자리에서 일어나고, 처음으로 발걸음을 뗄 때는 순간. 나를 바라보고 있던 사람들의 시선이 보였다. 사람들의 박수 소리가 들렸다. 환호성이 들렸다. 나는 천천히, 조심스럽게 걸어 스튜디오의 문을 열고 그 안으로 들어갔다.

스튜디오 안은 아이들이 내뿜는 열기와 습기로 가득 차 있었다. 분홍색 타이즈와 레오타드를 입고 있는 아이들은 자신의 옷을 제대로 벗지 못했다. 시간 강사가 한 명씩 아이들의 옷을 벗겨주고는 있지만 혼자서 다 감당하기에는 벅차 보였다. 몇몇 아이들이 먼저 나를 발견하고 나에게 가까이 다가왔다. 그리고 "선생님, 저 좀 벗겨주세요." "선생님, 저 지금 너무 더워요"라고 말했다. 아이들의 머리카락은 땀에 잔뜩 젖어 있었다. 숨 또한 매우 거칠게 내뱉었다.

나는 바닥에 무릎을 대고 앉아 가장 가까이 있는 아이의 레오타드부터 벗겨주기로 했다. 수건으로 아이의 땀을 조금씩 닦아주면서 레오타드를 벗겨내자 작고 보드라운 가슴과 젖꼭지가 드러났다. 아이는 그것을 조금도 부끄러워하거나 감추려 들지 않았다. 아이에게 물었다.

"이름이…… 뭐야?"

아이는 "정슬기"라고 대답했다. 나는 거울 벽면 바닥에 깔아놓은 바구니에서 '정슬기'라는 명찰이 붙은 바구니를 찾았다. 그리고 그 바구니에서 아이의 유치원복인 블라우스와 원피스, 타이즈를 찾아 꺼냈다. 내가 아이에게 블라우스를 입혀주려 하자 아이는 바구니를 뒤적이더니 고운 레이스가 달린 하얀색 메리야스를 꺼냈다.

"엄마가 이것부터 입으랬어요."

나는 그것을 아이의 몸에 입혀주고 뒤이어 블라우스를 입히고 단추를 채웠다. 그러고는 다시 발레 타이즈를 벗기고 아동용 타이즈를 신기는 동안 다른 아이들도 계속해서 "선생님, 저도 벗겨주세요." "선생님, 너무 더워요." "선생님, 이것 좀 채워주세요" 하며 저마다 재잘거렸다. 어떤 아이들은 둘씩 짝을 지어 서로의 레오타드를 벗겨주고 서둘러 유치원복을 입은 뒤 원피스의 지퍼를 올려주기도 했다. 어떤 아이는 구석에 가만히 앉아 고개를 숙인 채 웅크리고 있기도 했고, 몇몇 아이들은 너무 덥다며 짜증을 내기도 했다. 아이들의 생김새는 모두 다 달랐다. 몸이나 얼굴뿐만 아니라, 머리, 어깨, 가슴, 겨드랑이, 배꼽, 허벅지, 종아리, 발가락…… 심지어 피부 색깔까지도 모두가 다 달랐다. 그러나 그 어떤 아이도 밉거나 이상하지 않았다. 그들 모두가 다, 저마다의 빛을 가지고 있었다. 아이들은 그 빛을 감추거나 숨기는 법을 결코 알지 못했다. 그리하여 이 아이들 모두가 다 저마다의 빛으로 홀연히 빛났다. 아주 어렸던, 그때의 나에게도, 이토록이나 아름다운 빛이 존재하고 있었을까? 흘러나오고 있었을까?

아이들 모두 옷을 갈아입고 유치원 가방을 어깨에 멨다. 그리고 현관을 통해 밖으로 나가는 동안 나는 다른 그 무엇도 생각하거나 이야기할 수 없었다. 그저 무언가가 쑥 빠져나가버리고 나와는 전혀 다른 어떤 사람이 새로 들어와 있는 것 같았다. 그 사람은 몸을 움직여 아이들의 손을 잡은 채 건물 1층으로 올라갔다. 유치원 버스가 도착해 갓길에 정차했다. 아이들이 버스에 올라타고, 버스가 다시 길을 떠났다.

얼마 후 대학생 시간 강사 또한 돌아가고 난 뒤 나는 청소기를 들고 스튜디오 안으로 들어갔다. 스튜디오 바닥에는 아이들의 신발에서 떨어져나온 모래가 잔뜩 널려 있었다. 나는 청소기의 코드를 콘센트에 꽂고 전원을 켰다. 그리고 청소기를 돌리며 모래와 먼지를 모두 빨아들였다. 그렇게 스튜디오를 어느 정도 정리하다 말고, 나는 그만 청소기를 바닥에 내려놓았다. 위쪽으로 툭 튀어나와 있는 발등 고가 보였다. 고는 그 글자 그대로 정말 거북의 등처럼 보였다. 춤을 추지 못하는 나에게는 전혀 필요가 없던 것. 그런데도…… 태어날 때부터 내 발을 휘감고 있던 것. 나를 감추게 하던 것.

　나는 발등을 길게 뻗어 늘였다. 그 순간 그 안에 담긴 것들이 모두 뻗어나오는 듯했다. 나에게서…… 빠져나가는 듯했다. 그동안 나를 떠나가버린 이들의 얼굴이 보였다. 그들이 어디에 있는지, 나를 떠나 어디로 가버린 것인지 알 것 같았다. 발등을 더욱 길게 늘였다. 바닥에 닿는 발끝이 서서히 움직이기 시작했다. 샤세, 샤세. 나는 미끄러지듯 앞으로 나아가며 샤세를 뛰었다. 안 아방, 안 오. 팔이 넓게 벌어지고, 멀리 나아가며, 나는 춤을 추었다. 높게 날아올랐다. 주뗴 주뗴, 그랑 주뗴.

육체에 스민 진실, 언어에 새긴 고통

강유정 (문학평론가 · 강남대 교수)

소설의 육체성

얼음이 녹자, 물은 점점 더 차가워졌다. 그와 동시에 내 몸 또한 점점 더 커다란 한기에 휩싸였다. 얼음물 속에 담근 두 발은 피를 모두 빨리기라도 한 것처럼 새하얗게 질려버렸다. 1분이 지나고, 2분이 지나고, 3분이 지났다. 하얗던 발이 갑자기 시뻘겋게 변했다. 변하는 것은 순간이었다. 그것은 결코 서서히 변하지 않았다. 그 순간이 지나면 물은 곧 불처럼 뜨거워졌다. 차갑던 것이 서서히 미지근해지거나 따뜻해지는 것이 아니었다.

그것은 마치 거대한 불길에 휩싸인 용광로 속의 물처럼 펄펄 끓어올랐다. 그럴 때면 곧 내 몸 전체가 다 불길에 휩싸인 듯했다. 그리고 나는 서서히 사라져갔다. (……) 모든 것이 사라지고 아무런 느낌도 생각도 떠오르지 않는 지금 이 순간만이 나에게 남았다. 물은 정말이지 차갑고 뜨거워, 나에게 떠오르는 수많은 감정과 생각들을 다 앗아가버렸다. (《그랑 주떼》, 162~163쪽)

　김혜나의 소설은 육체적이다. 김혜나가 육체에 대해 서술할 때 그것은 고통의 서술과도 같다. 고통을 서술함으로써 육체가 또렷해지고 육체를 그려나감으로 인해 고통이 펼쳐진다. '나는 생각한다, 고로 존재한다'가 아니라 그들은 '나는 고통을 느낀다, 고로 존재한다'라고 이야기하는 듯싶다. 때로는 그 반대가 되기도 한다. '나는 존재한다, 고로 고통을 느낀다'로 말이다.

　화장실 변기에 앉아 얼음이 가득한 양철통에 발을 담그는 이 장면을 보면, 문자를 통해 소설 속 인물이 겪는 감각의 변이가 고스란히 전달되는 듯싶다. 고통은 단수이지만 이렇듯 선명하게 구현된 고통은 우리의 공감을 획득한다. 그렇게 차가운 얼음물에 발을 담가본 적은 없지만 읽는 순간 나의 발도 하얗게 질리고, 발끝부터 감각이 사라지는 듯한 느낌을 공유한다. 마침내, 화자가 나 자신이 모두 없어진다고 말할 때, 그 또렷한 고통은 독자에게도 전이되어 환각을 선사한다.

　소설이 선사하는 환상통. 그렇게 김혜나의 문장들은 독자의 육체에 전이된다. 화자는 스스로의 존재를 확인하기 위해 감각을 동원한다. 내가 살아 있음을 확인할 수 있는 가장 분명한 감각은 바로 통각, 고통이다. 존재가 불편하게 느껴질 때, 그 존재감을 없애기 위해서는 역설적이게도 먼저 존재를 확인해야 한다. 자기 존재를 확인하기 위해 신체에 고통을 주지만 소설 속 인물이 바라는 것은 존재의 사라짐이다. 존재가 고통의 저장고라면 고통은 존재와 함께 사라질 것이다. 그러니까 고통은 신체로 인해 발생

하지만 신체에 묶인 존재를 사라지게 만드는 마술과도 같다. 이 아이러니 가운데서 고통은 구원의 한 방식이다.

이러한 역설은 〈차문디 언덕을 오르며〉에서도 발견된다. '나'는 고통을 잊기 위해 고통을 찾아 나선다. 사랑하는 이와 이별한 고통은 그녀의 정신을 삼켜버린다. 정신은 머무는 장소가 없다. 모르는 환지통을 아는 고통으로 만들기 위해, 아무 곳에도 없지만 분명히 느껴지는 상처를 보기 위해 그녀는 고통의 장소를 찾는다. 그래서 그녀는 자신의 육체에 고통을 준다. 신체에 고통을 주는 요가 수련을 반복하고, 맨발로 천일 개의 계단을 밟아 언덕을 오른다. 때로는 입 속에 음식을 구겨넣어 즉각적 고통을 불러낸다. 위장이 찢어질 듯이 밀어넣은 후 다시 위장 전체가 뽑아질 것 같은 격렬한 감각을 느끼며 토해낸다. 신체를 응급상태로 만듦으로써 모호한 영역을 떠도는 고통을 한군데 모아버리는 것이다. 이 과정은 동물이라면 결코 선택할 수 없는 매우 인간적인 행위이기도 하다. 고통을 통해 자기와 존재를 확인하는 동물은 인간이 유일하다.

이 자기확인의 과정은 레나타 살레츨이 말한 자기학대의 사례들을 떠올리게 한다. 레나타 살레츨은 자기 존재에 대한 불확실성이 지배적일 때, 불확실한 주체는 고통을 요구한다고 말한 바 있다. 종종 히스테리라고 명명되는 이 신경증은 살아 있는 스스로를 발견하기 위한 필사적인 노력으로 자기학대를 시도한다. 나를 찾기 위한 확인의 과정, 그게 바로 자기학대의 아이러니이다.

김혜나의 소설에서 '자아' 역시 이 고통을 통해 만져진다. 주목해야 할 것은 이렇게 견인된 고통이 김혜나의 문장을 통해 매우 감각적 육체로 형상화된다는 사실이다. 존재를 개념이나 추상으로 나타내려는 작가들이 있다면 김혜나는 철저히 육체로 뽑아낸다. 어느새 문학에 있어서, 소설에 있어서 고통은 개념화되고 추상화되는 것으로 익숙해졌다. 그런데 김혜나는 어느새 관습이 된 이 오랜 역학관계를 뒤집어 고통을 육체에 집중시킨다.

이 탁월한 육체성은 김혜나의 소설 자체에 탄력적이며 선명한 감각을 선사한다. 관절 마디마디의 이름이 호명되고, 자세 하나하나가 차별화되며, 고통이 장소를 갖는다. 김혜나가 말하는 고통은 적확한 묘사들을 통해 하나의 육체 위에 새겨진다. 그러기 위해선 우선 육체가 정렬되어야 한다. 육체가 언어를 통해 정렬을 맞추는 것이다.

> 두 팔을 앞으로 천천히 뻗어 바닥에 갖다댔다. 고관절을 회전시켜 치골과 아랫배를 바닥에 대고 척추도 길게 뻗었다. 이어서 명치와 가슴 그리고 턱을 바닥에 댔다. 다리를 좀 더 넓게 벌리고 무릎 관절 앞쪽을 펴자 몸의 근육들이 비명을 내질렀다. 서서히 어둠이 몰려오고, 그 어둠에 앞이 보이질 않는 순간. 그럴 때면 정말이지 아무런 생각도 떠오르지 않았다. 생각이 사라지고, 몸이 사라지고, 내 존재가 모두 사라져버렸다. 《그랑 주떼》, 146쪽)

김혜나의 문장은 고관절과 치골, 무릎 관절 앞쪽을 선명히 구분한다. 이러한 문장들은 매우 높은 선예도를 선사한다. 고통만이 입체적인 것이 아니다. 묘사는 육체의 쾌락과 황홀경을 말할 때 더욱 탁월하다. 표제작이기도 한 〈청귤〉의 미영과 지영이 나누었던 육체적 결합의 순간이 그렇다. 아랫배, 배꼽, 겨웃, 음핵, 혀와 입술, 손가락과 같은 신체의 발견을 통해 미영과 지영, 두 영이 나누었던 황홀경은 감각적 문장 위에 새겨진다. 그리하여 지영이 "어떠한 사람과 섹스를 하더라도 이보다 더 나를 부드럽고 따뜻하게 안아줄 수 있는 사람은 없다는 사실을 알아버렸다"고 말할 때, 우리는 그 의미를 충분히 짐작할 수 있게 된다. 김혜나의 호명을 통해 사적이며 주관적인 열락의 체험이 우리 모두가 가지고 있는 객관적 육체의 장소에 응축되는 것이다.

김혜나의 소설은 그런 의미에서 한국 소설사 안에서 거의 볼 수 없었던 새로운 묘사를 제공한다. 이토록 강렬한 선예도를 지닌 육체는 그려진 바 없다. 고통이나 쾌락이 이처럼 명징한 감각의 언어로 전경화된 적도 없다. 김혜나의 소설을 읽다 보면 존재라는 추상어 역시도 결국 육체라는 장소에 사로잡혀 있음을 절감하게 된다. 김혜나에게 육체는 존재의 진실이 머무는 장소이다.

육체가 시간을 만날 때

여기서 한 가지 눈길을 끄는 것은 바로 그 육체가 시간을 만날 때이다. 육체와 시간의 교호작용, 그것이 바로 이야기이다. 이야기란, 마침내 소멸될 수밖에 없는 육체적 존재를 시간에 새기는 마술이다. 육체가 시간을 만날 때 불분명한 기억은 형태를 갖고, 불확실한 고통은 기록으로 남는다. 시간이 없다면 고통 역시 기억이 될 리 없다. 고통은 선명하시만 기억이 된 고통은 어쩔 수 없이 불완전할 수밖에 없다. 이 기억의 불완전성은 이야기하기를 통해 하나의 구체적 형상, 이야기의 육체(실재)를 획득한다. 플롯이란, 이야기하기란 그런 의미에서 시간 속에 산재된 고통의 감각을 다시 시간 위에 정렬하는 과정이라고 말할 수 있다. 이야기하기를 통해, 완전치 못하고 확실치 못한 기억은 진실의 가능성을 만난다. 김혜나의 소설 속에서 수많은 기억의 순간들이 출몰하는 것도 이와 무관하지 않다.

우리가 트라우마라고 부르는 것들, 노스탤지어의 정반대에 놓인 혐오스럽고, 고통스러우면서도 자꾸만 꺼내보게 되는 기억. 김혜나의 기억은 노스탤지어라기보다는 트라우마라고 부르는 편이 낫다. 돌아갈 수 없어 괴로운 과거가 아니라 잊히지 않기에 괴로운 과거, 그게 바로 김혜나의 소설 속 인물들이 과거를 대하는 태도이다. 이는 김혜나 소설의 유례없는 육체성이 결국 상처와 고통으로 변주되는 이유이기도 하다. 학대와 모멸, 과시적 자괴감을 통해 드러나는 것은 그 모든 감각 또한 육체라는 장소에서 빚어진 일이라는 사실이다. 육체에 대한 또렷한 인지와 묘사는 그런 면에서 그렇게 언어로 주관화함으로써 살아남고자 하는, 생존자의 자기 결속력일지도 모를 일이다.

결국 살아남아야 이야기할 수 있고, 이야기는 한편 생존의 방식이다. 세헤라자데의 이야기가 생존의 기술이었으며 아우슈비츠를 경험한 프리모 레비의 이야기가 생존의 증명이었듯이 김혜나는 살기 위해 이야기하고 살아남았기에 이야기한다. 자기를 발견하고, 회복하기 위한 이야기, 이야기를 통할 수밖에 없는 상처가 있다. 김혜나에게 육체와 이야기는 하나이다.

다섯 편의 단편소설과 한 편의 중편소설로 이루어진 소설집 《청귤》은 김혜나의 늦은 출사표로 보인다. 고백이라는 말의 무게나 이데올로기를 좋아하지 않지만, 《청귤》에는 우리가 흔히 고백이라고 말하는 오래된 문학적 관습의 흔적이 남아 있다. 눈여겨봐야 할 것은 고백이 고백의 상투성을 전복하고 있다는 사실이다. 대개의 이야기하기가 이야기를 듣고 난 이후의 감정적 연루와 공감을 시도하고 있다면 김혜나의 고백은 철저히 이야기의 물질성에 머문다. 자기의 삶을 이야기함으로써 스스로를 구원하는 것이다. 감정적 연루나 공감은 그 이후의 일이다. 우선 김혜나에게는 타인의 공감을 구하는 것보다는 그 주체가 될 자신을 찾고, 세우는 게 먼저이다. 김혜나의 소설이 처절한 자기 발견의 서사인 이유도 여기에 있다.

고백은 우리가 무엇인가를 견고하게 기억하고 토해낼 수 있는 능력을 전제한다. 단단하고 확고한 무엇인가를 드러내는 것이다. 하지만 김혜나는 그 정반대의 태도로 과거를 복기한다. 과거는 감각적으로는 선명하지만 논리적으로는 잠정적일 뿐이다. 따라서 감각을 구체적으로 서술할 수는 있지만 그때의 생각을 완전하고 분명하게 발화할 수는 없다. 기억은 불가피하게 모호하고, 불완전하다. 김혜나는 이야기를 함으로써 그 모호하고 불완전한 기억을 통해 가능한 진실을 추구한다. 기억하기에 모두 진실이라는 태도가 아니라 이야기함으로써 진실의 가능성을 타진해보는 것이다.

같은 이야기 화소들이 반복되고 재연되는 까닭도 여기에 있을 것이다. 가령 어린 시절 뇌수막염에 걸려 사시가 되었다는 에피소드는 〈이야기의 이야기〉에도 등장하고, 〈그랑 주떼〉에서도 발견된다. '로레나'라는 인물은 소설 〈로레나〉의 주요인물이면서 〈이야기의 이야기〉에서 모티프로 제시되기도 한다. 동일인이지만 다른 서사에 놓여 있는 것이다. 이렇듯, 하나의 고유명사와 동일한 에피소드가 다른 층위의 이야기 속에서 반복된다. 어떤 점에서 이런 반복과 재연은 진실의 가능성을 탐색하는 과정이라고 볼 수 있다. 최대한 가능한 진실에 다가가기 위해 거듭 재연하고,

돌이켜본다. 이러한 맥락은 소설 〈이야기의 이야기〉에 좀 더 명백히 드러나 있다.

알고 싶어서 자꾸만 이야기하게 돼요. 무엇을 이야기해야 할지, 무엇을 이야기하고 싶은지 알지 못해서 이렇게 계속 이야기를 하는 거예요. 무슨 이야기를 하고 있는지, 왜 이런 이야기를 하는지 전혀 알지 못해서, 그래서 이야기를 한다고요. 끊임없이 이야기하는 순간 속에서 그것을 알게 될 때가 있거든요. 내가 무엇을 이야기하고 싶은지, 무엇을 이야기해야 하는지에 대해 알게 되는 거예요. (〈이야기의 이야기〉, 36쪽)

이야기는 행위 자체로 삶에 변화를 가져온다. 이야기를 듣기 전과 후가 다를 수밖에 없다면 이야기를 하기 전과 후도 다를 수밖에 없다. 우리는 종종 어떤 이야기를 듣고 난 이후 우리의 존재가 어딘가로 흘러가버렸음을, 듣기 전의 상태와 달라져 있음을 느낄 때가 있다. 도덕의 좌표이든, 인식의 좌표이든, 윤리의 좌표이든, 그렇게 이야기는 삶의 좌표들을 옮겨놓곤 한다.

김혜나의 소설은 그런 의미에서 스스로 이야기를 통해 삶의 좌표를 옮기는 발견과 구도의 과정이며 이런 과정의 노출을 통해 독자인 우리 역시 이동의 경험을 선사받는다. 이야기하기의 욕망은 고스란히 독자에게 전이된다. 반복과 재연을 통해 그 열망은 배가 되고, 독자에게 고스란히 증여된다.

이 과정을 통해 작가는 자기를 발견하고 치료를 모색한다. 이야기로 자신의 숨겨져 있던 진실의 장소를 발견하고 트라우마로 가려져 있던 원초적 비밀을 기억의 수준까지 끌어올린다. 이 과정은 물론 고통스럽다. 〈차문디 언덕을 오르며〉의 그녀가 강렬한 신체 단련의 아쉬탕가 요가에 매혹되는 이유도 비슷하다. 김혜나에게 있어 아쉬탕가 요가도, 이야기하기도, 그러므로 소설 쓰기도 모두 다 자기수련이다. 이야기가 일종의 발견이자 치유가 될 수 있는 이유이다.

상처와 덧내기—트라우마가 소설의 장소가 되기까지

김혜나 소설 속 인물들은 대개 상처받은 자들이다. 사랑하는 연인을 잃은 경우도 있고 가족이 자살한 경우도 있고, 때로는 학교에서 친구로부터 따돌림을 당하기도 하고 비슷한 이유로 믿었던 지인에게 손가락질을 받거나 배신당하기도 한다. 이런 경험들을 거치며 김혜나 소설 속 인물들은 스스로를 하찮은 인간으로 낮추고, 비하하며, 괴롭히기도 한다. 그들은 이런 상처들로 인해 열등감 속에 살아가며 주류 사회의 '말'을 위반하며 어긋난다.

작가 김혜나는 이처럼 어긋날 수밖에 없었던 까닭에 대해 스스로 개연성을 찾기 위해 노력한다. 어떤 점에서 김혜나의 글쓰기가 자기분석의 과정이자 구원의 여정으로 보이는 이유도 여기에 있다. 남들을 납득하는 게 아니라 스스로를 납득하는 과정, 어긋남과 배반의 개연성을 찾는 것, 즉, 트라우마의 장소를 찾아내는 것이 곧 김혜나의 소설 쓰기인 셈이다. 이런 맥락에서, 다음 장면은 트라우마로 남은 원체험적 고통의 무대화 장면으로 보이기도 한다.

나는 이 모든 사실에 자꾸만 화가 났어요. 나는 왜 이토록 공부를 못하는 하찮은 인간으로 태어난 건지, 그리하여 왜 이렇게 커다란 열등감에 휩싸여 살아야만 하는지 알 수 없어 화가 나고 괴로웠어요. 이 크나큰 열등감에서 벗어나려면 공부를 잘해야만 하는데 아무리 노력해도 공부를 잘할 수가 없으니 나는 정말 어떻게 해야 하지? (……)

나는 그 이유를 알고 싶었어요. 왜 이렇게 나만 머리가 나쁘고, 나만 공부를 못하고, 나만 못생기고, 나만 바보인, 이런 거지 같은 세계에서 살아가야 하는지에 대한 이유를요. 그때 내가 알게 된 것이 바로 어릴 적의 병력이었어요. 그래요, 아까 말했던 그 뇌수막염 말이에요. (《이야기의 이야기》, 50~51쪽)

젖떼기 시절 뇌수막염을 앓았던 화자는 그 후유증으로 나쁜 시력과 사시를 갖게 된다. 어린 시절 자연치유력에 맡겨진 사시는 유년기 시절 그녀의 외적 특징으로 자리 잡는다. 남들과 다르다는 것은 아이들에겐 개성으로 인식되기보다는 차별의 빌미가 된다. '나'는 그로 인해 아이들에게 따돌림을 당하고, 친구는 폭력의 원천으로 여겨지며, 그런 친구와 따돌림을 경험하는 장소로서 학교는 불편하고 억압적인 곳에 불과하다.

이 인과관계의 끝에 또 하나의 상처인 성폭력의 체험이 자리 잡고 있다. 친구의 괴롭힘에 시달리던, 뇌수막염을 앓아 사시를 갖고 있던 소녀가 학교를 벗어나 거리를 헤맬 때, 아직 집에 돌아갈 시간이 되지 않아 하교까지 남은 시간을 어떻게 처리하지 못해 전전긍긍할 때, '그'가 나타

났다. 남자는 '그저 자신을 좀 도와달라'며 소녀에게 접근한다. 그는 소녀가 살던 아파트 맞은편 동의 15층 꼭대기로 소녀를 데려가, 번쩍 들어올려 사다리에 매달리게 하곤, 시멘트벽의 철문 너머에 가둔다. 그러니까, 소녀는 이제 그의 도움이 없이는 그곳을 빠져나갈 수 없다. 누구에게도 구조를 요청할 수 없는 상황에서, 남자는 소녀의 원피스를 벗기고, 맨몸을 만진다.

이 폭력적 사태는 걷잡을 수 없는 고통의 화상을 남긴다. 성인 화자가 된 예정의 입을 통해 그날의 사건은 "생전 처음 느껴보는 냄새와 촉감", "커다란 뱀 한 마리", "갈기갈기 찢어"진, "죽음과도 같은 시간"으로 재현된다. 두서없고, 불완전한 기억의 소환 과정에서 선명히 떠오르는 것은 폭력으로부터 생존한 자에게 남겨진 지울 수 없는 고통이다. 그러니까, 김혜나 소설 속 인물들은 단지 상처 입은 자가 아니라 말하자면 상처로부터 가까스로 살아남은 생존자인 셈이다.

이 폭력적 체험은 어른들의 '말'에 의해 지울 수 없는 흉터로 남아버린다. 엄마는 "그냥 조용히 오지, 혼자 집으로 오지"라며 주변에 피해 사실을 말한 딸을 탓하고, 자신을 납치했던 남자와 거리에서 마주치게 되었던 순간 소녀와 함께 있던, 아직은 어렸던 오빠는 "그 남자는 이 세상에 없는 사람"이라고 소녀의 고발을 부정한다.

상처가 소녀의 정체성의 중요한 부분이라면 상처의 부정과 부인을 통해 소녀는 자신의 존재감, 정체성 자체를 부인당한다. 분명히 몸에 각인되어 있는 상처를 모두가 말로 부인함으로써, 상처가 사라지는 게 아니라 상처가 새겨진 장소, 존재와 육체, 정체성이 흔들린다. 그녀는 이러한 부정으로 인해 상처를 잊는 게 아니라 통째로 자신을 부정당함으로써 자아의 소멸을 경험하고 만다. 〈그랑 주떼〉 예정의 말처럼, "진실은 거짓이 되고, 거짓은 거짓 아닌 진짜가 되"고 마는 것이다.

이러한 거짓의 말들은 우리가 사회적 습속으로 여기며 살아오는 세속의 윤리와 법의 언어들을 구성한다. 세속의 법이 어른들의 말이라면, 어른들은 피해의 원흉을 찾아내 벌하는 것이 아니라 피해자의 증언을 막음으로써 말의 힘을 지속시키고자 한다. 그러기 위해 신체에 남겨진 분명한 상처와 트라우마를 외면한다. 있지만 인정받지 못하는 흉터는 그러므로 개인의 존재를 왜곡할 수밖에 없다. 김혜나의 소설 속 많은 인물들이 이러한 폭력을 통해 존재의 불안에 시달리는 이유도 여기에 있다. 어떤 사람의 고통을 부정하는 것은 그의 존재를 부정하는 것과 다르지 않다.

눈여겨봐야 할 것은 이러한 세속의 법과 윤리, 말에 대항하는 작가 김혜나의 선택이다. 김혜나는 작가 특유의 육체적 신랄함과 언어적 탐조과정을 통해, 스스로 상처의 인과관계를 재구성하고 그것을 비난한다. 사회적 따돌림과 열등감의 원인을 밝히고 그것을 방치하고 묵인한 부모와 주변인을 고발하는 방식도 그렇다. 이 고발은 마치 방언처럼 튀어나오는 비속어와 거친 욕설을 통해 선명한 감각을 획득한다. 한여름 거울에 반사된 햇빛처럼 그렇게 쨍한 감각으로 소설의 문장에 유례없던, 날 선 감각을 선사하는 것이다.

이 모든 게 다 목회인지 개지랄 나발인지 돈 한 푼 안 되는 귀신 씻나락 까먹는 짓거리를 해보겠다며 나를 버리고 기도원으로 가버린 정신 나간 아버지 때문이었고, 젖탱이 좀 부풀어오르는 게 뭐 그렇게 대수라고 다른 여자들은 일부러 돈 처들여가며 가슴 확대 수술까지 해대는 이 판국에 한참 젖을 먹으며 무럭무럭 자라야 할 아이는 안중에도 없이 제 멋대로 젖을 끊고 계란 프라이 따위나 처먹인 미친 개쌍년 때문이었어요. (《이야기의 이야기》, 51쪽)

이 신랄한 욕설들은 그녀가 견디며 살아와야 했던 사회적 멸시와 따돌림, 윤리를 가장한 위선적 말에 대한 민낯의 언어라고 할 수 있다. 너무나 선명하고 분명해서 오해의 여지도 곡해의 틈도 없는 이 욕설은 그러므로 어떤 점에서, 세상으로부터 입었던 상처의 부피와 비례한다. 〈청귤〉의 그녀 미영이 백 명 중에 한 명 있을까 말까 한 아름다운 외모를 가지고 있음에도, 특정한 순간 이성을 잃고 폭력을 휘두르며 욕설을 내뿜는 것도 같은 맥락에 놓여 있다.

대학 시절, 다른 동기들보다 약간 더 나이가 많았던 지영과 미영은 비슷한 사정을 이해하며 친구가 된다. 현재 미영은 룸살롱을 운영하는 사장의 아내로서, 학생이던 당시부터 이미 그로부터 등록금을 받고 수십만 원의 현금을 받기도 했다. 미영과 그 남편은 "씨발", "좆 같은"과 같은 욕설을 입에 달고 살아가는, 지영과는 다른 세계에서 살아가는 인물들이기도 하다.

미영과는 완전히 다른 지영의 삶은 미영이 가보지 못한 삶의 공간, 한 번쯤 살아보고 싶은 삶의 형태이기도 하다. 대개의 사람들에게 평범한 것이기도 한 지영의 삶이 매우 다른 언어와 규칙으로 유지되는 세계에서 살아가는 미영에게는 매우 멀고도 낯선 곳처럼 여겨지리라는 것은 충분히 짐작할 만하다. 미영은 지영 덕분에 처음으로 전시회에 가보고,

지영이 출판사 편집자와 통화하며 '선생님' 소리를 듣는 장면을 보며 경외감을 느낀다. 이러한 동경은 미영과 비슷한 삶, 그러니까 미영이 충분히 잘 알고 있는 삶을 사는 유사한 부류의 여성에게 내뿜는 적의와 짝을 이룬다. 업소 여성이 지영에게 무심코 반말을 했을 때, 유혈사태까지 번진 폭력을 행사한 이유도 여기에 있다. 지영은 미영이 꿈꾸는 다른 형태의 삶이며, 그래서 그것은 충분히 존중되어 마땅한 환상의 삶이기 때문이다.

이런 맥락에서, 미영과 지영이 나누는 하룻밤의 정사는 숨겨두었던 욕망의 발견이라기보다는 간절한 동일시의 욕망이라 보는 편이 옳을 듯싶다. 미영과 지영은 육체적 합일을 통해 각자의 삶에 결핍된 틈을 채우고자 한다. 미영은 마치 자기 자신을 핥고 보듬듯이 지영을 애무하고 안는다. 스스로를 '예쁘지만 막상 먹어보면 떫고, 쓰기만 한' 청귤에 비유하는 미영이 명실상부한 귤이 되고자 하는 일종의 제의적 과정이기도 하다.

하지만 돌아보면, 누구나 자신의 삶을 노랗게 잘 익은 귤이 아니라 청귤처럼 여기며 살아가지 않을까? 겉보기만 귤이 아니라 진짜로 '귤'인 삶. 물론 미영이 보기에 지영은 노랗게 잘 익은 귤이지만 지영이 스스로 이야기하듯, 그녀의 삶 역시도 "겉보기에만 멋지고 신비로워 보일 뿐 실제로는 씹을 수도 삼킬 수도 없는 청귤 같은 존재"이다. 비단 작가인 지영만이 그런 것은 아닐 테다. 이런 모습은 발등에 예쁜 '고'를 가졌으나 그랑 주뗴를 할 수 없는 예정과, 고가 없지만 아름다운 선과 외모를 지닌 리나가 서로를 보며 느끼는 상대적 결핍이나 우울감과 닮아 있을 것이다.

어쩌면 우리는 모두 발등에 예쁜 '고'를 가졌음에도 그랑 주뗴를 할 수는 없는, 청귤 같은 그런 존재일지도 모른다. 자기학대와 모멸을 통해서라도, 고통을 통해서라도 살아 있음을 간절히 확인하고 싶은, 부서지기 쉽고 연약한 존재들. 불확실한 기억과 싸워낸 상처와 흉터들로 삶의 의미와 그 알리바이를 찾아가는 인물들. 그 인물들을 통해 김혜나는 고통이 곧 삶의 증명임을 보여준다. 만약, 김혜나의 소설이 이 공허하고 궁핍한 일상을 살아가는 독자들에게 위안이 된다면, 이런 이유 때문이리라. 고통이 삶의 증거이니 고통스러운 자들이여 당신은 살아 있는 자이니라, 라는, 그런 목소리의 힘 말이다.

어린 시절, 나는 못생기고 뚱뚱한 아이였다. 어릴 때 앓은 뇌수막염의 후유증으로 나는 실제 사시이기까지 했다. 학교에 가면 아이들은 나를 돼지, 사팔뜨기라고 부르며 놀리고 괴롭혔다. 학교에 가는 것이 죽기보다 싫었고, 당연히 공부도 잘하지 못했다.

함께 놀 수 있는 친구가 없던 나는 항상 책을 끼고 살았다. 그림책이건 이야기책이건 만화책이건 할 것 없이 책이라는 것이 보이기만 하면 그야말로 닥치는 대로 읽었다. 그중에서도 단연코 좋아하던 종류의 책은 바로 소설이었다. 소설 속에는 언제나 나와 같은 사람들이 있었기 때문이다. 타인으로부터 괴롭힘을 당하거나 세계로부터 외면당해 홀로 아파하는 사람들. 그 사람들을 보고 있으면 나는 결코 혼자가 아니라는 생각이 들었다. 이 세계에 나와 같은 감정을 가지고 나와 같은 모습으로 살아가는 사람들이 존재하고 있다는 사실을 믿을 수 있었다.

학교생활에는 끝내 적응하지 못해 수도 없이 정학을 받고 전학을 반복하다가 가까스로 고등학교를 졸업했으나 나는 대학에 가지도 취직을 하지도 않았다. 학교라면 지긋지긋해 수학능력시험을 아예 치르지 않았고, 서너 번 정도 회사에 취직해 사무보조원으로 일해보기는 했지만 매번 한 달도 채우지 못하고 그만두었다. 사람들은 나에게 무엇을 하고 싶으냐고, 무엇을 할 것이냐고 물었다. 스무 살의 나는 하고 싶은 것도 할 수 있는 것도 없었다. 낮에는 카페나 식당에서 일하고 밤에는 사람들과 어울려 술을 마시며 살아갔다. 펍에서, 클럽에서, 거리에서 많은 사람들을 만나 그들과 이야기를 나누는 게 좋았다. 그러나 아르바이트를 하고 술을 마시며 살아가는 생활이 1년 넘게 이어지며 나는 점점 존재의 공허를 느끼기 시작했다. 그리고 그 공허를 술이 아닌 타인이 아닌 다른 무언가로 채우고 싶었다.

왜, 였는지는 모르지만 문득 소설이 떠올랐다. 나는 다시 소설책을 읽기 시작했다. 한참 책을 읽어나가던 어느 날 또 문득 문학을 공부해보고 싶다는 생각이 들었다. 그래서 수능을 치르고 대학에 들어가 한국어와 문학을 공부했다. 수업 시간을 제외하고는 대학교 도서관에서 살다시피 하며 문예지와 동세대 문학작품들을 읽어나갔다. 그 과정에서 신춘문예와 문학상 제도에 대해서 알게 되었고, 그때부터 나는 소설을 습작하며 소설가가 되기를 꿈꾸었다.

여전히 아르바이트를 해서 생활비를 벌어야 했고, 학비를 마련하기 위해 장학금을 받아야만 했다. 매일 일하고 공부하고 소설까지 쓰느라 휴대전화도 남자친구도 없이 살아온 이십대였지만 그래도 나는 미래에 대한 꿈을 가진 청춘이라는 황홀감에 차올라 그 모든 시간을 담담히 견뎌낼 수 있었다. 하지만 나는 소설 쓰기에 천부적인 재능을 타고난 인간은 아니었던 모양인지, 내가 쓰는 소설들은 신춘문예와 문학상 심사에서 본심조차 통과하지 못했다. 그럼에도 나는 좌절하지 않고 장편소설까지 써나가기에 이르렀고, 그렇게 쓴 소설을 또 다시 공모전에 보내기를 반복했다. 하지만 대학을 졸업할 때까지도 나는 결국 등단하지 못했다. 대학을 졸업한 뒤에도 식당과 카페에서 일하며 소설 쓰기에 박차를 가했으나 내가 쓴 장편소설 또한 번번이 문학상 최종심에서 탈락했다. 그 사실을 알게 될 때마다 어마어마한 절망과 우울이 나를 뒤덮었다.

나는 태어나 단 한 번도 취직을 원하거나 결혼을 꿈꿔본 적 없었다. 내 인생의 꿈과 목표는 오직 소설가가 되는 것뿐이었다. 아무런 꿈도 미래도 가질 수 없어 방황하던 스무 살을 지나 겨우 내가 하고 싶은 일을 찾아 죽도록 노력했음에도 꿈이 이루어지지 않는 현실에 나는 무너져내렸다. 영원히 작가가 되지 못한 채 문단의 언저리만 기웃대다가 삶을 마감하게 되리라는 예감이 들었고, 그 예감은 점점 확신이 되어갔다.

단 하루도 우울과 절망과 자기 비하에 시달리지 않은 날이 없었다. 지독한 우울증을 앓느라 아르바이트도 더 이상 할 수가 없었다. 애써 찾아간 신경정신과에서는 나를 도와주기보다는 나라는 인간을 평가하고 규정하기에만 급급했다. 수도 없이 약을 먹고 목을 매달고 손목을 그어 죽고 싶은 마음뿐이었지만 그 모든 시도들마저도 번번이 실패했다.

살 수도 없고 죽을 수도 없는 처절한 늪에서 나를 건져 올린 것은 다름 아닌 요가였다. 애초에 체중 감량을 목적으로 시작했던 요가가 내 인생에 이토록 크게 자리하게 될 줄은 꿈에도 몰랐다. 그러나 글쓰기나 책 읽기는 커녕 먹는 것도 자는 것도 제대로 할 수 없던 그때에 나는 희한하게도 요가만은 할 수가 있었다. 2009년, 나는 결국 소설가가 아닌 요가 강사가 되어 문화센터와 요가학원에서 사람들에게 요가를 가르치며 살아가기 시작했다.

소설가가 된 것은 그 이듬해 여름 무렵이었다. 요가 강습을 가는 길에 출판사로부터 전화가 왔다. 내가 쓴 장편소설이 문학상에 당선되어 책으로 만들어질 거라는 내용이었다. 시간은 그렇게 나의 이십대를 고스란히 집어삼키고 나서야 나를 소설가로 만들어놓았다. 그때부터 나는 소설가로, 요가 강사로 일하며 이 삶을 이어가고 있다.

소설은 나에게 절망 속에 희망이 있다는 사실을 알려주었고, 요가는 나에게 고통 속에 환희가 있다는 사실을 알려주었다. 세월은 끊임없이 나를 무릎 꿇리고 상처 입힐 것이다. 그럼에도 나의 소설과 요가는 일어나고 또 일어나 앞으로 나아갈 것이며, 나는 결코 패배하지 않을 것이다.

2018년 가을
김혜나

|수록작품 발표지면|

로레나 …… 《문장 웹진》 2011년 9월호

이야기의 이야기 …… 《문장 웹진》 2014년 3월호

청귤 …… 《씀》 2018년 7월

오샤와 …… 《대산문화》 2017년 가을호

차문디 언덕을 오르며 …… 《문장 웹진》 2018년 3월호

그랑 주떼 …… 은행나무 노벨라 시리즈 (2014)

청귤

1판 1쇄 인쇄 2018년 10월 1일
1판 1쇄 발행 2018년 10월 10일

지은이 · 김혜나
펴낸이 · 주연선

책임편집 · 김서해
표지 및 본문 디자인 · 안자은
마케팅 · 장병수 최수현 김다은 이한솔
관리 · 김두만 유효정 박초희

(주)은행나무
04035 서울특별시 마포구 양화로11길 54
전화 · 02)3143-0651~3 | 팩스 · 02)3143-0654
신고번호 · 제 1997-000168호(1997. 12. 12)
www.ehbook.co.kr
ehbook@ehbook.co.kr

잘못된 책은 바꿔드립니다.

ISBN 979-11-88810-63-5(03810)